어두운 밤 나는 적막한 집을 나섰다

IN EINER DUNKLEN NACHT GING ICH AUS MEINEM STILLEN HAUS
by Peter Handke

세계문학전집
221

Peter Handke : In einer dunklen Nacht ging ich aus meinem stillen Haus

어두운 밤 나는 적막한 집을 나섰다

페터 한트케 장편소설

윤시향 옮김

문학동네

일러두기

1. 번역 대본으로는 *In einer dunklen Nacht ging ich aus meinem stillen Haus*(Peter Handke, Suhrkamp, 1999)를 사용했다.
2. 주석은 모두 옮긴이주다.

이 이야기는 잘츠부르크시에 인접한 탁스함이라는 곳과 관련있긴 하지만,

그곳에 사는 동명의 약사나 인물들과는 아무 관계가 없다.

차례

1

이 이야기가 진행되던 당시, 탁스함은 거의 잊힌 곳이었다. 이웃 도시 잘츠부르크의 주민들조차 대부분 그게 어디 붙어 있는 지역인지 모를 정도였다. 그 이름부터가 벌써 많은 사람에게 낯설었다. 탁스함? 버밍함? 노팅함? 사실은 전후 최초의 축구 클럽이 '탁스함 포레스트'라고 불린 적이 있었다. 가까스로 최하위권에서 벗어나 차츰 상승세를 타다가 몇 년 후에는 'FC 잘츠부르크'로 이름이 바뀌었지만 말이다(어쩌면 그사이 다시 제 이름으로 고쳐 불렸을지도 모른다). 전면 안내판에 탁스함이라고 써붙인, 여느 버스들에 비해 승객이 더 많지도 적지도 않은 버스가 도심을 통과하는 모습이 더러 눈에 띄지만, 직접 타본 그곳 주민은 아무도 없었다.

잘츠부르크 부근의 유서 깊은 마을들과 달리, 전후 신도시인 탁스함은 어쩌다가라도 놀러갈 만한 곳이 못 되었다. 시선을 끄는 번듯한 여관 하나 없었고, 볼거리는커녕 팔짝 달아나게 할 만큼 놀라운 것조차 없었다. 탁스함은 잘츠부르크의 클레스하임성, 카지노와 영빈관, 게다가 목초지 바로 뒤편에 위치하고 있었지만 잘츠부르크의 일부도 교외도 농경지도 아니어서, 주변의 다른 장소들과 달리 멀리서든 가까이서든 모든 방문객으로부터 한결같이 외면당했다.

하룻밤 묵는 건 고사하고, 지나는 길에 잠시 들르는 사람 하나 없었다. 탁스함에는 잘츠부르크를 대신할 만큼 똑 부러지게 내세울 것도 없었고, 변두리는 물론 시내에도 변변한 호텔 하나 없었다. 그나마 '숙소'라는 말이 어울릴 만한 작은 공간이나 대피소, 마지막 피난처마저도 온통 '방 없음'이라는 안내표지가 걸려 있을 뿐이었다. 버스 전광판에서 반짝거리며 늦은 밤이면 더 어둡고 적막해진 중심가를 이리저리 돌아다니다 길모퉁이에서 유령처럼 출몰하는 탁스함이라는 이름은 해가 갈수록 사람들의 관심에서 멀어지는 듯했다. 탁스함에 대해 질문받으면 누구나, 세상사에 훤하고 세계 구석구석까지 꿰뚫고 있는 사람일지라도 "몰라요"라고 대답하거나, 아니면 어깨를 한 번 으쓱할 뿐이었다.

아마도 한 번 이상 그곳을 방문한 외지인은, 나를 제외하면, 라틴어 교사이자 자칭 문지방 연구가인 친구 안드레아스 로저뿐이지 싶다. 탁스함을 처음 방문했을 때 나는 중앙로인 이른바 '클레스하임대로'(성이나 대로의 흔적은 아무데도 없지만)에 있는 한 가건물 술집에 들렀는데, 술집 안에서는 웬 남자가 누군가를 죽이겠다고 몇 시간이나 열을 내며 떠들어대고 있었다. "반드시 죽이고야 말 테다!" 그리고 어느 겨울날 저녁, 텅 비다시피 한 잘츠부르크공항 레스토랑(그 시절 대합실보다 더 컸던)에서 안드레아스 로저는 내게 속삭였다. "저기 좀 봐, 저 건너편에 탁스함의 약사가 앉아 있어!"

그사이 내 친구 로저는 어디론가 사라졌고, 나 역시 잘츠부르크를 떠난 지 오래다. 그리고 당시 우리와 심심찮게 만났던 탁스함의 약사도 이 이야기가 진행되던 시기에는—그것이 그의 스타일이든 아니든 간에—한동안 소식을 전해오지 않았다.

탁스함에 가기가 그토록 수월치 않아 보였던 데는, 위치 탓도 있지만 마을 자체에도 문제가 있었다.

고만고만한 지역들이 오늘날에야 비로소 심각하게 부딪히는 문제들이 애초부터 탁스함의 특징이었다. 외따로 떨어져 있어 주변 지역이나 인접지에서 쉽게 접근할 수 없었고, 특히 멀리서는 가능한 교통 노선을 모두 동원해도 탁스함에 이르기 어려웠다. 걸어가도 자전거를 타도 마찬가지였다. 세월이 가면서 차츰 자투리땅으로 편입되거나 잘려나가 사방에서 늘어나는 외곽 도로들에 포위당한 요즘 마을들과 달리, 탁스함은 이미 그런 장애물들이 내재된 곳이었다. 드넓은 하천 평야지대에 위치하고 대도시의 문턱에 맞닿아 있는데도 군 주둔지나 병영단지 같은 인상을 주었다. 실제로 독일 국경과 인접한 변두리에는 병영이 세 군데나 있었으며 그중 하나는 독립된 행정구역을 이루고 있었다. 탁스함 앞에 있는 건널목 가운데 하나를 지나는 뮌헨행 장거리 열차 노선과 뮌헨 경유 노선은 이 마을보다 훨씬 오래전에 생긴 것이었고, 고속도로도 이미 2차세계대전 이전에 건설된 제국 도로였다(전쟁이 끝난 지 수십 년이 지났는데도, 터널처럼 좁은 지하도 옆에는 발톱으로 나치 십자가를 움켜쥔 제국의 독수리가 제작 연도와 함께 새겨져 있었다). 게다가 오스트리아 제1공화국 시절 건설된 공항은 훗날 생겨날 마을 부지로 진입하는 걸 진작부터 어렵게 만들고 있었다.

이런 온갖 운송 노선의 삼각지대 안에 건설되어, 번잡한 도로들과 계속되는 커브길을 돌고 돌아 지하 도로들을 통과하고 나서야 다다를 수 있는 탁스함은, 첫눈에만 다른 나라의 조차지租借地처럼 보이는 것이 아니었다.

다른 나라의 조차지라니, 어디의? 어디에 소속된? 그곳은 아마도 전쟁 난민들, 실향민들, 강제 이주자들의 식민지였을 것이다. 그런 특징은 잘츠부르크 주변의 다른 곳보다 확실히 더 두드러졌다. 아무튼 약사는 동부에서 합스부르크왕정 아래, 그후에는 체코슬로바키아공화국, 그러고 나서는 독일군 점령 아래 제약공장을 했던 집안 출신이었다. 여기 그의 이야기를 쓰기 위해서 더 상세한 내력은 굳이 알고 싶지 않았다. 그는 이렇게 말했다. "좋아요! 그건 그냥 내버려둡시다!"

새로운 거주자들은 전쟁 후 장거리 철로와 고속도로 그리고 공항 활주로를 건설하면서 생긴, 바로 '탁스함'이라는 건물 이름이 붙은 농장의 자투리땅에—일찍부터—자리를 잡았을 뿐 아니라, 외부와 차단되도록 요새를 쌓았다.

외부에서 그 많은 장애를 극복하고 간신히 탁스함에 이르면, 원래 있던 게 아니라 주민들이 만든 진입 저지망 같은 것이 또하나 나타난다. 탁스함은 철둑 뒤나 활주로 철조망 뒤를 막론하고 어느 곳이든지, 철책 아니면 웬만한 나무 높이의 관목 울타리가 빽빽이 들어차서 또하나의 원형저지망을 두르고 있는 것처럼 보인다. 그 울타리 너머로는 전쟁 후 세워진 가톨릭 성당의 마름모꼴 탑신 하나만이(개신교회의 탑신은 거리상 보이지 않는다) 바깥세상을 넘겨다보고 있었다.

외부에서는 타의로, 내부에서는 자체적으로 추가되어 형성된 이중의 차단 시설 사이 좁고 길게 뻗은 지대는 축구장으로 이용되거나 산책할 수 있는 풀밭, 또는 잡초가 뒤엉킨 벌판이 되었다. 거기에서 해마다 며칠씩 서커스단이 초청공연을 하는데 그들이 머문 자리는 주위보다 풀빛이 바래 있었다. 그래서 그곳은 마치 망루 같은 인상을 주기도 했다.

한편 탁스함은 이미 반세기 전부터, 비록 아주 보잘것없는 수준이긴 하지만, 오늘날 '신도시'라 불리는 수많은 새로운 거주지의 선구였다. 그곳으로 찾아들어가기도 어렵지만, 걸어서든 차를 타든 다시 나오기는 더욱 어렵다. 그토록 분명해 보이던 길들이 거의 한결같이 굽어들고, 한 블록을 우회하거나 작은 집의 정원들 사이로 헤매다보면 어느새 출발점으로 되돌아간다. 아니면 들판인지 뭔지 그 틈새로 희미하게 보일 뿐 그 사이를 통과해 지나갈 수 없는 울타리 앞에서 다시 끝나기 마련이다. 그렇지만 이 도로들도 물론 마젤란이나 포르셰 같은 이름으로 불리고 싶어할 것이다.

실제로 관목숲 울타리의 고장 탁스함의 도로들 (또는 진입로들) 대부분은 공항에 인접해 있어서, 종전 후 이주민들의 의견과는 전혀 상관없이 '체펠린 백작'이니 '오토 폰 릴리엔탈' '마르셀 레바르트' 같은 비행사상 선구자들의 이름으로 불렸다. 어쩌면 그들은 '고트셰어슈트라세'나 '지벤뷔르거슈트라세'라는 이름을 좋아했을지 모르지만, 누가 알겠는가? 언젠가 내 친구 안드레아스 로저가 그 거리에 어울리는 유일한 명칭은 '눈게서와 콜리'라고 말한 적이 있다. 그 두 비행사는 유럽에서 아메리카로 향하던 첫 시험비행중 대서양 상공에서 실종되었다고 했다. 그것도 대륙을 벗어나자마자.

그리고 세번째로, 또 한 가지 점에서도 탁스함은 초창기부터 동시대적 현상을 이른바 앞서갔다. 오늘날은 직장 근처에 살지 않는 것이 점점 보편화되고 있다. 그런데 이 자투리땅, 울타리 식민지의 직장인들 사이에서는 1950년대 이전인 당시부터 벌써 아파트나 거주지를 다른 데—멀지는 않아도 아무튼 탁스함은 아닌 곳에 두는 것이 일반적이었다. 상인들이나 식당 주인들조차 낮에, 영업시간에만 와서 일했다. 심지어 마을에 부임한 신부들 가운데 내가 잘 아는 한 분도 미사를 올릴 때만 그곳으로 출퇴근했으며, 그 외의 시간은 도시에서 생활하면서 하릴없이 여기저기 돌아다녔다(그는 이미 오래전에 사제직을 사임했다고 한다).

물론 약사도 탁스함 외곽에 집이 있었다. 어느 시골 마을 근처, 잘차흐로 곧장 흘러들어가는 국경지대의 잘라흐강 가까이에 자연적으로 형성된 자투리땅, 아니 그 '모서리'였다.

그때 그는 일터에 매여 있었다. 강둑에 있는 집과 약국 그리고 공항을 축으로 하는 삼각지대 안에서 생활이 이루어졌다. 우리가 만났던 당시 그는 공항에서—그의 이야기는 전혀 다른 시기에 진행된다—한번은 아내와 또 한번은 애인과 번갈아가며 정기적으로 저녁을 먹었다.

그보다 한참 손위인 형이 차린 약국은 전쟁 후 탁스함의 신주거지 및 구호 단지에서 이루어진 최초의 영업활동이었다. 다시 말해 학교나 교회, 심지어 다른 어떤 상점들보다도 먼저 차려진 최초의 대중적인 공공시설이었다. 빵가게보다 먼저 생긴 것이 바로 이 약국이었다(빵은 처음에는 옛 농가에서 살 수 있었다). 그리 짧지 않은 기간 동안 약국은 전후 이주민들을 위한 유일한 '서비스 장소'였으며, 초창기에는 이 미개발지의 보건소 역할을 하다가 그후로는 차츰 임시 주민회관이 되어갔다고, 내가 아는 사람은 조롱하듯 말했다.

수십 년이 지나서도 그런 면모들은 여전했다. 비록 그동안 농촌의 모습은 하나같이 사라지고 교회 탑들과 슈퍼마켓들이 시가지 양쪽을 둘러쌌지만, 탁스함의 약국은 그후에도 여전히 지역의 중심이었다—건물 외관이 그렇다기보다는 그곳 사람들의 생각이 그랬다.

그것은 건물 때문은 아니었다. 사실 약국 건물은 그저 담배나 신문을 팔기에 적당한 조그만 구멍가게처럼 보였다. 그렇다고 내부가 수많은 오래된 약국처럼 어둑하고 신경써서 배치되어 박물관처럼 호화롭지도 않았다. 또 최근의 여러 약국들처럼—여기가 어디야? 일광욕실? 향수가게? 해변의 상점?—밝고 다채로운 다양한 형태를 띠지도 않았다. 약국 안은 거의 놀라울 정도로 색도 장식도 없어 보였다. 약이든 치약이든 무엇 하나 눈에 띄는 게 없었다. 그도 그럴 것이 모든 것이 무척 튼튼하고 투박해 보이는 빗장으로 잠긴 유리 약장들 속 깊숙이 놓여 있어서, 약을 파는 곳이 아니라 흰색 제복을 입은 두세 사람이 경비를 서고 관계자 외 접근이 금지된 무기고 같았기 때문이다. 게다가 입구에 특별한 문지방 하나 없었는데, 안드레아스 로저의 말로는, 전 세계 거의 모든 약국에 특색 있는 문지방이 있었다. 아무튼 그 입구는 숭고한 맛도 없고, 살림집 출입구보다 화려한 도안이나 건축장식 문양이 그려진 댓돌조차 없었다. 흔히 교회 것보다 더 깊이 파여 있기도 한 약국 문지방도 없이 곧장 약품 저장고로 이어졌다.

'독수리 약국', 이것이 탁스함의 약국 이름이었다. 이 약국의 창업자이자 이미 오래전 서쪽에 있는 바이에른주의 무르나우로 이주해서 아들, 딸, 손자들과 함께 '빨간 수퇘지 약국'을 차려 정착한 형이 붙인 이름이었다. 그러나 약국을 물려받은 그도 그렇게 생각했듯이, 간이매점과 전파상 사이에 끼어 있는 외관상으로는 '토끼 약국'이나 '두더지 약국'이라고 하는 게 더 어울릴 법했다. 아니면 그의 취향대로 조상들의 고향 이름을 따서 '타트라* 약국'이라고 하든지.

그렇다, 탁스함에 어울리지 않게 품위 있는 다른 건물들보다 이 밋밋한 약국이 두드러져 보이는 것은 그 위치가 거의 대도시처럼 건물들이 빽빽이 들어선 마을 한가운데였기 때문이었다. 담장 두른 오두막에 비해 지나치게 넓은, 거의 초원에 가까운 잔디의 한복판에는 지난날 스텝 지역**의 잔재답게 오래된 나무들과 오래된 덤불들 사이에 키 작은 나무들이 듬성듬성 뒤섞여 있었다. "아침에 일터로 갈 때면 이따금 저기 오두막에서 피어오르는 연기를 본답니다"라고 약사가 말했다. 순수 오스트리아 말투는 아니었다.

그는 오가는 길도 똑같았다. 강가의 집에서 울타리 뒤 가게로, 저녁

---

* 체코 동북부와 폴란드 국경 부근으로 뻗은 산지.

** 온대 초원 지대로, 긴 건기와 짧은 우기가 특징이다.

때는 여기서 활주로 철조망을 따라 공항으로 가는 식이었다(그런 방식을 끝낼 때까지 늘 그랬다). 그는 걷거나, 자신의 대형 승용차들 가운데 한 대—항상 최신형이었다—를 타고 다녔다. 때에 따라서는 허리를 꼿꼿이 세우고 묵직한 검은 자전거 '플라잉 더치맨'을 타기도 했다. 나는 소형 오토바이를 탄 그와 들길에서 몇 차례 마주치기도 했는데, 온몸에 진흙이 튀긴 채 이상스럽게 생각에 잠긴 그는 마치 거친 사냥에서 막 집으로 돌아오는 사람처럼 보였다(그리고 언젠가 꿈속에서는 자가용 비행선을 타고 약국 앞 상공으로 날아와 밧줄을 타고 스텝 지역의 풀밭 위로 내려왔다).

탁스함 주민들 역시 의사를 찾아가기 전에 병원비를 좀 아낄 수 있지 않을까 하는 기대를 품고 약사를 찾았다. 그러나 병원에 다녀온 후에도 그에게 조언과 도움을 구하는 일이 빈번하다는 것은 별로 알려지지 않은 사실이었다.

"의사들은 갈수록 전문인이 되어갔죠. 그래서 그들이 갖지 못하게 된 거시적인 통찰이 내게는 있다고 자부할 때도 가끔 있습니다. 게다가 환자들은 내가 진찰이나 수술을 종용할까봐 겁낼 필요가 없지요. 때로는 내가 그들에게 실질적인 도움을 줄 수도 있고요."

그건 정말 그랬다. 특히 뭔가 보충하거나 다른 약으로 바꾸는 게 아니라 취소하면 되었다—처방전에 적힌 전부는 아니라도 한두 가지를. "내 작업에서 특히 중요한 것은 분리와 제거예요. 약장이 아니라 인체에 빈자리를 마련하는 거죠. 빈자리 마련하기와 물꼬 트기. 굳이 원한다면, 물론 우리 약국에는 모든 약품이 넉넉히 준비돼 있습니다." (그

구멍가게 같은 약국은 밤마다 철책이 둘러쳐지고 빗장이 질러지고 바리케이드를 쳐서 '들어가려면 폭파 말곤 방법이 없는' 벙커 같았다.)

실제로 그 지역에는 그가 그렇게 도울 수 있는 사람이 적지 않았다. "물론 그들이 도움을 청했기 때문이지요." 그리고 "하느님이 보우하사" 그의 명성이 마을 밖으로 널리 퍼지지는 않았다. 분명 탁스함의 약사가 기적의 치료사는 결코 아니었던 것이다.

주민들은 약국 문을 나서자마자 그에 대한 고마움을 잊었고, 더불어 약사도 잊었다. 탁스함의 이런저런 개업의, 상인이나 축구선수와 달리 그는 거리에서든 몇몇 술집에서든 알려진 인물이 아니었다. 아무튼 그를 화제로 삼거나 계속 추천하거나 찬사를 읊어대는 사람은 없었다. 고전 희극에서처럼 약사를 웃음거리로 삼지도 않았다. 바깥에서, 그의 활동 영역 밖에서 그와 우연히 마주친 사람은, 물론 고의는 아니지만, 무심코 지나치거나 혹은 몇 초 전만 해도 자신이 약국 '카운터'에서 감사의 악수를 청하려 했던 약사임을 알아보지 못했다.

비단 약사가 외출할 때 되도록 흰 가운을 걸치지 않는다는 사실 때문만은 아니었다. 그는 상의 주머니에 장식용 손수건을 꽂은 정장 차림에 모자까지 쓰고서 탁스함에서는 여전히 드문 행인들 사이를 돌아다녔다. 이때 시선은 "걸음마 배우던 시절부터 줄곧 나무 꼭대기나 길옆 또는 길 먼지 속에 떨어지는 빗방울을 향하고 있어서, 자기가 보지 않으면 남의 눈에도 보이지 않는다는 어린아이들의 믿음처럼 눈에 띄지 않게" 되었다. 또한 그 자신도 저녁때 자신의 벙커를 벗어나면 사람들 사이에서 자기 고객, 손님 또는 환자를 전혀 알아보지 못했다는 사실을 언급해야 할 것이다. 기껏해야 아무개 씨나 아무개 부인 정도로 알아보는 게 고작이었다. 진료실을 벗어나도 여전히 '의사'인 의사들과 달리 탁스함의 약사는 약국에 자물쇠를 채움과 동시에 더이상 약사가 아니었다.

그럼 그는 도대체 누구이며 뭐하는 사람이란 말인가? 언젠가 나는 아이들이 그에게 달려가는 모습을 본 적이 있다. 보통은 낯선 어른을 향해 달려갈 때 가까워질수록 속도가 빨라지기 마련인데, 그 아이들은 어른 키쯤 되는 거리에서부터 속도를 늦추며 그를 올려다보았다. 멀찌감치 떨어져서, 그를 올려다보았다.

이야기가 진행되는 시기는 여름이었다. 공항 주변과 그 뒤편 울타리 단지의 초원은 벌써 한차례 풀을 베어냈는데도 그새 다시 훌쩍 자라 있었다. 멀리서는 그 지역에 있지도 않은 밭처럼 보일 정도였다. 초봄의 잔디와 달리 거의 꽃도 없는 녹지는 바람이 불어오는 방향에 따라 잿빛 숲길처럼 보이기도 했고, 반대로 숲길이 녹지로 혼동되기도 했다.

뿐만 아니라 일 년 중 과일이 거의 나지 않는 시기였다. 버찌는 이미 거둬들였거나 새들, 특히 까마귀들이 싹쓸이해갔고 사과도 아직 여물지 않아 파란 풋사과뿐이었으며 그런 사과나무조차 보기 드문 때였다.

동쪽 도시에서는 벌써 축제 공연이 시작되어 고갯길과 터널, 하천 협곡, 게다가 국경 너머 알프스의 깊숙한 골짜기까지 떠들썩할 때도 탁스함 주변은 고립된 듯 적막했다. 초원과 울타리 바깥쪽의 옥외 광고탑에는 일 년 내내 그렇듯이 포스터가 절반도 차지 않았다. 활주로와 공항 타워 쪽을 향해 서 있는 원형탑 역시 여느 때처럼 텅 비어 있었다.

그런 마을에 반드시 있기 마련인 점쟁이는 여름에 탁스함 남쪽에서 지진이 일어날 거라고 정초에 예견했는데, 바로 캅슈타트* 근처에서 실제로 지진이 발생했다. 그리고 다시 점쟁이의 예언에 따르면, T시의 서쪽에서 여름이 가기 전에 전쟁이 일어난다고 했다. 비록 삼 일 전쟁이긴 해도, 그 여파는 무한정이라는 것이었다!

그는 언제나 그랬던 것처럼 '까마귀의 첫 울음소리'에 일찍 잠에서 깼다. 그의 아내는 집안의 다른 편에서 아직 자고 있었다. 그들은 함께 살지만 십 년이 넘도록 각자 자기만의 영역을 지키며 별거중이었다. 상대의 공간으로 들어가려면 반드시 노크를 했다. 심지어 공유 공간인 현관, 지하실, 정원에도 보이거나 보이지 않는 벽이 존재했다. 그런 구별이 불가능한 곳—부엌 같은—은 시차를 두고 사용했는데, 아무튼 그들이 상대와 떨어져 나름대로 각자 제 길을 가기 시작한 후부터는 철저하게 시차를 두고 모든 일상생활을 꾸려나갔다. 그러면 그의 아내는 그가 일어나는 시간에 자연스레 잠이 깨도 억지로 침대에 누워 있었을까? 또 그가 정원으로 나가면 어쩔 수 없이 집안에 있었을까? 아니면 그가 집안에 머물 수 있도록 그녀가 정원으로 나갔을까? 다음날로 예정된 휴가 여행은 그녀 혼자 떠나는 걸까? 이미 오래전부터 해마다 여름에는 그가 꼭 집과 정원을 독차지하려고 하기 때문에?

"아니요." 약사는 부정했다. "우리는 서로 아무 문제도 없습니다. 우

---

* 남아프리카공화국의 케이프타운을 가리킨다.

리 일상은 이제 아주 평온해요. 이 질서는 아무 간섭도 없이 저절로 생겨났고, 우린 그런 질서가 있다는 것조차 알아차리지 못해요. 다만 어느 한순간 그 상태를 벗어나 일시적으로 함께임을 느끼고, 전에는 몰랐던 유형의 조화를 이루어 무엇인가를 공유할 수는 있겠지요."

"그래요, 일시적으로." 그의 아내가 맞장구쳤다. "문짝과 돌쩌귀 사이, 창문과 정원 의자 사이, 나무 꼭대기와 지하실 채광 구멍 사이에서요."

"예를 들면요?" 내가 물었다.

한번은 약사가, 한번은 그의 아내가 대답했다. "항상 묵묵히—이웃들이 무슨 대화를 나누는지 함께 경청하며—아니면 담장 뒤편에서 강둑을 거니는 사람들 소리를 들으며—특히 어디선가 아이가 울 때—구급차 사이렌이 울릴 때—밤에 각자 자기 방에서 저 국경 너머 산의 바위 절벽에서 번쩍이는 구조등을 바라볼 때—지난 이른봄 홍수 때 강에 빠져 죽은 암소 한 마리가 하류로 떠내려왔을 때—첫눈 올 때—그래? 글쎄, 난 모르겠는걸."

해가 떴다. 따뜻하고 건조한 밤이 지나간 정원에는 이슬 한 방울 없다. 그 대신 사과나무의 반짝임, 어느 가지에서 솟아난 송진 한 덩어리, 이제 최초의 햇빛으로 가득찬, 이 세상에서 가장 작은 등 하나가 있을 뿐이었다. 제비들이 하늘 높이, 아직 짙은 어둠이 깃든 여명 속을 날고 있었다. 회전하면서 날개를 잠시 수직으로 세우는 순간, 또는 저 위쪽에서 햇빛을 받아 깃털이 반짝일 때면, 제비들은 아침햇살과 장난치고 있는 듯했다.

그는 어느새 제법 알이 굵어진 사과들 중에서 이마 높이에 달린 것을 머리로 받았다. 공인 것처럼, 하지만 그보다는 부드럽게. 그러고 나서 집밖으로 나가 둑 위에서 강을 거슬러오르며 아침 강바람을 쐤다. 대개 길에는 아무도 없었다. 여름이면 늘 그렇듯이 잘라흐 강바닥의 자갈들은 강가와 수로에서보다 더 많이 불어나 멀리 석회산들 사이에 있는 수원지까지 맑고 영롱한 빛을 내며 뻗어나갔다.

약사는 망자들에 대해 생각했다. 그러자 아들이 떠올랐다. 그렇지만 아들은 죽은 게 아니잖은가? 그렇다, 그는 아들을 내쫓아버렸다. 표현이 좀 심했나? 그냥 아들을 포기한 게 아닐까? 눈에 보이지 않게 떨어뜨려놓고 잊은 게 아닐까? "아닙니다, 나는 그애를 내쫓았어요." 그가 말했다. "내 자식을 내가 내쫓았다고요."

그는 뼛속까지 시려오는 찬 강물에서 수영을 했다. 우선 거센 물살을 거슬러올라가 독일로 흘러드는 하천의 경계 지역쯤에 이르자 물살에 몸을 맡기고 둥둥 떠내려갔다. 질주하듯 강기슭의 덤불이 지나갔다. 물속 깊이 잠수했더니 강바닥에서 구르는 조그만 조약돌들이 귓불 언저리를 스치며 잘그락댔다. 그는 언제까지나 그렇게 숨을 쉬지 않고 물속에 머무를 수 있을 것 같았고, 이제부터 그것이 자신의 삶인 양 여겨졌다.

약사는 아래쪽 가파른 계단 바로 앞에서 강기슭으로 꺾었다. 이른 아침부터 비행기 한 대가 벌써 나무 꼭대기 너머로 낮게 착륙중이었다. 그는 비행기 창문 너머 한 어린아이의 얼굴을 보았다. 얼음같이 찬 강물에서 수영을 하고 난 다음에만 이처럼 예리하게 볼 수 있는 것은 아니었다. 그의 형이 탁스함의 약국에 붙여준 이름은 어쩌면 바로 이

점에서 딱 들어맞는 것인지도 모른다.

집으로 돌아온 그는 샤워를 해서 석회질의 회색 강물을 씻어내고, 수영하는 동안 끓인 커피를 마셨다. 커피는 자메이카산 블루마운틴으로, 항상 그렇듯이 인근에서 구할 수 있는 최상품이었다. 아내는 기척이 없었다. 아래층 현관에는 벌써 비행기표 한 장이 얹힌 그녀의 여행가방이 놓여 있었지만 그는 들여다보지 않았다. "매번 그녀가 출발하기 전이면 딸기밭 언덕의 이미지가 문득 떠올랐답니다"라고 그는 설명했다. "언젠가 그녀가 이야기한 적이 있었지요, 어린 시절 여름마다 즐겨 찾던 곳이라고."

그도 전에는 여행을 많이 했었다. 거의 전 세계를. 그러나 이제는 어디로도 떠나지 않게 되었다. 지금 있는 바로 그 자리에서도 매일 아침 길을 떠나거나 이미 오래전에 길을 떠난 것 같았고, 그 여정은 오늘도 계속되고 있는 듯 여겨졌다. "나는 여기 오래, 오래도록 머물고 싶었습니다."

이제 강둑 위에는, 정원수 사이로 운동복의 알록달록한 색깔만 보이는 첫 조깅족이 두서너 명씩 앞뒤로 줄을 지어 좁은 산책로를 지나가고 있었다(이와 달리 초원 너머 탁스함에는 거의 아무도 없었고, 버스도 지나가지 않았다). 그들은 그러지 않으면 자신들의 목소리가 들리지 않는다고 믿는 듯 터무니없이 크게 떠들어댔다.

그리고 어느 이웃집 정원에서 고함소리와 한껏 서럽게 우는 아이의 울음소리가 들려왔다. 다른 쪽 집에서도 금방 비슷한 소리가 터져나왔다. 그는 귀를 기울였다. 그리고 확신했다. 아내도 똑같이 저쪽 문 뒤에서 귀를 쫑긋 세우고 있다는 것을. 울음소리와 흐느낌이 오른쪽과 왼쪽에서 모두 가라앉고, 좀전의 울부짖음 덕에 한층 맑아지고 풍성해진 듯한 목소리로 어느덧 서로를 부르며 두런두런 대화를 나누는 소리가 들릴 때까지도 그들은 여전히 귀를 기울이고 있었다. 그들은 저 건너 독일의 강기슭을 지나는 기차 소리도 들었다. "바트 라이헨할* 방면이군요!"—"네."

약사는 이날 아침 아내의 자전거를 끌고 나섰다. 그녀는 어차피 다음주까지는 자전거가 필요 없을 터였다. 그는 강어귀를 지나 강가의 길을 한 마장쯤 달리고 나서 들판을 지나 지첸하임의 농가로 접어들었다. 공동묘지에 이르자 문양이 새겨진 역암이 눈에 들어왔다. 자세를 보니 십자가 없이 십자가 모양으로 팔을 벌리고 있는 사람의 모습임을 알 수 있었다. 짧은 두 팔을 쫘악 벌린 난쟁이 같은 몸집에 비해 머리가 지나치게 커 보였다. 동쪽을 향해 있는 바위에 새겨진 그 문양은 알아보기 힘들 정도로 풍화되어 있었지만 아침해가 떠오르면서 선명해지기 시작했다.

약사는 줄곧 동쪽으로, 해를 향해 달리는 것이 만족스러웠다. 그렇게 해서 자신의 그림자, 그에겐 늘 언짢았던 그림자를 피할 수 있었다. 조금 전 강가나 바위틈에서처럼 풀잎에서는 지난주에 나던 건조한 냄새가 났다(잘츠부르크와 비에 대해 떠도는 이야기들은 때때로 엉터리다). 위장용 얼룩무늬를 칠한 지첸하임 병영의 가건물 옆으로 마침 시

* 독일의 온천 도시.

내버스 한 대가 지나갔다. 축제 공연을 위해 그림으로 아름답게 장식한 버스는 위장용 얼룩무늬의 한 부분인 것처럼 보였다. 연병장 위로 비행기 그림자가 스쳐지나갔다.

울타리 단지 안으로, 또는 그가 남몰래 이름 붙인 '잃어버린 섬'으로 꺾어들면서부터, 그날따라 이상하게도, 몇 번씩 연거푸 인사를 받았다. 린드베르크 산책로에서 릴리엔탈가에 이르는 동안, 지나가던 행인들에다 웬 낯선 사람까지 덩달아 인사를 했다. 약사는, 그 인사가 사실은 평소 그의 아내(그녀 역시 약사였다. 아들만 제외하고 온 가족이 직업이 같았다)가 타고 다니는, 그곳 명물인 전쟁 전에 만들어진 육중한 자전거를 보고 하는 것임을 깨달았다.

직원 두 명이, 그러니까 중년의 여인과 아직 어린애나 다름없는 청년이—여인은 청년의 어머니였는데, 이것도 약국의 전통이었다—벌써, 늘 그렇듯이 너무 일찍부터 와서 동네 한복판의 풀밭, 철책을 둘러친 벙커 입구에 쭈그려앉아 기다리고 있었다. 그들의 머리 위로는 맑은 날씨를 예고하는 구름 한 점이 높이 떠 있었다. 몇 해 전 내전을 피해 남쪽에서 올라온 난민인 그들은 그곳에서 사람들 입에 자주 오르내리는 저주의 말도 가져왔다. "널 반길 곳은 병나서 갈 약국이 유일할지니."

약사에게는 딸이 하나 있었다. 그녀는 최근 학업을 마치고 그와 함께 일하다가, 여름 무렵 마찬가지로 약사인 남자와 사귀더니, 그후 그의 집안에서는 새로운 종족인 어느 물리학도와 함께 '잃어버린 섬'을 벗어나 전혀 다른 곳으로 떠나버렸다.

딸은 떠나는 게 내키지 않는 듯했고, 그는 이상하게도 딸이 처음으로 자신에게 마음을 쓰는 듯하다고 느꼈다. 그러나 예나 지금이나 딸의 부재나 가까운 이들의 부재는 늘 그를 보호해주었다. 즉 그로 하여금 그들이 얼마든지 오랫동안 떠나 있을 수 있도록, 그들 없이도 최선을 다해 나름대로 잘 살아가겠노라고 다짐하게 해주었던 것이다. 아무튼 그는 그렇게 생각했다. 게다가 그들이 없는 동안 아무 걱정 없이 낙원 같은 섬의 한가함과 행복을 만끽할 수 있었다. 못할 것도 없지 않은가.

그러나 가까운 이들이 떠날 때마다—그는 "약사는 친구가 없기 마련인지, 친구들이라니 나는 상상도 할 수 없답니다"라고 말했다—그는 별도로 실존적인 결심을 했다. "나 자신에게 어떤 규율이나 삶의 규범을 부여한다면," 그가 말을 이었다. "바로 이거예요. 지금 곁에 없는 네 가족들이—아주 넓은 의미에서의 가족이지요—어디서든 너 없이도 잘 지내고 늘 그렇게 먼곳에 머물 수 있도록 하라, 방해하지 말고!"

"그런데 가족 가운데 한 사람도 부재중이 아니면요?"

"언제나 한 사람은 부재중이기 마련이지요."

약국 종업원들이 대개 그렇듯이 탁스함 약국의 두 직원도 여느 판매원이나 종업원과는 조금 달랐다. 또는 시간이 흐르면서 적어도 단골손님들이라든가 특별히 조언을 구하는 사람들로부터 한낱 종업원 이상의 평가를 받았다. 난민 출신 여인과 그녀의 아들은 이제 일개 직원이 아니라 권위자로 여겨졌고 또 그에 걸맞게 처신했다. 그들은 단순한 상품 판매인 이상으로 만족스러울 만큼 일을 잘해냈다.

그래서 약사는, 이번 여름이 처음은 아니지만, 그들이 가능한 한 재

량껏 일하도록 내버려두었다. 그러자 자연스럽게 한결 편해졌다. 가짜 환자며 불안증 환자, 의욕 상실자도 줄어들었다. 마치 여름에 부재하는 가족들이 그뿐만 아니라 다른 사람들에게도 긍정적인 영향을 미쳐 용기를 북돋고 힘을, 정말이지 어떤 특별한 약을 준 것처럼.

이제 약사가 반나절 동안은 가게 뒤쪽에 물러나 있는 것도 그 덕분이었다. "온종일 사람들을 상대하지는 않아요." 그가 말했다. "꼭 그래야 하는 것도 아니고요." 약 조제 자체는 별 대단한 일이 아니었다. 그렇지만 때때로 몇 가지 기본 원료를 다루고, 수십 년 전부터 익혀온 손동작으로 그것들을 제3의 물질로 변형시키거나, 자신이 직접 배합한 원료들이 자체 반응을 하면서 변하는 순간이면 그냥 그것만으로도 좋았다. 두통약, 심장질환을 위한 물약, 관절염 치료용 연고 같은 약을 물리 화학적으로 조제하는 것은 시간과 비용이 많이 들뿐더러 실제로 무의미한 일이었다. 가게 앞 가판점에도 맛이나 냄새가 그의 조제품과 별반 다르지 않은, 게다가 공장 심의까지 마친 유사품들이 쌓여 있으니까.

그래도 그는 그 작업을 아주 그만두지는 않았다. 비상 시기, 결코 그리 멀지 않은 비상 시기에 대비하는 일이라고 생각했다. 그 시기는 자신보다 다른 사람들, 즉 그의 고객들, 마을 사람들, 가까운 이웃들에게 해당되는 것이었다(어쩌다 돌아오는 야간 당번 때 말고 외부에서 오는 고객은 아무도 없었다). 그때 그의 손동작은 우리 같은 사람들이 머릿속으로 그려볼 수 있는 '약사의 손동작'과는 아주 달랐다. '약제사처럼' 비좁은 공간에서 깨작거리는 게 아니라, 앞으로 나아갔다 뒤로 물러서면서 팔을 휘두르며 허공을 더듬는 큼직한 동작들을 보여주었다.

한번은 갑작스러운 침입이 있었는데—아울러 개점 이래 유일했다—침입자는 그 뒷방에서 탁스함의 약사와 마주치자마자 칼을 떨어뜨리고 줄행랑쳤다. "그자는 내가 전혀 두려워하지 않는다는 사실을 알아챘던 거예요. 그런 상황에서는 절대 두려워해서는 안 되지요."

"어떻게 그럴 수 있나요?"

"절대 두려워해서는 안 됩니다."

약사에게는 또다른 전문분야가 있었다. 그는—아마도 최근까지 규명될 수 없는 물질이 전적으로 이 경우에 해당된다면—버섯 전문가였다.

여름으로 접어들 무렵이면 적어도 유럽에서는 많은 약국이 식용버섯과 특히 독버섯이 그려진 안내판을 진열창에 내놓는다. 가끔은 진짜 이끼 위에 실물 모형을 정성스럽게 진열하기도 한다. 그렇지만 문외한들이 숲이나 밭에서 진짜 버섯을 찾아내 들고 와서 조언을 구하면, 약국 사람들은 대부분 말없이 고개만 갸우뚱거리며 멀찌감치 떨어져서는 땅에서 캐온 버섯을 손가락으로 슬쩍 건드려보고—부탁이니, 카운터 유리에 모래를 떨어뜨리지 마세요!—탐탁지 않은 듯 애매하게 얼버무린다: 독성이 있거나, 적어도 의심해볼 여지가 있습니다.

그러나 탁스함의 약사는 첫눈에 쓱 보거나 한번 만져보면, 혹은 킁킁 냄새를 맡아보고 약간 갉아먹어보기만 해도 금방 알아냈다(좀 까다로운 종류도 버섯 위나 안쪽에 기생하는 제각기 다른 벌레, 달팽이, 집게벌레, 거미만 보면 알아낼 수 있었다). 무엇보다 그는 자기 앞에 놓인 버섯이면 무엇이든 예외 없이 감탄했다. 어린아이가 버섯갓 주름에서 부스러기가 붙은 손으로 무심결에 입가를 훔치기만 해도 심각한 사태가 일어날 수 있는 경우에도, 또 문제되는 버섯에서 삼 주 묵은 송장 냄새가 사방으로 퍼져나가도 마찬가지였다.

"혹시 버섯에 대한 내 열정 때문에 아내와 사이가 멀어진 건 아닐까 가끔 생각합니다." 그가 말했다. "특히 가을날 저녁 집에 돌아오면 외투나 양복 할 것 없이 주머니마다 버섯으로 가득했거든요. 또 냉장고 안은 물론 식품 저장실, 지하실까지 버섯향을 잘 보존할 수 있을 만한 곳이면 어디든지 가득차 있었어요. 아내는 매일같이 나와 함께 버섯을 먹어야 했지요—식용버섯은 의외로 종류가 많고, 한겨울까지 계속 나온답니다. 물론 나중에는 집안으로 버섯을 가져오진 않았어요. 하지만 정원의 관목 덤불 아래서, 또 나무 구멍 속에서 어김없이 버섯이 나타났고 향이 풍겨나왔지요. 도대체 아내 모르게 어디에 버섯들을 숨길 수 있겠어요—내가 버섯을 내버려야 했을까요? 이 귀한 천혜의 선물을? 이 훌륭한 것들을?—제일 애석한 것은 죽은 개의 고약한 썩은 내를 풍기는 그물우산버섯이에요. 다 자라기 전에는 비둘기 알만한데 그게 이루 형언할 수 없는 별미라는 겁니다. 생으로 썰어서 소금과 올리브유를 뿌리면!"

이렇듯 약사가 그의 실험실, 아니 부엌에서 몰두한 두번째 일은 버섯 연구였다. 때론 신념에 가득찬 주방장으로, 때론 이해가 느려 멈칫거리는 수습생으로서. 그렇다, 급기야 그는 특별한 버섯 안내서를 준비하기에 이르렀다. 그 책에서 그는 이전에 흔히 무시당했던 많은 품종의 가치를 설명하고, 나아가 특정 버섯을 먹었을 때 사람들에게 미치는 영향을 정확하게 기술하려고 했다. 그의 관심 대상은 환각을 불러일으키는, 소위 의식을 확장시키는 품종이 아닌 바로 '꿈의 버섯', 즉 '꿈을 확장시키는 버섯'이었다.

그의 이야기가 시작되던 무렵 특히 탁스함 주변에는 다른 곳과 마찬가지로 심한 가뭄이 계속되어 전 지역을 통틀어 버섯은 한 송이도 구경할 수 없었다. 그런데 약사는 견본, 특히 견본의 향에 작업을 의존하고 있었던 까닭에 이날 오전 버섯에 대한 그의 상상은 거의 진척이 없었다. 고작해야 메모에서 삭제하거나 생략하려 했던 관찰 부분들을 지웠을 뿐이었다.

창가 벽면을 온통 차지한 널따란 책상에 앉아서 그는 누렇게 바랜 뒤뜰 잔디밭을 내다보았다. 잔디 위로는 언제나 지빠귀 한 마리가—지빠귀만이 그렇게 불쑥 허공에 나타날 수 있다—투구의 면갑面甲을 내리고 결투에 나선 기사처럼 어슴푸레 드러나는 검은 머리통을 들이대면서 날아들었다. 지빠귀가 연신 몸을 부딪히는 장애물들은 낮은 울타리에서 시작해 지평선에 이르는 마을을 둘러싼 높은 울타리까지 이어졌다. 그 순간 약사에게 한 가지가 분명해졌다. 오로지 나뭇잎 하나가 흔들렸을 뿐이라는 것. 그리고 그 나뭇잎이 빚어낸 격렬한 번쩍임이 오전 내내 나무 한 그루로, 마침내 숲 전체로 퍼져나갔다는 것이.

이따금 그는 앞쪽 매장으로 나가 일을 도왔다. 물을 한 잔 따라주는 것이 고작이었지만.

점심때 약사는 습관대로 간단한 식사를 위해 탁스함과 잘츠부르크 공항 사이에 있는 숲으로 갔다. 습관? 그것은 차라리 하나의 의식이거나, 억지로 하면서도 철저히 지켰던, 자율적인 규칙이었다.

숲을 지나온 이방인에게 그곳은 여러모로 아리송해 보일 수밖에 없었다. 그곳 주민들에게조차 이 숲은 가볼 만한 곳이 못 되었다. 주민들은 기껏해야 숲 밖에서, 평지치고는 이상하게 구부러진 도로로 차를 몰고 숲을 지나쳤다. 철책이 둘러쳐진 그런 구간은 전국의 숲을 통틀어도 쉽게 볼 수 없는 것으로, 우거진 관목 덤불에 이르러 다시 끝나버리는 짧은 길들 때문에 거듭 끊기기 일쑤였다. 자동차 바퀴자국들이 깊이 팬 그 길은 달리는 차량뿐 아니라 수백 대의 경비행기에서 매일같이 버려지는 쓰레기로 뒤덮여 있었다. 나무들조차 밑동에서부터 꼭대기까지 종이와 플라스틱을 뒤집어쓰고 있었다.

약사는 이 숲속에 숨은 또다른 숲을 알고 있었다. 물웅덩이와 야생딸기 덤불에 둘러싸인 작은 숲이었는데, 덤불 사이 갈라진 틈으로 나무판자 하나만 걸치면 몸을 굽히지 않고도 안으로 들어설 수 있었다. 잠시 어둠침침한 곳을 지나가면 개간지처럼 밝은 곳이 나왔다. 그곳에도 나무들이 그림자를 드리우고 있었다. 나무와 관목은 서로 일정한 거리를 두고 제각각—따라서 그림자들도 제각각—서 있었고, 나무 종류마다 한 그루씩, 딸기나무 한 그루, 자작나무 한 그루, 전나무 한 그루 하는 식으로 사방에 아주 불규칙하고 무질서하게 자라고 있어서 종묘재배원이나 원예원 같은 인상을 주지는 않았다. 게다가 그곳에는 이 지역에서는 흔치 않을뿐더러 거의 볼 수 없는 품종인 밤나무, 세르비아 가문비나무(빙하기를 견뎌낸, 비쩍 말랐지만 탑처럼 키가 큰 나무), 뽕나무 관목, 근동산 무화과나무도 한 그루씩 자라고 있었다.

잔금이 죽죽 간 낡은 서류가방을 들고 너도밤나무—역시 한 그루뿐인—아래 앉는 순간, 그는 혼자가 아님을 알았다. 몇 개의 나무 그림자 건너편에 한 무리의 벌목꾼이 톱이며 사다리 등의 연장을 한쪽으로 밀어둔 채 자리를 깔고 앉아 점심 휴식을 취하고 있었다. 그들이 흙에서 파낸 잔뿌리 더미에 불을 붙이자 불길은 연기도 없이 활활 타올라 차례차례 뿌리를 삼켜버렸다. 약사도 인부들처럼 가방에 담아온—그들도 비슷하게 챙겨왔다—빵과 마지막으로 (탁스함의 슈퍼마켓에서 산) 사과까지 한 알 먹었다.

"약사?" 약품냄새, 그가 원하든 원치 않든 간에 약국에 있는 동안 몸에 배어 밖으로 나와서도 한참 없어지지 않는 약품냄새는—차 안도 그 냄새로 가득차 있어서 때로는 그 이유만으로 운전하기가 싫었다—이미 오래전에 가셨다. 그의 옷차림은, 어쨌든 지금 거기서는 디자인이나 색상이 아주 수수해서 벌목꾼들에 비해 크게 튀지 않았다. 게다가 이곳으로 오는 길에 이미 구두를 벗어서 그들처럼 맨발이었다. 그에게 점심시간은 꼭 허기 탓만은 아니지만, 일종의 무력감이 드는 시간이었다. 그런 그에게 맨발로 땅을 직접 밟는 것은 큰 도움이 되었다. 특히 이제 막 떨어진 밤나무 꽃잎들이 수북이 쌓여 있어 발걸음마다 부드러운 감촉이 느껴지는 이 숲길이 좋았다. 그 길을 지나면 단단한 나무뿌리들이 고랑을 이룬 곳이 나왔고, 머리끝까지 전해지는 발마사지는 날카롭고 뾰족한 너도밤나무 열매가 널린 들판이 본격적으로 펼쳐지는 이곳에서 마침내 끝이 났다.

그들은 모두 말없이 점심을 먹었고, 그래서 식사 후에도 시간이 넉넉하게 남았다. 그들은 같은 방향을 바라보고 있었지만 각자 따로 있는 듯했다. 너도밤나무에 기대 있던 그가 무화과나무 아래 개간지에 숨겨져 있는 샘물을 마시자 다른 사람들도 그 모습을 보았다. 인부들이 어느새 다시 나무를 자르고 톱질하는 동안 그는 자기 자리로 돌아와 앉아, 여름이면 으레 그렇게 해온 대로, 중세의 기사와 마법사에 대한 서사시 한 편을 읽었다.

"그런 이야기는 오히려 겨울철이 제격 아닌가요? 눈 덮인 성들이 고립되어 있는 동안 꽃봉오리의 싱그러움과 호수에서의 물놀이 이야기를 하니까요."

"그렇지만 거기 묘사된 여름 풍경에서 나는 지금의, 오늘의 여름 세계도 깨닫습니다. 그 세계가 눈앞에서 더욱 선명해지지요. 단순히 마술이나 동화 속 속임수가 아니라 그사이 하나의 사실이 된 것으로 말이에요."

"예를 들면요?"

"위를 쳐다보고 아래를 내려다보세요. 아니면 몇 시간이고 울창한 수풀을 헤치며 돌아다녀보세요. 그러면 갑자기 눈앞에서 자동문 하나가 열리고, 누군가 당신 가방을 난방장치가 된 홀 안에 두고 바로 다음번 모험으로 당신을 이끌 겁니다."

"그러니까 이른바 모험이라는 거죠?"

"아뇨, 진짜 모험요. 거기 유목幼木 보호구역, 숲속의 숲에서, 이른 오후의 독서중에, 그리고 특히 짬짬이 눈을 감을 때마다 지하세계 병사들의 무리가 앉아 있었습니다. 온통 잿빛이었지만 그래도 그들이 뛰어오르면 색깔을 알아볼 수 있었어요. 그들은 유리처럼 투명한 지하의 산속이 아니라 여기 이 여름 들판 아래서 만반의 준비를 하고 있었지요."

그는 약사회 월례 모임 참석차 시내에도 나가야 했다. 동료들 역시 그의 이름은 모르고 '탁스함의 약사'로만 알고 있었다.

그에게 그 모임은 빛과 나무 그림자들 사이에서 움직이는 벌목꾼들과 함께 있는 이 시간과 조금도 다를 게 없었다. 그들이 말을 타고 달리자 그도 말안장에 뛰어올라 그들을 향해 달렸다. 신기한 것은 그런 일들이 단지 이런 외부인이나 아웃사이더, 소외된 이들과의 만남에서만 일어난다는 사실이었다. 그가 난민 또는 난민의 후예여서 그 시절부터 자신을 편입되지 못한 자, 소속 없는 사람으로 여겨온 탓일까(아쉬움은 이미 오래전에 사라졌는데도)? 아니면 직업상 어떤 간섭도 받지 않고 시골도 도시도 아닌 외지에만 줄곧 머물러온 탓일까?

그는 설명을 하지도, 이유를 대지도 않고 "그냥 내버려둡시다"라고 말할 뿐이었다. 아무튼 그뒤 모임 자리에서나 모임이 끝나고 오랫동안 카드놀이를 하는 그의 손에서는 너도밤나무 냄새가 진하게 풍겨나왔다.

벌목꾼들의 머리 위로 구름이 몰려들고 경비행기들이 붕붕거리며 날아갔다. 탁스함의 약사는 갑자기 허기를 느꼈다. 제일 먼저 신선한 과일이 먹고 싶었다. 하지만 그곳에는 과일이라고 해봐야 말라비틀어진 야생 버찌나 정원에 늘어선, 역시 말라비틀어진 까치밥나무 열매뿐이었다. 그러자 막연한 공허감이 엄습했다. 강렬한 식욕이었다. 그게 아니면 충동? 열망?

돌아가는 길에 죽어 있던 시커먼 두더지의 뾰쪽한 옆얼굴까지 또다시 기사의 투구 면갑을 상기시켰다. 자연 속에서, 이른바 그의 사냥 구역 내에서 열매나 버섯, 다른 어떤 것도 찾을 수 없는 어중간한 시기였다. 여느 때 같았으면 그는 그토록 아무것도 찾을 수 없음을 아쉬워했을 것이다. 하지만 이번에는 아무렇지 않은 듯 혼잣말을 했다. 달리 어쩌겠는가? "찾을 게 없으니까 좋잖아?"

잘츠부르크 시내에서 약사는 마법의 투명 망토라도 걸친 듯 여기저기 돌아다녔다. 그곳에서의 몇 년을 통틀어 나는 꼭 두 번 그와 얼굴을 마주쳤다. 그는 시내에 가까이 알고 지내는 사람이 아무도 없다고 말했었지만 다른 곳이 아닌 거기서 그를 본 것이었다. 물론 두 번 다 깜짝 놀란 눈으로 돌아보며 확인해야 했지만.

한번은 묀히스베르크펠젠의 인적 드문 골목길에서였다. 평상복 차림의 스페인 수상이 검은 양복에 선글라스를 낀, 어깨가 떡 벌어진 남자의 수행을 받으며 반대편에서 다가오고 있었다—바로 그 보디가드가 탁스함의 약사라는 걸 지나치고 나서야 깨달았다.

또 한번은 내가 슈타츠브뤼케에서 당시 이름을 날리던 미국 여자 배우가(훗날 태평양에서 익사했다) '오스트리아 호프'의 발코니에 나와 수줍게 손 흔드는 모습을 보았을 때였다. 그런데 내게 손을 흔드는 건 아니지? 물론 아니었다. 둘러보니 세련된 이방인—이 도시에서는 보기 드문—이 제2의 리처드 위드마크*처럼 먼지를 뒤집어쓴 지친 모습으로 그녀를 향해 손을 흔들고 있었다—그런데 저 사람 혹시 그 교외의 약사 아냐?—바로 그였다. 그는 어느새 사라졌고, 그 미인도 호텔 발코니에서 모습을 감추었다.

* 미국의 영화배우.

동료들과의 월례 모임은 여름인 만큼 짤막하게 끝났다. 몇몇 약국은 벌써 휴가에 들어갔고, 가을철에 대비한 신약제품들의 주문도 얼추 마친 터였다. 그러나 이 변두리에서는 지금 있는 것으로도 충분했다. 대개 전통 있는 오래된 약국들은 관광객 때문이라도 당연히 물건을 더 많이 들여놓아야 했지만, 시 외곽 탁스함의 약국은 사정이 달랐다.

이츠링의 약사와 리페링의 약사, 그리고 그, 세 사람은 모임이 끝난 뒤에도 살랑거리는 강바람이 더위를 식혀주는 잘차흐의 테라스에 앉아 있었다. 이츠링 변두리의 약사는 젊은 여자로, 언젠가 그녀와 약품에 대한 토론 도중 탁스함의 약사가 생각에 골몰해 있다가 의도치 않게 속마음을 말해버린 적이 있었다. "당신 정말로 아름답군요!"

훗날 그는 내게 이 여자에 관해서도 이야깃거리가 있을 거라고 말했다. 그의 이야기만큼이나 모험과 수수께끼로 가득차고, 게다가 분명 좀더 에로틱한 이야기가—그녀가 책 한 권의 주인공이 될 수도 있었잖아요? 왜 내 이야기만 되겠어요? 그녀라고 안 될 거 없잖아요?—그래서 나는 도대체 '이츠링의 약사'라 불리는 여자를 책 주인공으로 상상해볼 수 있겠느냐고 되물었다. 게다가 그도 일단 자신에 관한 책이 끝나기를 기다려야 할 일이었다.

내가 보기에는 비로소 그의 이야기가 시작되던 그날 오후, 그는 다른 두 사람 앞에서 또 생각에 잠겨 있다가 다짜고짜 미모의 약사에게 물었다. "어쩌자고 그렇게 검게 태웠어요? 옛날 이집트 사람들은 남자들만 갈색이고 여자들은 석고나 치즈처럼 하얀 피부였단 말예요. 도대체 왜 요즘 약사들 거의 전부가 살을 태우고 돌아다니지, 그것도 여자들이?"

"선생님도 태웠잖아요. 그것도 농부처럼 심하게."

"나는 원래부터 그래요. 햇볕과 그늘을 오가며 돌아다녀서 그렇기도 하고. 당신들처럼 '남서쪽 선탠-스튜디오'에서 크림 따위를 바르고 누워 하얀 가운과 잘 어울리도록 자외선에 구운 게 아니란 말이에요."

"오늘은 심기가 불편하신가보죠? 저를 위해 거창하게 피라미드까지 쌓을 작정을 하시고요!"

그러는 사이 거의 귀가 들리지 않는, 변두리 마을 리페링의 노약사는 강 건너까지 들릴 만한 목소리로 쉬지 않고 자신의 별자리 이론을 떠벌리고 있었다. 그에 따르면 별자리 운은 사람들뿐만 아니라 지역은 물론 나라에도 해당된다. '각 국가의 운명은 그 국가를 지배하고 있는 별들에 의해 좌우된다! 인류의, 민족들 간의, 또한 민족 자체의 역사도 제각기 사자좌, 전갈좌, 쌍둥이좌, 황소좌에 의해 좌우된다. 그러므로 유럽연합은 말도 안 되는 이념에 불과하다. 모든 유럽 국가가 제각각 다른 별자리 아래 위치하며 또 모두 똑같이 힘이 강해서 그 가운데 한 나라만 홀로 우월한 위치를 누릴 수 없기 때문이다. 독일만 해도 각 주들이 서로 다른 별자리의 지배를 받고 있으므로, 저간에 다시 현안이 되고 있는, 이 가장 큰 주*에 대한 불안감은 전혀 사실 무근의 기우다. 반대로 북미는 별 하나가 단독으로 지배하고 있기 때문에 연방공화국이 만들어질 수 있었고, 염소좌나 처녀좌 또는 산양좌 아래서도 여전히 하나가 될 수 있다.'

"말도 안 되는 소리!" 줄곧 생각에 잠긴 채 젊은 여자와 강물을 번갈

---

* 독일을 가리킨다.

아 바라보던 탁스함의 남자가 갑자기 말을 가로막았다. "전형적인 약사들의 미신이지! 저 위, 우주로부터 시작되는 게 아니라 이 아래 지하로부터 시작되는 거예요. 또 우리는, 지역이건 국가건 저 지하에 휘둘리는 게 아니라 오히려 자극받고 격려를 받아 약진하는 거라고요."

"저 지하 어디요? (젊은 여자가 이렇게 질문했지만 그녀 곁의 노인은 아랑곳하지 않고 목청 높여 국가와 별자리 이론을 이어갔다.) 마그마 속에서요?"

하지만 탁스함의 남자는 어느새 또다시 생각에 잠겨 두 눈을 감은 채 숨조차 멈추고 있는 듯했다. 여자가 성마른 손길로 그의 턱을 감싸쥐며 말했을 때도 표정 하나 바꾸지 않고 말했다. "전형적인 약사들의 미신일 뿐이야!"

"유고 연방 건은 정말이지 고약하게 끝날 수밖에 없었다고!" 리페링의 약사가 이어서 말했다. "그 지역 모든 나라의 별에는 원래 서로 화해하지 못하고 이웃 별과 전쟁을 하게 된다는 징조가 있어."

버스를 타고 탁스함으로 돌아온 그는 일찍부터 문을 걸어 잠그고, 해가 지고 나서까지—때는 7월 하순이었다—뒷방에서 일했다. 가끔씩 시간은 하나의 이미지 안에 멈춘 듯했다. 지금 이 순간은 모든 일이 잘되어가고 있다고 느끼며 여전히 일하고 있는 곡선의 이미지.

맞은편의 음식점은 깨끗하게 청소되어 있었다. 곧이어 정적이 밀려들었다. 해는 벌써 졌는데도 정적 속에서 색채가 두드러지더니 한껏 피어났다. 무엇인가가, 어떤 장애물, 블라인드, 축소경 같은 것이 옆으로 물러나더니 완전히 다른 세계지도가 펼쳐졌다. 축척이 다른 지도였고, 모르는 지역으로 진입하는 데 필요한 지도가 아니었다. 합병이나 착복에 이용되는 지도는 더더구나 아니었다. 어쩌면 특정한 조치를 위한 지도였는지도 모른다—비록 계속되는 정적에 빛바래 사그라지기는 했지만. 그는 손가락을 벌려 그 사이로 공기를 통과시켰다.

그는 책상을 팔로 짚으며 여러 번 몸을 일으켰다. 매장의 창살들을 지나 열린 창문으로 방금 물이 뿌려진 단지 내 도로의 젖은 먼지 냄새가 흘러들었다. 그 냄새로 벌써 오랫동안 뜸을 들이던 장마가 다가오고 있음을 알아챘다. 동시에 마지막 울타리 관목 뒤쪽 지역에 갑자기 한바탕 쏟아진 소나기, 이미 초여름부터 유랑을 시작해 일 마일은 족히 떨어진 곳에 있는 서커스단도 냄새로 알았다.

약사가 주위에 알려지게 된 것은—이를테면 안드레아스 로저와 내게—바로 그의 후각 덕택이었다. 로저에게는 듣기와 경청하기가 생각을 계속하게끔 해주는, 그의 말을 빌리자면 "사고의 진전을 이루어 주는" 것이었고, 내게는 특히 보기와 관찰하기가 그랬었다. 반면 우리와 그다지 가깝지 않은 그 사람에게는 후각이 그런 역할을 했는데—유별나게 킁킁거리지도 않고 그저 코로 한 번 냄새를 들이마시는 것만으로, 별다른 도움 없이 수백 가지 사물을 동시에, 전혀 혼동하지 않고, 정확하게 구별해냈다(당연히 각각의 냄새가 언제나 따로따로 분리되는 것도 아닌데 말이다). 무언가 목격하고 나면 몇 개월 동안이나 그 장면을 망막 위에 잔상으로 보존할 수 있는 사람들이 있듯이—그들은 그저 눈만 감으면 된다—약사는 잠깐 스치며 맡은 냄새든 아주 오래전부터 맡아온 것이든 간에 언제나 새롭고 뚜렷하게 후각신경 안에 보존해둘 수 있었다. 앞서 언급한 사람들의 경우 그 대상이 잔상에서 비로소 뚜렷하고 생생해지듯이, 약사에게는 냄새의 여운이 같은 작용을 했다.

서커스단의 냄새가 사라짐과 동시에 바로 옆 덤불에서 표범이, 아니면 난쟁이원숭이가 튀어나온다. 그러면 약사는 다시 깊은 생각에 잠긴 채 실험실 책상 위로 뛰어올라 소매를 걷어붙이고 발가락 끝을 까딱거렸다. 변화된 인식의 관점이 때때로 시간의 간격을 연기하듯이 사물들은 새로워지고 상황이 재정리된다.

"하지만 그건 섬뜩한 일 아닙니까?"

"내겐 전혀 섬뜩하지 않았어요." 약사는 그의 이야기가 진행되고 한참 지난 후에 그 질문에 대답했다. "적어도 그때까지는 그렇지 않았지요."

책상 위에서 바라보니 이제 해가 없어도 환한 가운데, 단지의 모든 건물이 넓은 활 모양의 폐쇄된 아프리카식 원형촌락을 이루고 있는 것 같은데, 그 원형 한가운데 위치한 작은 약국에서 내다보는 전망은 완전히 다르다는 사실을 깨달을 수 있었다. 그 건물들은 이래 봬도 그 지역에서 최초의 가장 오래된 건축물인 약국과는 근본적으로 다르게 정렬되어 있었다. 마치 한가운데 있는 작은 약국을 무시하는 것처럼, 아니 그곳에 아예 아무것도 없다는 듯, 그가 보기에 유난히 대조적인 주춧돌 위에 서 있었다.

돌아오는 길에 어깨 너머로 뒤돌아보았을 때도 납작한 마름모꼴의 돌이 주변으로부터 등을 돌린 채 거기 대초원의 끝자락에 서 있는 것이 눈에 들어왔다. 주변 어느 땅에도 속하지 않은 그 돌은 일종의 표석처럼 보였다. 잠에서 깨어난 아이 하나 없고 하늘에도 새 한 마리 없었다. 대신 구름 한 점이, 밝은 회색의 커다란 뭉게구름이 마치 순례중인 것처럼 천천히 동쪽 하늘 가장자리로 물러나고 있었다. 서쪽으로 방향을 잡을 수도 있었을 텐데, 아침나절일 수도 있었을 텐데.

저녁식사를 위해 약사는 여느 때와 다름없이 레스토랑으로, 여느 때와 다름없이 공항 쪽으로 향했다. 그동안 끊임없이 증축되고 신축된 대합실 바깥, 주차장과 채소밭 건너편에 그대로 남아 있는 것은 그가 찾는 이 식당뿐이었다. 지하창고로 쓰던 것을 개조했거나 그 옆에 증축한 것으로 보이는, 천장이 낮은 작은 식당은 예전부터 그랬던 것처럼 지하에 반쯤 묻혀 있다. 전에 밭고랑이었음이 분명한, 차가 거의 다니지 않는 길에서 몇 개의 계단을 밟고 내려가는 기분은 제법 괜찮았다. 특히 무엇에도 시선을 고정하지 않은 채, 이제 막 저물어가는 햇빛 속에서 망연히 바깥을 내다보는 것이.

예전과 달리 약사가 애인 없이 우두커니 혼자 저녁 식탁에 앉은 지도 한참 되었다. 아내가 여기 온 것은 처음 한두 번뿐이었다. 그것도 그가 채집해 그녀를 위해 조리해달라고 요리사에게 넘겨, '인육 맛'이 나는 배가 불룩한 버섯을 억지로 먹었던 그날이 마지막이었다. 칼로 자르면 파랬다가 올리브그린으로 점차 색이 변하는 버섯이었다.

고개를 들어보니 어느새 바깥에는 들판 위로 땅거미가 지고 있었다. 마지막 비행기가 착륙했다. 야간 비행기는 없었다.

그 말고도 반대편 구석 테이블에 아직 손님이 있었다. 식당 문이 열려 있었지만 상당히 조용해서, 어느 부부와 사복 차림의 신부가 누구 하나 목소리를 높이지 않고 대화를 나누는데도 무슨 이야기인지 잘 들렸다. 부부의 하나뿐인 아이가 집을 나가 벌써 몇 년째 행방불명이었다. 그리고 그날 저녁 차차 드러난 사실은 되레 그들이 아이를 쫓아냈다는 것이었다. 문 앞에 가방만, 아니 비닐봉지 하나만 던져주고 못 들어오게 문을 잠그고, 또 잠그고, 마지막에는 블라인드까지 내렸고, 그러고 나서는 아무와도 마주치지 않도록 여행을 떠나버렸다. 이제 두 사람 사이도 끝난 것이나 다름없었다. 부인: "죽고 싶어요."—남편: "나도."

신부는 죽음이란 어쩌면 일종의 살토 모르탈레* 같아서 공중제비를 넘고 난 다음엔 또다시 두 발로, 그러나 전혀 다른 발로 딛고 서야 한다고 설명했다. 그는 갈피를 잡지 못한 채 더듬거리다가 입을 다물고 말았다. 그러고는 세 사람 모두 말이 없었다. 부부는 울음을 터뜨렸다.

그들 건너편 눈에 띄지 않는 자리에 앉아 있던 탁스함의 약사는 계산서를 요청하느라 여러 번 손을 들어야만 했다. 그가 식당을 나서며 뭐라고 인사를 하자 식당 주인은 그 말을 스페인어로 알아들었다. 스페인어? 그 스스로도 자신이 방금 전 했던 말을 이해할 수 없었다. 도대체 그것은 언어가 아니었다.

안장이 상당히 높은 아내의 자전거를 타고 강변의 벌판을 가로질러 집으로 달려가는데 어느덧 칠흑같이 어두워진 풀밭에서 지독한 땀냄새가 풍겨왔다. 커브를 돌고 나서야 야간 행군중인 군인들의 땀냄새라는 걸 알 수 있었다.

강둑 길가에 사는 이웃들 가운데 한 가족이 아직 베란다에 앉아 있

---

* 죽음의 공중제비. 손을 쓰지 않고 대개 세 번 도는 공중회전.

었다. 그는 그들과 정원 문 잠그는 시간에 대해 대화를 나눴다(그러나 그는 아내가 집을 떠나 있을 때는 언제나 문을 잠그지 않았다). 관목 울타리 너머 다른 이웃들은 머리도 잘 보이지 않았다.

그의 다락방 창들 중 한 곳에서 불빛이 가물거리는 것처럼 보였던가? 아니다, 먼 가로등 불빛이 반사된 것뿐이다. 현관문 쪽으로 가는데 거미줄 같은 것이 달라붙었고 집안으로 들어서자 또다시 얼굴에 달라붙었다. 그날 하루만이 아니라 상당히 오랫동안 집을 비워두기라도 했던 것 같았다.

그는 아주 잠깐 텔레비전을 보았다. 화면 속 남자가 입을 크게 벌렸고—남자가 말을 꺼내기도 전에 그는 텔레비전을 얼른 꺼버렸다.

늘 그렇듯이, 혼자 집에 남아 더이상 자기 공간에만 머무를 필요가 없어지면, 그는 어디로 가야 할지 알 수 없었고, 제자리를 찾기가 어려웠다. 얼마나 오랫동안 아내의 공간으로 들어가지 않았던가, 지난번 그녀가 제법 오래 집을 비운 후로는 한 번도 들어가지 않았다. 이제야 그는 침침한 불빛 아래 이리저리 아내의 공간을 거닐어본다—전구의 절반은 필라멘트가 끊어져 있었다—그는 은연중에 자신에게 남겨진 메모나 징표를 찾고 있다는 것을 깨달았다. 하지만 그들이 함께 보낸 과거의 흔적은 하나도 없었다. 아들의 조그만 스티커 사진도 커다란 풍경사진 속 나무 꼭대기 부분에, 그것도 머리가 아래로 향하게 숨은 그림처럼 붙어 있어서 거의 알아보기 힘들었다.

그 밖에도 아내는 부서지기 쉬운 크고 작은 물건들을 자신의 욕실뿐 아니라 부엌에서도 치워두었다. 그녀가 남기고 간, 그토록 엄격해 보이는 질서는 하찮은 물건 하나 슬쩍 스치기만 해도 완전히 뒤죽박죽될 수 있었다. 어떤 것은 그저 가느다란 실 한 오라기에 매달려 있거나, 아니면 대개 어느 높은 모서리에 놓여 있었다. 크리스털 구슬 더미들은, 한눈에 봐도 기적처럼, 경사진 바닥 위에—꿈쩍도 않고!—정지해 있었다. 뚜껑이 열린 소금통은 다리가 비스듬히 기울어져서 아주 반듯한 바닥에 놓더라도 살짝만 건드리면 엎어질 것 같았다. 또 연필 묶음은 힘주지 않고 손가락으로 살짝 건드려도 부러질 정도로 아주 뾰족하게 깎여 있었다. 그렇다면 바로 이런 것들이 사실은 징표였단 말인가?

그는 다시 자기 공간으로 돌아와 침실의 베개를 뒤져보았지만, 아무것도 없었다. 마구 흐트러진 것과 그 곁에 손도 대지 않은, 주름 하나 없이 매끈한 베개. 두 베개의 기이한 대조. 빳빳이 서 있는 다림질 주름은 벌써 몇 년 전부터 유리 상자 안에 들어 있었던 듯 깨끗하다. 마치 지금은 비어 있지만 지낼 만한 곳이라, 누군가의 귀향을 기다리는 성에 놓인 침대의 베개 같았다.

딸이 휴가지인 섬에서 전화를 걸어와 그곳에서 좀더 머물 계획이라고 말했다. 그리고 아내도. 잘 도착했다고 했지만 물론 어디라고 말하지는 않았다.

그는 '상대편'이 이기도록 상황을 설정해두고, 자기 자신을 상대로 혼자 체스 한 판을 두었다. 활짝 열린 여닫이창을 통해 빠르게 흐르는 강물 소리가 들렸다. 둑 뒤에서는 눈에 띄진 않았지만 귀뚜라미가 울어댔으며 제방과 잡초 덤불, 땅구멍 속에서는 섬세한 떨림이 계속해서 들려왔다. 가장 여름다운 소리들이었다. 달빛이 차츰 잦아들었다.

"뭘 원해?" 체스를 두던 상대편이 그에게 물어왔다. "아직도 계속하고 싶은 거야?"

"응, 나는 계속하고 싶어. 앞으로 어떻게 계속될지 정말 긴장돼."

"뭐가? 누가?"

"내가. 우리가. 내 이야기가. 우리 이야기가. 우리 스스로 뭐든지 해야 할 거야. 그렇다고 무조건 심해 잠수나 히말라야 등정 따위를 해야 한다는 건 아냐."

"그렇다면 그 계속이란 걸 어떻게 생각하고 있는데, 예를 들어서?"

"말하자면 누군가 지금 열린 창문으로 뛰어들어와 도움을 청한다거나, 내 목에 칼을 들이댄다거나. 아니면, 내일 아침 침대 곁에서 뱀 허물을 발견한다든가. 아니, 그냥 껍질만 가지고는 안 되고 보통 뱀보다 더 끔찍한 거라야 할 테고."

"그런데 왜 그렇게 억눌린 목소리야?"

"딸애도 그런 말을 하더군. 아내까지도. 한 사람은 내 목소리가 우물 속에서 울리는 것 같다고 했고, 또 한 사람은 운하 구멍에서 들리는 것 같다고 했지."

약사는 그날의 마지막 놀이로 상자 속에 체스 말들을 던져넣는 연습을 했다. 던질 때마다 상자가 조금씩 밀려났다.

말린 버섯을 뜯어먹어서인지는 알 수 없었다. 아무튼 그는 그날 밤 자신은 나오지 않는 꿈을 두 편이나 꾸었다. 첫번째 꿈에서는 그의 집 작은 지하실 근처에 지하 공간으로부터 도망친 탈주자들이 서 있었다. 널찍한 공간이 다르게, 화려하게 장식되고 축제 때처럼 조명도 켜졌다. 동시에 모든 것이 짐작했던 대로 사라지고 텅 비었다. 무언가 굉장한, 어쩌면 끔찍스러울지도 모르는 사건, 하지만 이제 막 일어난 것이라기보다 유사 이래 있었던 사건에 대비하듯이.

두번째 꿈에서는 이웃 정원들의 울타리 관목들이 강제로 철거되거나 그냥 쓰러져서 갑자기 없어졌다. 사람들은 정원과 테라스에서 서로서로 바라보았다. 하지만 그게 다가 아니었다. 갑자기 발가벗겨진 집들은 어디서든 훤히 들여다보였다. 옆집도 마찬가지여서, 처음에는 모두가 끔찍한 수치심을 느꼈다. 하지만 그것은 차츰 일종의 해방감으로, 그렇다, 거의 기쁨으로까지 변해갔다. (주목할 것은, 울타리가 없어진 이 집들이 모두 늪지나 물위에 세워진 수상가옥이었다는 점이다. 집집마다 그 아래 말뚝에 보트를 한 척씩 매두고 있었다.)

그러고 나서는 돌연 깜깜해졌다. 이것도 꿈이었던가? 암흑, 그런 다음 암흑만이 있을 뿐이었다. 스크린도 보이지 않았고 필름도 돌아가지 않았다. 영화의 끝, 아무튼 모든 존재하는 것의 끝. 암흑은 약사가 당장 잠에서 깰 정도로 무겁게 사방에서 몰려들었다—그러고 나서는 사라지지 않고 머물러 있었다.

"나는 정말이지 잊고 있었어요." 그가 설명했다. "며칠 전 피부에서 조그만 검은 혹 하나를 도려내고 조직검사 결과를 기다리고 있었다는 사실을요."

그는 밤새도록 그렇게 똑바로 누워 다리를 꼰 채 잠들었던가? 그사이 활짝 열린 창문으로는, 뭉게뭉게 커져가는 구름 속에서 기울어진 달이 떠올라 앞으로 넘어질 듯 아래쪽을 굽어보았다.

2

먼지바람이 부는가 싶더니 어디선가 비 냄새가 났다. 그리고 이제, 여명 속에 저 아득한 지평선이 어스름하면서도 뚜렷하게 드러났다. 그는 특히 이런 날을 좋아해서 저녁때까지 쭉 이랬으면 하고 바라곤 한다. (기나긴 여름 해와 푸른색은 영겁의 빙하와 무언가 비슷한 느낌을 주었다.)

이처럼 어둑어둑한 날에는 여느 때와 다름없이 하루를 시작하려 해도, 시합 전의 마지막 스타트처럼 조금씩 떨리기 마련이었다. 사위에 고요가 감돌고, 태양 때문에 빚어지는 환각도 없었다. 이런 어둠 속 명료함 덕분에 일시적으로 모든 것이 해결되어 아무 걱정이 없는 듯 느껴진다. 눈부신 햇빛 속에서 이런 밤의 어둠이 지속될 수 있다면!

수영하러 뒤편 강으로 갔다. 해가 들지 않는데도 강물은 전혀 다른 광채를 띠며 반짝였고 훨씬 덜 차갑게 느껴졌다. 강물에 몸을 맡기고 둥둥 떠내려가는데, 국경을 지나 강기슭 나무들 사이로 집 한 채가 보였다. 어제는 없었는데? 더구나 저렇게 낡은 집이?

그렇다면 정원에서 내다보이는 먼 산중에 배의 돛처럼 밝게 솟아 있는 암벽도 밤사이 새로 생겨난 것인가? 그는 자기도 모르게 어두운 허공을 향해 두 팔을 뻗었다. 산중턱에 있을 누군가에게로.

중세 서사시 읽기. 이상한 일이지만, '세상에서 가장 멋진 강가의 풀밭'이 읊어질 때마다 각 주인공이 곧 끔찍한 상황에 처하게 되리라는 것을 누구나 훤히 알 수 있었다. 다리가 잘리고 머리통은 반만 남은 기사가 피를 흘리며 들것에 누워 있거나 땋은 머리를 늘어뜨린 처녀가 나무에 목을 매달아 죽는 식이었다.

그새 비가 내리는 건가? 아니다, 아주 작은 벌레들이 정원의 포플러나무에서 한꺼번에 떨어져 잔디 속에서, 또 책갈피 위에서 바스락거리는 소리였다. 훅 불어도 놈들은 떨어지지 않았다. 세게 불수록 더 흔들림 없이 활자들 틈에 앉아 있다가 잠잠해지고 나서야 다시 움직였다. 박쥐 한 마리가 가죽 두들기는 소리를 내며 덤불에서 불쑥 날아올랐다. 아침녘에는 드문 일 아닌가? 하지만 이런 날 아침에는 이상한 일도 아니었다. 게다가 박쥐는 평소보다 천천히 날아서 눈으로 따라잡을 수도 있었다. 최초로 하늘을 날았던 새도 평소에 푸른 하늘을 그만큼 높이 날지는 못할 것 같았다. 아니, 더 높이 날 수 있을까? 어쨌든 박쥐는 비행기도 인공위성도 날 수 없을 만큼 높이 날아갔다.

유일하게 소란스러운 놈은 까마귀였다. 이 터줏대감은 이미 오래전부터 겨울철새에서 텃새로 변해버린 듯했다. 여기 이 지역에서만 그런

게 아니었다. 놈들은 대부분 모습을 감춘 채, 한 가지 소리만 내지르는 늙은 수탉처럼, 제법 높은 공중에서 점점 더 시끄럽게 소리를 질러댔다. 이따금 힘차고 낮은 소리로 꾸르륵거리면서 마치 눈감고 실로폰을 두드리는 듯한 소리도 냈다.

바로 그때 수천 마리 가운데 한 마리가 이웃집 정원의 히말라야삼나무 꼭대기에 모습을 드러냈다. 이 나무도 그는 이날 아침 처음으로 알아본 것이었다. 까마귀는 긴코너구리처럼 생긴 나뭇가지 끝에 옆모습을 보이고 앉아 동그란 열매 하나를 주둥이에 물고 격렬하게 날갯짓을 하고 있었다—정원도 이곳에서 흔히 볼 수 있는 정원들과는 달리, 전혀 다른 지역에서 나는 낙과들로, 망고와 리치, 키위 조각으로 온통 뒤덮여 있었다—깃털은 쥐어뜯긴 듯 마구 헝클어져 있었으며 날개는 여러 군데 꺾이고 부러져 겨우 붙어 있는 것 같았다. 여분의 날개라도 있는 걸까, 아니면 까마귀가 여러 마리 떼 지어 웅크리고 있었을까? 그래서 서로의 깃털에서 파리들을 쪼아먹느라 그렇게 된 건가?

"까마귀야, 이리 날아와서 말해보렴!" 그러자 까마귀가 나무 꼭대기에서 날아와, 정원 탁자 위에 펼쳐진 책과 블루마운틴커피 옆에 앉았다. 까마귀는 우선 고갯짓과 날갯짓으로 일련의 소리 없는 유도신호를 완벽하게 펼쳐 보이더니 입을 열었다. "……"

까마귀가 날아오르자, 녀석이 앉았던 탁자 위에 통통한 구더기 한 마리가 웅크리고 있었다. 녀석의 주둥이에서는 심한 악취가 풍겼고 머리에는 밝은 반점이 있었다. "어서 도화선에 불을 붙여라!" 까마귀가 다시 입을 열었다. 그곳을 바라보니 정말 오래전부터 녹슨 어린이용 고리 던지기 말뚝 옆에 흰 도화선 끄트머리 같은 것이 삐죽 나와 있었다—그는 명령대로 거기 불을 붙였다. "그리고 손으로 빵을 잘라라, 기계로 하지 말고!" 그는 이번에도 명령에 따라 다른 사람한테 주려는 것처럼 아침식사용 빵을 잘랐다.

그러고 나서 약사는 집 앞에 세워놓은 커다란 새 승용차를 닦았다. 그 차는 집 옆 강둑 폭만큼이나 넓었다. 뒷좌석까지 말끔히 청소하고 나니 완벽하게 무장하고 준비를 끝낸 기분이 들었다. 이런저런 약점들이 있다 해도 까마귀는 틀림없이 "괜찮다!"고 말할 것이다.

차창을 열고 핸들에 두 손을 얹은 채 출발 전 서사시 한 장을 더 읽었다. 여전히 흐린 날은 바람 한 점 없었다. 그 대신 책장에서 바람이 일었다. "오늘부터 이야기가 끝날 때까지 신문 절대 금지!"(까마귀) 그리고 실제로 이 이야기가 진행되는 시기에는 신문이 필요하지 않았다. 막 출발하려고 할 때 집에서 누가 그의 이름을 소리쳐 불렀던가? 아니 그 뒤의 강바닥에서 들린 소린가? 애절하게? 구해달라고? 아니다, 또다시 까마귀가 깍깍대는 소리였을 뿐이다. "그리고 오늘부터, 이야기가 끝날 때까지, 넌 이름이 없어!" 한 이웃이 차 안의 그를 알아보지 못하고 그대로 옆을 지나쳤다.

출발 순간 마지막으로 바라본 것은 집이 아니라 집 앞 우편함이었다. 여름 내내 편지가 온 것 같은 허상을 보여주며 그를 속여왔던 그 우편함 안에는 햇빛 한 점 들지 않았다. 바로 이게 이처럼 맑으면서 어두운 날의 장점이기도 했다—빈 것은 빈 것이었다.

차를 몰고 가는 도중 어떤 힘을 체험했다. 자동차에서 나오는 힘은 아니었다. 오히려 어떤 이질적인, 어쩌면 불필요하고 하찮은 것일 수도 있는, 그러면서도 치명적인 질병의 징후일지 모를 힘이었을까? 까마귀가 아쉬웠다. 달리 누구를 아쉬워하겠는가? '원초적인 상황', 이것은 중세 서사시에서 전쟁을 의미하는 단어였다. "그들은 '원초적인 상황'을 향해 말을 달렸다."

그날 저녁 울타리 단지 또는 잃어버린 섬에서 일을 끝내고 연구를 마친 그는 슬그머니 지하 식당으로 향했다.

뒤편 실험실에 온종일 틀어박혀 있는 동안 딱 한 번 누군가와 눈길이 마주쳤다. 약국 창살을 통해 저쪽 울타리 너머에서 그네를 타고 있는 꼬마가 보였던 것이다. 꼬마는 작은 몸집에 어울리지 않게 높이 오르락내리락하고 있었다. 아이가 아니라 난쟁이였던가? 어쨌든 기운이 빠져서 그렇게 누군가와 눈이 마주치기에 딱 맞는 점심 무렵의 일이었다.

날은 줄곧 그렇게 어둡고 청명했다. 그리고 이제, 탁스함과 공항 사이 '구부러진 숲'—길게 구부러진 국도 때문에 그렇게 불렸다—옆을 지나가는 중이었다. 마침내 올여름 들어 처음으로 비가 내리기 시작했다.

곧바로 숲길 가운데 한 길로 꺾어들어 차에서 내렸다. 덤불을 지붕 삼아 나뭇등걸 위에 걸터앉았다. 멀리 떨어진 나무줄기를 향해 조약돌 하나를 던졌다. 명중.

약국냄새가 나지 않은 지도 오래되었다. 아니면 이젠 다른 식으로 나는 걸지도 모른다—몇 주 동안 계속된 가뭄 끝의 첫 빗방울들. 먼지 속에서 드문드문 보이는 분화구 같은 빗방울 자국들(그렇다, 심지어 숲속에도 먼지가 발목까지 쌓여 신발이 뿌옇게 먼지투성이가 되기 일쑤였다). 빗방울들이 떨어지면서 생긴 작은 흙구슬들이 굴러다니고,

나무껍질 부스러기들이 빗방울을 튕긴다. 어쩌면 언젠가 새로운 시대도 그렇게 시작되었을지 모른다. 혹은 정지와 경직의 반半영겁이 흐른 후에야 비로소 시간이라는 것이 움직이기 시작했는지도.

그 진행과정을 더 가까이서 보기 위해 쪼그리고 앉았다. 이렇게 몸을 웅크리면 자기 자신과도 가장 가까워질 수 있다. 시선은 가능한 한 먼 곳을 향했다. 세워둔 차 안은 짙어지는 주위의 어둠과 달리 독특한 광채로 가득했다. 빈 좌석들이 아주 선명하게 드러나자 마치 더 많은 좌석이 몇 줄이고 이어져 있는 것처럼 보였다. 그 뒤 공항에서는 마지막 비행기가 이륙중이었다. 창가의 한 탑승객이 창밖에 서린 김을 안쪽에서 닦아내려 애쓰고 있었다. 오른편 고속도로 위에서 흰색, 또 흰색으로 끝없이 이어지는 화물 수송차량들은 새로 터진 전쟁에 참전하려는 유엔군이거나 어쩌면 그들의 귀환 행렬인지도 모른다(화물차량 몇 대는 반쯤 불에 타 견인되고 있었다). 왼쪽으로는 숲 가장자리에 개 훈련장이 있었다. 개 한 마리가 대피 통로에 갇혔는지 애처롭게 짖어댔다. 다른 한 마리는 벽 뒤로 몸을 숨긴 조련사에게 연신 뛰어오르며 으르렁거렸고 '도주하는 범인' 역을 맡은 조련사의 팔뚝에 감긴 헝겊뭉치를 꽉 물고 놓지 않았다. 조련사가 둥글게 팔을 돌릴 때마다 허공에서 개가 이리저리 흔들렸다.

빗줄기는 더욱 굵어지고 들판은 점점 황량해졌다. 날이 어두워져서 사물을 분간하기가 어려웠다. 그렇다고 아무것도 보이지 않을 정도의 이런 흐릿함 속에서 사고가 명료해지고 분명하게 각인되는 것도 아니었다. 어린애들이 자주 쓰는 말인 '바보상자 들여다보기'라고 하면 어울릴 상황이었다.

그 순간 뭔가에 한 대 맞은 듯 별안간 눈앞이 깜깜해졌다.

아니면 정말로 코앞에서 심하게 일격을 당하기라도 한 것일까, 그것도 일주일 전 조그만 검은 혹을 도려냈던 이마의 바로 그 부위를? 칠흑 같은 어둠 속에서 잇달아 몇 대, 아니 많이 얻어맞았던 것일까?

이 이인전二人戰 내지 십인전十人戰의 싸움에서 그가 자신을 방어해야겠다고 생각한 건 처음 잠깐뿐이었다. 상대가 누구든 간에 맞서 싸울 게 아니라 차라리 될 수 있는 한 오래 참아내는 것이 오히려 이 상황을 벗어나는 길이라는 생각이 들었다.

머리를 한 대 얻어맞고 주변이 온통 깜깜해지던 그 순간 갑자기 무언가가 분명해지는 것 같았다. 지금부터는, 그리고 언제까지가 될지 모르겠지만 앞으로도 그가 완전히 변화된 존재가 되기를 끈질기게 강요하는 이 새로운 상황을 정확히 파악하지 않고서는 한 발짝도 더 움직일 수 없을 것만 같았다—물론 이 새로운 상황은 아직 뚫고 나갈 수 없을 정도로 바짝 죄어오고 있는 건 아니었다.

그것은 습격이었을까? "습격이었다면," 한참 지난 후 그가 내게 말했다. "내 조상들이 감행했을 겁니다. 하여튼 그 일격 후로 꽤 오랫동안 주위에서 그 냄새를 맡았거든요."

"좀더 얘기해주시지요."

"안 돼요. 당신은 기록자이지 내 이야기의 주인이 아니에요. 나 자신도 결국 내 이야기의 주인은 아닙니다. 내가 할 수 있는 이야기는 이게 전부입니다. 정신을 차려보니 내가 덤불 가지들 사이, 나무 밑동부리 사이에 내동댕이쳐진 듯 몸을 웅크리고 누워 있었다는 것 말이에요. 그런데 그동안 잘츠부르크 특유의 장대비가 억수같이 퍼부었는데도 전혀 젖지 않았더군요. 묘한 환희가 느껴졌지요. 감사의 마음이나 감동이었는지도 모르겠어요. 때가 온 겁니다. 전투를 시작할 만했어요. 깜깜한 어둠 속에서의 일격은 마지막까지 남아 있던 약국과 실험실 냄새를 내게서 털어내버렸고, 나는 마냥 그렇게 덤불 속에 머물고 싶었습니다. 나는 뭐라도 잡고 싶었어요. 야생 짐승이라도 사냥하고 싶었어요. 인간이 이전에는 결코 보이지 않던 야성을 드러내는 건 얼마나 순식간인지. 거기 관목 덤불의 마른 낙엽 위에 피가 몇 방울 떨어져 있었어요."

"그럼 아주 칠흑같이 어둡지는 않았던 거군요?"

"아무도 이 이야기의 주인이 되어선 안 됩니다. 그러니까 이제 그 순간에 대해선 한 가지만 더요. 바로 그 일격은 갑자기 어떤 냄새를 떠올리게 했어요. 어떤 향기, 아니 차라리 향료 같은 것을 말이지요."

차를 다시 몰고 가기 전에 그는 유난히 밝은 전조등으로 숨겨진 유목 보호구역 내부를 비춰보았다. 그가 점심때면 찾아가서 보았던 몇몇 나무는 이제 그곳에 없었다. 야생 버찌나무, 근동산 무화과, 밤나무, 참나무, 포플러나무는—그곳에는 이상한 십자로가 나 있었다—사라졌다. 그게 아니면 한 치 앞이 보이지 않게 퍼붓는 빗줄기 때문에 그냥 눈에 띄지 않는 것인지도 몰랐다.

대신 그 앞 잡목숲에는 사람의 몸뚱어리가 여기저기 마구 뒤섞인 채 흩어져 있었다. 위로 묶은 자루마다 밖으로 삐죽 나온 정수리의 가마 부분만이 비에 젖어 있었다. 시체들인가? 전투가 있었나? 사실 그것은 잡초 덤불 아래 지친 몸을 뉜 한 중대의 군인들이었다. 어제의 야간 행군으로 탈진했는지 강렬한 전조등 불빛을 받고도 딱 한 사람이 한쪽 눈을 찡그리며 침낭에서 내다볼 뿐이었다.

야외 주차장에는 요리사의 자동차 한 대뿐이었지만 지하 레스토랑은 매일 저녁 그가 예약하는 테이블만 빼고 놀랍게도 전부 차 있었다.

운항이 취소된 여객기의 승객들을 공항측에서 들판 건너 이 식당으로 보냈을까? 그렇다면 모두 똑같은 음식을 앞에 놓고 있어야 할 텐데—그런 것 같지는 않았다. 그들은 서로 아는 사이인 듯했다. 아무튼 친해 보였다. 테이블 너머로 대화가 오가지는 않았지만, 어쩐 일인지 끊임없이 이리저리 눈길을 주고받았다. 흔히 음식점에서 낯선 사람들 사이에 오가는 눈길처럼 재빠르게 훔쳐보는 게 아니라 조심스럽게, 눈을 크게 뜨고, 식사중인 옆 사람을 방해하지 않으면서도 서로 기분좋게 참견하는 눈길이었다. 그러나 안으로 들어서는—지하실 문이 낮아 여느 때처럼 고개를 숙이고서—그에게 눈길을 돌리는 사람은 아무도 없었다. 그렇지만 뭔가 안다는 듯한 미미한 동요가 좌중을 휩쓸고 지나갔는데, 마치 그가 온 것을 기뻐하는 듯했다. 그건 그도 마찬가지였다. 이 모든 것이 그다지 특별하게 느껴지지는 않았다. 이 사람들은 어디선가 한 번 만난 적이 있는 것 같았다. 그리고 그건 좋은 징조면 좋은 징조지, 불쾌하거나 나쁜 일이 아니었다.

그럼에도 그곳에서조차 어떤 위기의식이 잠시도 그를 놓아주지 않았다. 단순한 충돌의 위기가 아닌 사멸의 위기. 손바닥 한 번 뒤집는 것만으로도, 잘못된 손놀림 한 번, 하다못해 잘못 토해낸 숨결 한 번만으로도 때를 놓칠 것 같았다.

그는 소름이 끼쳤다. 이런 모습은 아무도 눈치채서는 안 된다. 아니 그런데 왜? 비에 흠뻑 젖었으니 얼마든지 그럴 수 있었다. 게다가 모두 그에게 친절했다. 그리고 그들 가운데 몇몇도 소름이 돋지 않았는가? 와이셔츠와 블라우스도 꽤 젖지 않았는가(의자에 걸쳐놓은 가벼운 여름용 재킷에서 물이 떨어져, 투명 니스칠을 한 오래된 지하실 점토 바닥 군데군데 조금씩 고여 있었다)? 그렇지만 그가 느끼는 유별난 오한은 외부 영향을 받은 것이 아니었다. 그것은 밑에서, 바닥에서 올라오는 것 같았다. 게다가 잠깐잠깐씩 바닥이 떨리는 것인지 그의 발만 그렇게 격렬하게 떨리는 것인지 분간이 되지 않았다. 떨지 않으려고 힘을 주는 바람에 묵직한 테이블이 밀렸다. 음식점 안에는 여름 몇 주간의 열기가 아직 남아 있었다. 아무도 추위를 느낄 리 없었다.

"뭘 드시겠어요?" (그를 단골손님으로만 알 뿐, 이름도 직업도 모르는 주인이 물었다.) 손님인 그가 입을 벌리기도 전에 주인은 한마디 말도 나오지 않으리라는 사실을 이미 알고 있었다. 그는 말을 잃어버렸다. 그 순간만이 아니라 아주 오랫동안. 하지만 어째서 조금 전 칠흑 같은 어둠 속에서 일격에다 다시 여러 번 타격을 당하면서도 경악은커녕 죽음의 공포조차 느끼지 않았을까?—이미 오래전부터 그는 자신에게 죽음에 대한 두려움 따위는 없다고 믿어왔던 것이다.

말을 잃어버린다는 것, 그건 어떤 것일까? 이따금 꿈속에서처럼 도망쳐야 하거나, 누군가를, 가까운 친척을, 가족을, 물에서, 불에서, 낭떠러지에서, 괴물로부터, 갈기갈기 찢는 악마로부터 구해내야 하는데, 무거운 돌자루처럼 그 자리에서 꼼짝도 할 수 없는 상황과 같은 것일까.

그는 무엇이 먹고 싶은지 설명하려고, 말하려고 애썼다. 테이블 위에 놓인 촛불의 불꽃에, 그 푸른 투명함에 잠깐 손을 갖다대보기까지 했다. 혹시 죽은 혓바닥의 고통이 다시 살아나 펄쩍 뛰어오르도록 도와줄지 모른다고 생각했지만 희미한 신음도 나오지 않았다. 끽 소리조차도.

아무것도 먹고 싶지 않은 게 아니었다. 비로소 그는 오랫동안 느껴보지 못한 심한 허기를 느꼈다. 어쩌면 비 때문인지도 몰랐다. 비가 내리자 음식뿐만 아니라 주위의 만물이 한층 더 신선하고 입맛을 돋우는 듯했다.

거기에다 또한, 실어증으로 인해 생겨나 그동안 쌓여 있기만 했던 또다른 욕구마저 눈을 뜨거나, 폭발하거나, 터져나왔다. 이 욕구는 대체로 그의 내부보다는 대기 중에서 더 많이 느낄 수 있었다. 의문화법을 쓴다는 것은 해결되어야 할 문제가 있다는 것이지만 여기서는 다른 법칙을 적용할 수도 있었다. 해결되어야 할 것은 다름 아닌 욕구였다. 그런데 어떤 종류의 욕구인가? 서툴고 미숙한데다가 실제로 적용되거나 행동으로 옮겨진 적 없는, 일반적인 관습도 아니고 가능한 한 사용되지도 않았던, 유치하고 황당무계하며 그 자체로 부끄럽고 그래서 당연히 전혀 우아하지도 않은 욕구로서, 겉보기에는 치통이나 배앓이, 다급한 변의나 용서를 구하는 비굴함과 혼동될 정도로, 형편없이 애매모호하고 오해의 소지가 있는 것이었다.

간절히 먹고 싶은 음식을 메뉴판에서 가리킬 수조차 없었다. 그는 이리저리 손을 휘저어대기만 했다. 주인의 손에서 주문용 메모지를 쳐내기도 했다. 다행스럽게도 주인이 그날의 특별식을 권했다. 바로 그가 먹고 싶어하던 것이었고, 그의 고갯짓은 동의의 표시로 제대로 해석되었다.

"지금 내리는 비 덕분에 곧 다시 선생님의 버섯을 별식으로 대접할 수 있겠군요." 주인이 말했다. "이마에서 피가 많이 나는데요, 사고인가요? 차 앞유리창에 부딪히셨나요?" 그러고 나서 그는 찬물에 담갔던 수건으로 손수 그의 머리를 싸매주면서, 바로 옆 테이블에서 보내는, 호기심이 아니라 말없는 염려의 눈길을 진정시키려는 듯 덧붙였다. "아주 심하진 않은데요!" 그리고 또 말했다. "수건이 잘 어울리는군요, 선생님을 위해 만든 것 같습니다."

몇 시간째 음식점 지붕 위로 북을 두드리듯 밤비가 쏟아진다. 그 일대에 며칠간 그치지 않고 더 내릴 기세였다. 그는 마치 지하 식당 안의 모든 사람을 뒤에서 바라보고 있는 것 같았다. 그것도 저 위 지붕도 없는 곳에서 비에 흠뻑 젖은 채 태연한 척 쉬지 않고 먹어대면서. 이따금 사람들은 꿈에서 이렇게 자기 자신을 뒤에서 바라본 적이 있을 것이다. 모르는 사람 몇몇도 함께 등장하는 그런 꿈에서 그들은 모험영화의 주인공이면서 동시에 그 관객이 된다.

손님들은 제각기 바지 주머니에서 커다란 지폐를 꺼내 값을 치르고 하나둘 밖으로 나갔다. 택시기사나 운전기사들이 그들을 마중나왔다. 식당에서 뛰어나간 손님들은 하나같이 우산을 들고 온 기사들과 짝을 이루어 걸어갔다. 적어도 두 사람 가운데 한 사람은 낮은 지하 식당 출입문의 들보에 머리를 부딪혔다. 그냥 보통 키의 여자들도 모두 그랬다. 그중 한 여자는 밖으로 나가다가 그에게 재빨리 미소를 지어 보이며 말했다. "행운을 빌어요!" 다른 이들에게는 문 옆에서—몸짓도 손짓도 하지 않고—밤 인사로 눈만 깜빡여 보였다. 그들은 어쩐지 모두 남루하고 허름해 보였는데, 단순히 면도를 하지 않은 얼굴이나 헝클어진 머리카락, 제멋대로인 걸음걸이 같은 것 때문만은 아니었다. 완전히 부서지고 무너져 대책도 희망도 전혀 없는 듯한 분위기가 느껴졌다. 그들 가운데 누구도 그날 밤을 무사히 넘기지 못할 것 같았다.

그사이 그의 테이블은 치워졌고, 그 위에 놓인 중세에 관한 책에서는 칼싸움이 벌어져 누군가 심장이 드러난 채 쓰러져 있는 모습이 보였다.

그도 주머니에서 돈을 꺼내 지불했다. (물론 그에게 새삼스러운 일은 아니다.) 유리벽 너머 주방에서 일하는 사람들은 벌써 두 손을 내리거나 팔짱을 끼고 있었다. 가무잡잡한 피부의 설거지 담당만 예외였다. 그 식당에서 일하기엔 몸집이 너무 큰 듯한 그는 수도꼭지 앞에서뿐 아니라 그릇을 위쪽 선반에 정리해 넣을 때도 자세가 구부정했다.

어제저녁처럼 아직 손님이 남은 테이블이 하나 더 있었다. 이번에는 남자 둘이었다. 그들은 실내가 어두운데도 선글라스를 끼고 있었고, 우연히 들른 다른 손님들보다 더 허름한 인상을 풍겼다. 어쩌면 그냥 그런 체하고 있었던 건지도 모른다—그렇지 않고서야, 주인이 방명록을 들고 가자 두 사람이 곧바로 서명한 사실을 어떻게 설명하겠는가?

마침내 그는 그들을 알아보았다. 한 사람은 예전에 해외까지 명성을 날렸던 동계스포츠 선수, 스키 선수로, 삼십여 년 전 미국 올림픽에서 경기 도중 폴 한 짝을 잃어버리고도 금메달을 따서 돌아왔었다. 맞은편에 앉은 사람 역시 지난날 한때 유명했던 시인으로, 외국에서 망명했지만 전성기에는 원어민도 생각하지 못한 독일어를 구사해 많은 사람, 특히 그의 시 낭송회를 경청했던 수많은 수준 높은 청중에게 단숨에 깊은 인상을 남겼다.

그렇다면 조금 전에 식사하던 사람들 역시 우연히 여기서 만난 과거의 유명인사들이었을까. 이곳 음식이 훌륭하고 게다가 이 지하 식당에서는 유명인사들도 '세상으로부터 은신'할 수 있다는 신문기사라도 보고 찾아온 것일까?

어찌됐든 상관없었다. 남아 있는 두 사람의 이마에는 땀이 맺혀 있었고, 그는 멀리서도 불안의 땀 냄새를 맡았다. 어느새 말랐다가 갑자기 다시 솟아나는 땀방울이 보이기도 했다. 그러는 사이 두 사람은 계속 웃었다. 만면에 미소를 띠었다가 금세 낄낄거리고 다시 호방하게 웃어젖히는 모습이 젖먹이가 아니고선 그렇게 웃을 수 없을 듯했다. 사람들은 얼떨결에 영문도 모른 채 함께 웃을 수밖에 없었다. 그들이 그에게 가볍게 손짓했던가? 그들은 술에 취했던 걸까? 촛불 속에서 그들의 뺨은 양쪽에서 다람쥐들이 매달려 물어뜯은 것처럼 보였다.

그는 바로 출발하지 않고 식당 밖 차 안에 잠시 앉아 있었다. 밤비가 차 지붕을 두드리는 느낌이 사뭇 달랐다. 그냥 이렇게 앉아, 앞유리창 밖으로 어딘가를 바라보거나 책을 읽는 것은 그의 버릇이기도 했다. 한창 여행하던 시절 그렇게 바닷가에 자동차를 세워두고 차 안에 홀로 있는 사람을 종종 보았었다. 차는 대개 해안절벽 옆에, 일몰과는 상관없이 항상 서쪽을 향해 서 있었고 다들 하나같이 책을 읽거나 우두커니 앉아 있었다. 그는 그 모습을 본보기로 삼았다.

도시의 다른 시설들에 비해 공항은 훨씬 어두웠다. 바닥 조명등이 양쪽으로 늘어선 활주로까지 어두울 대로 어두웠다. 예전에 밭고랑이었던 자리에서 격류가 넘쳐 덧칠한 타르 포장의 두꺼운 파편들을 휩쓸고 가서는 제방 너머로 미끄러지듯 떠내려보냈다. 제방 아래쪽에서는 도로 건설에 사용된 건축자재 조각들과 중갑판으로 오르는 계단이나 난간 조각처럼 배에서 떨어져나온 파편들이 솟아올랐다. 퍼부어대는 빗물은 뒤집어진 뱃머리로 우르릉거리며 빨려들어가 깊숙한 곳의 빈 선실로, 배의 복부 안으로 쏟아졌다.

마침내 마지막 두 손님까지 지하 식당에서 나오자, 그들 뒤로 식당 불이 곧 꺼졌다. 외투도 우산도 없는 그들은 한 발짝 떼어놓기가 무섭게 흠뻑 젖었지만, 전혀 서두르는 기색 없이 세찬 빗줄기 속을 산책하듯 걸어갔다. 마치 그렇게 하기로 작정한 사람들 같았다. 그는 그 둘 옆으로 차를 몰고 가서 두 사람을 태워주었다.

차를 타고 가는 내내 세 사람 모두 말이 없었다. 이착륙용 활주로와 고속도로와 철로가 한데 만나 이루어진 삼각형의 자투리땅에서 벗어날 때까지, 즉 강물들이 합류하면서 만들어진 삼각지대에서 벗어날 때까지. 핸들을 잡은 그는 숲속에서의 일격 이후로 줄곧 말이 없었으며 그들, 뒷좌석에 앉은 두 사람도 어떤 이유에선지 택시를 탄 것처럼 잠자코 앉아 있었다. 검은 안경을 벗은 그들의 눈은 가늘고 또렷했으며, 이제 냄새는 나지 않았다. 기껏해야 끓는 물을 끼얹은 닭털처럼 젖은 머리카락에서 김이 모락모락 피어날 뿐, 흠뻑 젖은 옷에서는 아무 냄새도 나지 않았다. 널찍한 차 안에서 따뜻한 바람에 옷이 제법 빨리 마르자 전前 슬랄롬* 챔피언이 미끄러지듯 조수석으로 넘어와 그에게 말을 걸기 시작했다.

터널을 통과하느라, 자동차 지붕을 두드려대던 북소리가 잠시 사라진 동안이었다. 그는 방금 전까지 아주 오랫동안 맨바닥에 누워 있던 사람처럼, 특이하게도 악센트가 없는 먹먹한 목소리로 말했다. "나는 진작부터 자네를 알고 있었다네. 로키산맥에서 사고가 났을 때 자넨 내게 응급처치를 해주고, 앰뷸런스가 도착하자 곧 사라졌지. 그뒤에도 한번 더, 흑해에서 아주 멀리까지 나가 수영하는 자네 모습을 보았어. 요트에 앉아 있던 나와 친구들은 조난이라도 당한 줄 알았었는데, 자넨 그냥 계속 항해하라는 신호를 보냈었지. 그때도 자넨 지금과 똑같은 수건을 머리에 감고 있었다네. 자넨 여기 정부에 몸담고 있지, 뒤에서 실권을 쥐고 있잖아."

핸들을 잡은 그가 대답하지 않자 뒷좌석의 은퇴한 시인이 말을 이었다. 알프스산맥 바로 전 터널이나 중앙 터널쯤인 것 같았다. 그는 듣는 사람이 더 주의깊게 귀기울이도록 일부러 심한 외국어 억양을 섞어 말했다. "자네와 나, 우리는 동년배지. 그런데도 자네는 우리 아버지를 연상시킨다니까. 자네도 우리 아버지처럼 박애주의자인데다 생각에 잠긴 모습까지 똑같아. 그런 아버지를 내가 방해하기라도 하면 다짜고짜 얻어맞기부터 했지. 또 우리 아버지처럼 자네도 자식을 여럿 뒀고 그들 모두에게 좋은 아버지네. 게다가 자넨 외로워. 하지만 본인 탓이야. 신께서 불쌍히 여길 지경으로 (아니면 '신물나게'라고 했던가?) 외롭지. 그래, 인간은 얼마나 쉽게 외로워지는가, 방문을 열다가도, 창문

* 복잡하게 세워놓은 기문 사이를 회전해 활강하는 스키경기.

을 닫을 때도, 샛길로 접어드는 순간에도."

핸들을 잡은 그는 아무 말도 할 수 없었고 고의는 아니었지만 경적을 누르고 말았다. 그러나 그 소리마저 차라리 희미하게 울렸다.

다만 분명한 것은 그들 세 사람 모두 한가하고, 적어도 다음 며칠 동안은 시간이 있다는 사실이었다. 성모마리아 승천일 덕분에 긴 연휴를 앞두고 있었기 때문이다.

하지만 그건 그에게나 해당되는 일이었다. 두 동승자는 아무것도 구애받을 게 없었다. 멀 수도 가까울 수도 있는 인생의 마지막 순간까지 그럴 것이다. 그들은 일자리도 가족도 없었고, 그것이 어제오늘 일도 아니었다. 대신 돈이 있었다. 그들은 지폐 다발을 주무르며 노닥거리거나 서로 신용카드를 번쩍이며 자랑하는 식으로 있는 티를 냈다. 그들이 내보이는 게 분명 특별히 성실하게 번 돈은 아닐 테지만, 그런 건 아무 상관 없었다. 그렇다고 마약을 팔거나 포주 노릇을 하거나 해서 특별히 더럽게 번 돈도 아닐 터였다—후자는 아닌지 의심스럽긴 했는데, 그들이 입에 담았던 이름이 거의 모두 여자들, 그것도 외국 여자들 이름인 탓이었다. 그들은 공손하고 잠깐씩 지나치게 예의발랐지만 어딘가 데스페라도* 같은 구석이 있었다.

시인이 물기를 없애려 펼쳐놓고 연신 흘끔거리며 냄새를 맡고 있었던 것은 메모 노트가 아니라 포커 카드였다. 전 올림픽 우승자는 주머니칼로 제 바짓단의 보풀을 빙 둘러가며 잘라냈다. 또한 두 사람은 지

* 자포자기 행동을 하는 사람 또는 과격분자, 혹은 무법자.

하 식당에서 마신 포도주 냄새를 풍기지 않도록 사탕을 빨았고, 차에 올라타며 기계적으로 붙여 문 담뱃불도 곧 눌러 껐다.

어디로 가든 일단 출발해 길 위를 달리기 시작하자 그들은 비로소 데스페라도 같은 인상을 본격적으로 풍겼다. 이미 오래전에 이가 다 빠져버린 듯 딱 벌어진 채 주름이 잡혀 있는 입, 그들을 꽤 오래도록 억압해왔던 당국으로부터 또는 그들을 정성껏 돌봐온 연로하신 어머니나 숙모로부터 달아나는 길인 듯한 흥분, 어디로 떠날지 비록 방향은 잘 몰라도 죽음을 두려워하지 않는 에너지로 충만한 무방향성無方向性, 여행중에 마주치는 잠깐 스쳐가는 순간들과 지극히 사소한 것들에 대한, 대개는 그저 저능아에게서나 볼 수 있는, 일종의 천치 같은 기쁨. 게다가 그들은 단순한 무법자가 아니라 어떤 법이든 그 위에 군림하고 있어, 벽을 뚫고 지나가거나 물위를 걸으며, 또는 하늘을 날거나 투명인간이 됨으로써 소위 범죄라고 하는 것들을 얼마든지 저지를 수 있을 것 같았는데—이것은 바로 그들이 특별한 사람들인 탓이었다.

그는 이 두 사람이 비행장 뒤편 숲속에서 그의 머리통을 갈긴 자들이며 지금은 그들의 포로가 된 거라고 잠시 상상했다.

그때 갑자기 작은 새 한 마리가 차 안에서 이리저리 파닥거렸다. 참새였다. 어디선가 주워서 죽은 줄 알고 윗옷 주머니 속에 넣은 새가 지금 나왔다는 것이 시인의 얘기였다. 그들은 길가에 차를 멈추고 각각 자기 쪽 차창을 내렸다.

알프스 내륙 높은 골짜기의 고갯마루 몇 개를 넘었을 때는 이미 자정이 지난 후였다. 이쯤에서 비는 번개와 천둥, 번개와 천둥을 동반했다. 참새는 금세 어디론가 날아가버렸는데, 짹짹거리는 그 소리는 차라리 날카롭게 찢어지는 비명 같았다. 그렇게 생매장당한 것처럼 붙잡혀 있었던 게 오늘 처음이 아닌 것처럼 울어댔다.

스키 선수가 근처에 그들이 묵을 만한 집을 알고 있었다. 그곳에는 "예전의 나 같은, 하지만 물론 다른 분야의 승리자 타입"인 한 여자가 살고 있다고 했다. 그러나 그 분야가 뭔지는 말하려 하지 않고, 누구 하나 그에게 묻지도 않았다. 이 '묻지 않기'는 함께 떠날 때부터 묵인된 게임 규칙 가운데 하나인 듯했다.

그리고 길을 찾아가면서—이곳에 한 번도 와본 적 없는 그가 어둠 속에서도 자칭 지리에 훤하다는 스키 선수보다 방향을 더 잘 찾았고, 별처럼 여러 갈래로 뻗은 어느 갈림길에서는 아주 당연하다는 듯 망설임 없이 바른 길로 핸들을 꺾었다—뒷좌석의 시인이 운전기사에게 이튿날을 위한 일종의 계획을 알렸다. "드디어 국경을 넘어가는군. 내가 아는 마을이 있는데 해마다 열리는 축제가 바로 내일이지. 그곳에 내 사생아가 살아—내겐 사생아뿐이거든—내가 한 번도 못 본 아이고. 그애도 날 만나려 하지 않아, 아무튼 이제는 그래. 그 마을을 떠나면 가능한 한 더 멀리, 알프스 남쪽으로 내려갔다가 다시 바로 옆 산맥들 쪽으로 거슬러올라가는 거야. 그다지 높진 않지만 여름인 지금도 아직 눈이 내리는 곳이지. 위쪽의 숲속, 꽃과 양치식물 사이에 깊은 구멍, 일 년 내내 얼음이 가득차 있는 수직갱도가 있어. 그 얼음 한 조각을 녹여낸다면—아무튼 이제 자네들도 알게 될 거야, 기대들 하라고."

여자의 집은 그 지역의 분수령을 이루는 언덕 바로 너머에 있었다.

한쪽은 흑해로, 다른 한쪽은 지중해로 흘러간다는 (여자의 주장이었다) 두 개의 샘이 각각 분수령의 왼편과 오른편에서 두 개의 수로와 두 개의 수조를 통해 한 우물에 모였다. 그곳에 모인 물은 다시 서로 다른 방향으로, 동쪽과 남쪽으로 흘러갔다.

그 집은 마을에서 외진 황무지에 있었다. 사방에서 비가 쏟아지는 한밤중에 구릉을 가로질러가자, 집이 갑자기 등대처럼 환하게 모습을 드러냈다. 막돌로 지어진 야트막한 장방형의 집에는 현관 양쪽뿐만 아니라 방방마다 모두 불이 켜져 있었다. 어떤 방은 불빛을 낮춘 듯 희미하게, 다른 방은 눈이 부실 정도로 환하게 구석구석 불을 밝혔고, 위쪽 지붕까지 대낮처럼 밝게 빛나고 있었다. 활짝 열린 가운데 문을 통해 서인 듯 각각의 방들 사이로 이리저리 종종걸음을 치며 지그재그로 움직이는 수많은 그림자로 인해 얼핏 보아서는 성대한 댄스파티라도 열린 듯한 인상을 주었다. 음악도 없고, 도대체 들리는 소리라고는 바깥의 분수령 샘물이 만들어내는 이중주박에 없었지만 말이다.

그들은 곧 그 집이 상가라는 걸 알게 되었다. 그 집 남편이 막 세상을 떠나 바로 전날 땅에 묻혔고, 그 아내인 '승리자 타입'의 여인은 멀리서 찾아온 이웃의 도움을 받아 집안을 정리하던 중이었다. 두 사람의 민첩한 움직임과 척척 맞아떨어지는 손놀림, 그리고 온 집안을 밝힌 수많은 불빛에 그림자가 몇 배로 불어나 마치 집안에 사람들이 가득차 있는 것처럼 보였던 것이다.

그뿐만 아니라 누구도, 잠자리에 들기 전에 입을 열지 않았다. 그들 모두 몹시 지쳐 있었다. 세 사람은 별채에 저마다 한 칸씩 방을 배정받았다. 그는 시인과 스키 선수가 복도에서 아주 차분하고도 안정된 목소리로, 집밖의 두 분수령 샘물 소리와 비슷한 소리로 이야기하는 것을 들으면서 여느 때와 다름없이 곧 잠이 들었다. 게다가 절반은 사용하지 않았던 집의 침대와는 달리 아주 작은 방에 놓여 있는 좁다란 침대도 마음에 들었다(그 침대는 또한 집에 있는 것과 아주 달랐다).

적막하고 깊은 산속에서의 밤—분수령의 샘물 소리마저 지평선 뒤로 아득히 밀려간 것 같았다—그는 잠에서 깨어났다. 아니, 방안에 켜진 불빛이 그를 깨웠다. 아니, 불빛들이 한꺼번에 그를 덮쳤다.

그 여자가 그의 침대 곁에 서 있었다. 이제 막 본채에서 건너온 게 아니라 오랫동안 바깥을 돌아다니다 오는 길인 듯, 머리카락이 젖은 그녀는 두툼한 외투 차림으로 그의 앞에 똑바로 서 있었다. 그러고는 무릎을 꿇었다. 그때 그녀의 얼굴은 전혀 다른 방향을, 활짝 열린 그 방의 유일한 창문을 향해 있었다. (그 창문으로 들어온 걸까?) 그녀의 표정은 조금 전 저녁 무렵의 그 당당하고 접근하기 어려운 슬픈 표정과는 비교도 안 될 뿐만 아니라, 소위 '승리자'에게는 전혀 어울리지 않는 부드러움으로 가득해, 보는 사람을 어리둥절하게 만들었다. 혹시 그것은 황홀경에 빠진 눈빛이었을까? 아니면 정화된 자의 눈빛이었을까?

그는 꼼짝 않고 기다렸다. 여자가 어떤 행동을 할까? 그녀가 어떤 행동이든 취하리라는 것만은 분명했다. 그것도 당장. 다음 순간 그녀는 일어나 몸을 던지며 그를 내리쳤다. 그녀는 난폭하게 왼쪽, 오른쪽 연달아 주먹질을 하기 시작했다. 큼지막한 그녀의 손은 남자 손처럼 주먹을 불끈 쥐고 있었다. 시선은 줄곧 그의 위쪽 높은 곳을 향해 있었다.

그는 저항하지 않았다. 그다지 아프지 않은 듯, 전혀 아무렇지 않은 듯 가만있었다. 하지만 심한 구타가 계속되자 급기야 좁은 침대에서 굴러떨어지고 말았다. 그제야 그녀는 때리기를 멈추고 처음으로 그를 힐끗 바라보았다. 그러고는 곧 불을 끄고, 들어왔을 때처럼 그렇게 사라졌다.

침대 위로 기어올라갔는지 아니면 그대로 쓰러져 있었는지, 아무튼 그는 곧바로 다시 잠들었다. 마치 모든 것에 순종하는 것 같았다. 그러자 웃음소리가 들려왔다. 그 자신이 웃었던가, 꿈속에서? '얼마나 오랫동안 웃지 않았던가!' 의식이 가물가물할 때 떠오른 이런 생각은 한층 더 또렷해지면서 깊은 인상을 남겼다. '학창 시절을 통틀어도 어제와 오늘만큼 많이 맞은 적이 없어!'

어떤 향이 방안에 남아 있었다. 여인네들의 향수가 아니라, 방안에서 작은 불이라도 난 것 같은 냄새, 불꽃이 일기까지 오랫동안 문질러댄 부싯돌 냄새 비슷한 것이었다. 그 안에서 호흡은 한결 더 빠르고 무거워졌다. 마치 그 혼자만이 아니라 여러 사람이 내쉰 입김이 방안에 꽉 들어찬 것 같았다.

날이 밝았고 아침식사 때 그는 혼자가 아니었다. 이 또한 얼마 만에 처음 있는 일이던가? 시인과 옛 올림픽 영웅은 벌써 건너편 본채에서 그를 기다리고 있었다. 외딴 산중이라 유난히 그렇게 보이는 게 아니라 정말로 풍성하게 차려진 식탁이었다. 더구나 두 사람은 시작 신호는 오직 그가 해야 한다는 듯이 아직 손도 대지 않고 있었다.

자메이카산 커피를 손수 찾아내 끓였을 뿐만 아니라, 이른새벽 가까운 숲으로 가서 아직도 빗방울이 맺혀 있는 블루베리, 블랙베리 같은 야생 베리를 한 그릇 가득 따 오는 등, 하나부터 열까지 모든 준비를 한 사람은 시인이었다—그는 그 사실을 스포츠맨 친구가 알리도록 했다. 그리고 친구의 말끝에 직접 덧붙였다. "우리의 마지막 여행을 위하여!" '우리'라니? 그 두 사람이 언젠가 그를 '우리 운전기사'라고 불렀듯이, 그리고 나중에 다시 '우리 손님' 또는 '우리 제삼의 사나이'라고 불렀듯이 그도 포함된 것이었을까?

그러나저러나, 둘 가운데 누구도 지금까지 그가 한마디도 하지 않았다는 사실을 눈치채지 못한 모양이었다. 아니면 이마 위 상처 외에도 밤새 얼굴, 광대뼈, 입술, 뺨에—과부의 결혼반지에 의해 찢어진 듯—상처가 새로 더 생겼다는 사실에 관심 없는 만큼이나 대수롭지 않게 여겼다. 그들은 궁극적으로 자기 자신들에게만, 이미 오래전부터 시작된 두 사람의 몰락에만 열중해 있는 것 같았다. 그리고 적어도 몰락에 관해 이야기를 나누는 동안은 그러한 열중이 그들에게 활기를 불러일으켜주기도 했다.

시인은 지난밤 꿈속의 라디오에서 자신에 대한 추모사를 들었다고 이야기하고 있었다. "어떤 여자가, 언제나 한결같이 다정한 목소리로 널리 사랑받는 라디오방송의 여자 아나운서가 추모사를 낭독하더군. 하지만 내게는 그녀의 목소리가 냉정할 뿐만 아니라, 내 불행을 고소해하고 아예 복수심에 차 있는 것처럼 들렸어. 내가 사라진 것이 마치 미움받던 악한이 한 명 사라지거나 인류의 적 하나가 체포되기라도 한 것 같더라고. 내가 평생 동안 쓴 것을 그녀는 분명히 만인의 이름으로, 게다가 철회가 불가능할 정도로 단호하게, 무가치한 것들이라고 비하했어. 무가치한 것들!—그리고 바로 그 단어가, 다시금 내 이성을 회

복시키는 계기가 됐지. 잊힌 게 당연합니다! 그녀가 말하자 갑자기 나는 내가 이제 외톨이가 아니란 걸 깨달았지. 어쨌든 예전의 다른 꿈속에서나 대낮 때보다는 버림받았다는 느낌이 덜하더군. 실패와 패배의 연속이었습니다! 라디오 속의 여자가 말했어. 그리고 나는 내가 자면서 이쪽 귀에서 저쪽 귀까지 입이 찢어지도록 히죽 웃는 모습을 보았어. 그래 두고 봐라, 나는 생각했지. 나는 아직 내 필생의 역저는 쓰지 않았다. 그리고 그 책은 지금까지 결코 존재한 적이 없는 책이 될 것이다. 책으로 느껴지지 않고, 이미지로 옮겨지지도 않는, 붙잡을 수 없으며 무게도 없지만 그럼에도 여전히 한 권의 책인 그런 책이 될 것이다—언젠가 완성된다면 말이지. 그 책을 위한 가시나무 덤불*은 이미 불타고 있다. 아니면 그것은 아무튼 모든 가시나무 덤불, 하늘로의 사닥다리**와 지옥으로의 순례***를 초월해서 펼쳐질 것이다."

그는 파안대소하고 나서—아니면 그와 비슷했을 뿐이었나?—가진 돈을 세었고—그걸로 그다지 오래 버티지는 못할 것이다—전 국가 영웅도 마찬가지로 별로 많지 않은 자기 돈을 동전들까지 분류해가며 세었다—그중에는 이미 오래전 헐값에 팔아넘긴 그의 금메달을 복제한 도금 메달도 있었다. 스키경기에서 우승한 이후 그는, 어떤 스포츠 종목도 그를 가로막지 못하리라는, 그렇다, 도전하는 것마다 승리를 안겨주리라는 생각에 거의 모든 스포츠 종목에 도전했었다고 설명했다.

---

* 모세가 계시를 받을 때 나타난 신의 모습. 여기서는 영감에 대한 메타포.

** 성서의 창세기 28장 12절에 나오는 야곱의 사다리. 야곱의 꿈에, 땅에서 하늘에 이르는 사다리가 서 있고 그 위에서 여호와가 야곱을 축복한 이야기.

*** 신화에서 지옥에 떨어지는 것, 혹은 기독교에서 그리스도의 지옥 순례.

"적어도 한동안은, 아니 그후에도 적어도 이길 가망이 있거나 우승이 보장되는 곳이라면 어디든 어떤 희생을 치르고라도 도전했지. 나는 모터크로스 경주에서 연속으로 우승했지만—상대는 대부분 아마추어였거든—승리를 차지하기 위해 일부러 가장 외진 고장의 뒷길을 달리기도 했어. 그 외 모든 스포츠 종목에서도 마찬가지였지. 외국으로 나가거나, 아니 차라리 외국으로 사라짐으로써, 먼 타국들 중에서도 가장 먼 곳을 찾아감으로써 어쨌든 겨우겨우 승리를 이어나갈 수 있었어. 아니면 적어도 승리를 꿈꿀 수 있었지. 성공을 거두진 못했어도 '외국인 선수'로서 명성은 있었거든. 예전 한때 고국에서 '위대한 승리자'로 누렸던 것처럼 말이야. 한 시즌 동안 한국의 어느 프로 농구단의 스타였고, 그 이듬해에는 선수와 코치를 겸해 뉴질랜드의 한 중소도시로 옮겨갔었어. 유럽 축구를 뿌리내리게 한다는 게 명분이었지—거기서도 한동안은 인기가 있었고—그뒤에는 몽골의 골프 대회, 그리고 알래스카 페어뱅크스에서는 아이스하키로 두각을 나타냈어. 하지만 결국 마지막 남은 해결책은 고국으로의, 이른바 직업생활이나 창업을 위한 귀향이었지. 내게는 우승자라는 명성이 어느덧 제2의 천성이 되어서 그걸 여기서도, 완전히 다른 경쟁에서도 기대한 거야. 그걸 당당히 요구했지. 비켜라, 다른 놈들, 하찮은 놈들, 여기서는 아무도 너희를 원치 않는다, 승리자는 내가 될 것이다, 내가 승리자다—나 아니면 누가 감히? 십 년 동안 패배에 패배가 꼬리를 물었고, 그럴 때마다 상황은 더 악화되었지. 이번이 내 마지막 여행이야. 하지만 누가 알아, 행여나 우리 운전기사 양반 덕택에 처음부터 다시 시작할 수 있을지? 착각은 자유라고? 외국이든 어디든, 내가 드디어 다시 승리할 수 있는 곳으로 가자고!"

그도 역시 활짝 웃으면서 두 팔을 번쩍 들어 보이려고 했지만 뜻대로 되지 않았다. 그러면서 길게 내민 혓바닥은 허옇게 보였는데, 기력이 쇠해서만은 아닌 듯했다.

비는 계속 내렸고, 매 순간 더욱 거세지고 굵어지는 것 같았다. 분수령 샘물의 양쪽 수로에서도 물줄기가 콸콸 쏟아져나와, 이쪽 바다 혹은 반대쪽 바다로 흘러갔다. 섬세하게 수를 놓은 듯한 산림지대의 수많은 낙엽송들은 빽빽하게 들어선 전나무들과는 대조적으로 쉴새없이 퍼붓는 빗속에서도 마냥 얌전하게 물놀이를 즐기듯 서 있었다.

집안 어디에도 그 여자의 흔적은 없었다. 하긴 이 한여름에 그녀가 벽난로에 불이라도 지폈겠는가? 조금 전 '운전기사'로 불렸던 그는 마당 입구에 미리 준비되어 있던 엄청나게 커다란 우산을 받쳐주며 그들을 자동차로 안내했다. 그때 윗옷 주머니에서 뭔가가 바스락거리자 그는 자기도 모르게 '옷섶 안에 꿰매넣은 편지'를 떠올렸다.

운전석에 앉아 계속 차를 몰고 가면서 그는 아침나절 빼먹은 게 과연 뭘까, 곰곰이 생각했다. 그의 집? 익숙한 환경? 일터로 가는 길? 아니었다. 그것은 그가 소홀히 해서 놓쳐버린 어떤 행동이었다. 꼬박꼬박 챙겨 먹어야 하는 약을 복용하지 않은 것? 아니, 그것도 아니었다—그것은 영양섭취와 관련된 것이었다. 지금 특별히 기운 없지는 않았지만, 일종의 강장제가 필요한 것 같았다. 하지만 그들은 아침식사를 든든히 하지 않았던가. 그것도, 건강에 좋고 몸을 튼튼하게 한다고 알려진 음식들만으로.

그런데도 어떤 결핍감, 아니 오히려 공복감이라 해야 할 것이 느껴졌다. 이를테면 사과나 빵이 눈앞에 있는데도 먹지 못할 때 입안이 근질근질한 것 같은—그런 결핍감이 지금 입안을 가득 채우고 있는 것일까? 온몸을?—한 사람 전체를? 책이었다! 그렇다, 그는 오늘 아침 책을, 중세 서사시를 읽지 않았다. 그래서 '아침'을 거른 것처럼 느껴진 것이다. 독서에 허기진 약사, 그런 것도 있을까? (아무튼 그의 이야기가 진행되는 동안, 그가 자신을 '약사'로 생각한 것은 이번이 마지막이었다.)

옆 좌석의 시인은 마침 신문에 실린 오늘의 운세를 큰 소리로 읽고 있었다. 그 운세에 따르면 그는 오늘 "치유할 수 없는 외로운" 감정을 느끼게 되지만 그래도 눈앞에 있는 가능성을 향해 자신을 활짝 열어두는 한 결코 절망할 필요가 없다. 그런 정신상태가 바로 "치료약"이 될 수 있다는 것이었다. 그렇다, 이런 낭독은 단체행동에서 크게 벗어난 것은 아니었다—뿐만 아니라 뒷좌석의 스포츠 베테랑은 시인에게 신문이 지난해 것이라고 알려주었다.

순간 운전기사는 그가 지금 체험하고 있는, 자신과 그들에게 전날 밤부터 벌어지고 있는 일들은 신문에도 책에도 기록되지 않을 것이며, 따라서 읽히지도 않으리라는 생각이 들었다. 그런 생각은 언젠가 이미 해보지 않았던가? 그래, 사랑의 순간에, 엄청난 행복의, 마찬가지로 엄청난 불행의 시간에, 아내와 함께—정말 그랬나?—아이들과 함께—정말 그랬다고?—애인과 함께—오래, 오래전부터, 아니면 존재한 적도 없었나? 누군가가 원고를 받아 적는 이미지는 숨소리도 멈춘 듯 완벽한 정적에 휩싸인 한밤중에나 떠오를 뿐이었다. 차 지붕을 요란하게 두드리며 쏟아지는 빗속을, 콜록거리고 몸 여기저기를 긁으며 연신 하품을 해대는 사람들을 태우고 달려가는 지금 이 길이, 이제 그에게는 밝은 대낮에 읽을 만한 이야깃거리가 되어주었다.

그는 평소의 운전 방식과 달리 액셀러레이터를 밟았다. 아스팔트길에서 한참 떨어진 굽은 산길에서 다시 급커브를 돌며 나간 덕에, 갑자기 길 한복판으로 떨어지던 바윗덩어리도 운좋게 피할 수 있었다.

그리고 지난밤의 주인 여자가 깎아지른 암벽 위 산기슭에 나타났다가 곧 그 자리에서 몸을 돌리는 것을 그 혼자 잠시 쳐다보았다. 다른 두 사람은 온몸을 긁어대고 하품하던 것을 멈추는 듯하더니, 그것도 잠깐일 뿐, 곧 다시 한층 더 심하게 하품하면서 여기저기 가려운 듯 마구 긁어댔다.

지금처럼이든 다른 식으로든 예기치 못한 방식으로 생명의 위험을, 그것도 아주 절박하게 느끼게 된 것도, 언제부터인지는 모르지만, 이번이 처음은 아니었다.

그러나 이번에는—이미 비슷한 식으로 빠져들었던 예전의 몇몇 경우들과는 달리—두 눈은 물론 콧구멍까지 매 순간 최대한 크게 오래 뜨고 벌리고 있음으로써, 말하자면 살아남기 위한 이 생존경쟁에서 육체와 영혼을 파고들며 그를 위협하는 것에 대해 끈질기고 주도면밀한 목격자가 되어야겠다고 다짐했다—아니, 차라리 그것을 넘어서리라. 이런 치명적인 것이 가까이, 점점 더 가까이 다가오는 동안, 다른 모든 것을 향해 모든 감각을 활짝 열어두리라. 크고 작은 현상들은 물론 거기에 딸린 자질구레한 조짐들, 사건과는 전혀 관련없는 이른바 따로

노는 것처럼 보이는 것까지도—명심해둔다? 아니, 차라리 모든 감각과 한몸이 되리라. 어쩌면 (그러나 그것이 이유는 아니었다) 이것이 하나의 해결책이 될지도 몰랐다.

조금 전 몇 번이고 '길이 좁아지던' 순간에—산속으로 길을 잘못 들어 마키단*이 설치한 듯한 뒤엉킨 가시밭으로 빠져들었다—그는 본능적으로 손과 발을 잽싸게 놀려 다시 길을 찾아 나갔다. 닥치는 대로 움직이던 그는 쿵쾅거리는 맥박소리에 귀가 먹먹할 정도였다. 그런 그의 모습은 맹목적으로 허우적거리는 게 아니라, 다른 감각은 이미 모두 사라지고 없는데도 오로지 육지라는 목적지를 향해 헤엄치는, 익사 위기에 처한 사람 같았다.

처음에는 어린 시절, 전쟁이 끝날 무렵의 어느 새벽녘 부모님과 함께 국경의 지뢰밭을 지나 탈출하던 순간이 떠올랐다. 그후로 오랫동안 그는 그 순간을 단 한 번도 떠올린 적이 없었다. 차갑고 바람 한 점 없는, 아예 대기조차 사라진 새벽녘, 결코 물러가거나 끝날 것 같지 않은 새벽녘의 어둠을. '발뒤꿈치에 바짝 따라붙던' 추적자들이 있었겠지만, 그는 그들을 보지 못했다. 그들을 보지는 못했다.

그런데 지금, 바위를 피하던 순간, 그는 두 눈으로 똑똑히 보았다. 흩날리는 빗방울과 희미하게 비치는 햇살이 한데 어우러질 때, 모퉁이에서만이 아니라 저 위에 있는 그 여자의 옆에서 어른거리는 그녀의 그림자인지 허깨비인지 모를 어떤 것을 보았다. 그녀의 머리 위로는 구름 덮인 하늘이 보였다. 그는, 그와 함께 거기 있던 그들은 모두, 궁

* 2차세계대전중에 활동한 프랑스의 반독(反獨) 레지스탕스 단체.

지에 몰렸다기보다 예기치 않은 사건에, 어떤 세력 범위에 이르렀다. 그렇다, 별나긴 해도 어떤 세력 범위였다. 그리고 여자가 몸을 돌려 사라지지 않았더라면, 그는 즉시 어떤 식으로든 그녀에게 신호를 보냈을 것이다.

이 이야기가 진행되는 시기에 그들이 달리던 외진 길은, 전 유럽을 달리는 내내 그들 앞에 나타나는 원형교차로를 통해 한층 더 외지고 좁은 지방도로로 접어들었다.

원형교차로는 교외도로까지 계속 이어지더니, 거기서는 더 자주 나타났다. 길목마다 또 그만큼의 진입로들이 있었기 때문이다. 드디어 목적지를 향해 가는구나, 또는 적어도 길에는 신경쓰지 않고 가도 되겠구나 생각하면서 이제 막 접어든 직선로에서 안심하는 순간이면, 어느새 원형교차로가 또하나 나타나고 금세 또다른 원형교차로가 이어지는 식이었다.

비록 단 하루라고는 해도, 이런 여행의 막바지에는 으레 온종일 차를 타고 온 방향에 대한 감각을 잃어버릴 뿐 아니라 여행을 하고 있다는 기분도 더이상 느끼지 못하기 마련이었다.

어쩌면 회전목마를 너무 오래 탈 때 생기는 현기증 같은 것이 일어날지도 모른다. 그래서 겉으로 보기에는 전혀 다른 나라에 도착한 것 같지만, 결국 출발했던 그 자리로 되돌아오는 것으로 여행이 끝날 수도 있다.

이른바 그런 원거리 목적지에 도착하고 나면 그냥 현기증만 느껴질 뿐 아니라, 모든 종류의 여행은 물론 단순한 출발 그 자체에도 진절머리가 나고, 멀미가 나며—뱃멀미보다 더 불쾌하다—앞으로 나아가는 어떤 형태의 이동에도 구역질날 지경이 된다.

이 이야기가 진행되는 시기에는, 자동차로는 더이상 고개를 넘을 수 없게 되었다. 유럽의 고개들 대부분이 이른바 '폐쇄'되었거나 '통행금지' 상태였으며, 치우기 힘든 낙석들과 비에 쓸려내려온 흙더미들, 그리고 이와 비슷한 장애들로 인해 더이상 통행이 불가능했다. 높은 고개를 넘는 대신 거의 지하터널로만 대륙을 횡단했는데, 그러는 사이에도 구간별로 수많은 원형교차로를 통과했다. 국경들이 늘어나기는 했지만—전에 없이 아주 많아졌다—그저 터널 안 한가운데 눈에 띄지 않게 남아 있기 마련이었다. 특히 국경의 검문도 모두 폐지되어 어디서도 국경 수비대원 한 명 나타나지 않았다.

그러한 대륙의 지하터널은, 항상 오래 지속되는 여정으로 인해 결국, 아까 탔던 곳에서 다시 내리는 것처럼 생각되는 유령 열차라도 탄 듯하게 만드는 구석이 있다. 사람들은 멋진 모험이 기다리는 이국으로 기대에 부풀어 떠나지만 결국 자기 집 문 앞에 서 있는 자신을 발견하게 된다. 심지어 문고리까지 똑같으며 현관 깔개의 무늬까지도 비슷하다. 그것도 아니면, 도시든 교외든 시골이든 막론하고, 오랫동안 익숙하게 지냈던 고향에서와 거의 똑같은 거리들이 보인다. 터널을 지났는데도 고향에 와 있다. 어쩌면 더이상 돌아가고 싶지 않았을 그곳에.

이날은 그들 세 사람에게 좀 특별하게 지나갔다. 그들은 수천 개의 원형교차로에서 카레이스를 하듯 급정거와 커브 돌기를 반복했으며, 휴일 나들이에 나선 수백만 대의 차량으로 인한 정체 행렬 속에 서 있기도 하고, 줄잡아 오백 개는 되는 길고 짧은 터널을 통과했다. 그러나 기분만은, 아니 더 나아가 그들의 컨디션은, 몸도 마음도 모두, 이 모든 외부 상황보다 훨씬 활기가 넘쳤다.

기분은 셋 다 제각각이었다. 특히 시인은 얼굴도 모르는 자식을 만나게 될 거라 그런지―"애엄마 때문에 다소 가라앉기는 해도" 어쨌든 극도의 흥분상태였고, 전 올림픽 스타는 다른 외국에서처럼 그곳에서도 혹시―최근 이 나라는 '스키의 나라'로(한편 '축구'와 '단거리경주'의 나라이기도 하다) 부상했다―인정받을 수 있을까 하는 설렘으로 가득차 있었으며, 운전기사는 젊은 시절에만 경험했던, 너무나도 짧았던 독특한 갈망과 함께 그로서는 아주 낯선 슬픔을 느꼈다.

반면 그들이 처한 상황이나 그들의 의식은 서로 비슷했다. 그것은 많은 것이, 아니 모든 것이 걸려 있는 불확실하고 위험한 모험에 대한 의식, 뿐만 아니라 허용된 것과 불법적인 것, 심지어 범죄적인 것의 경계에 서 있는 의식이었다. 법률 위반? 세상의 질서에 저항하기? 그런데 그들 가운데 누구도 어디서 그런 공감대가 생겨났는지 설명할 수 없었다. 그들이 이미 행했거나 앞으로 행하게 될 일들은 일말의 관용도 없을 듯한 응징의 위협 아래 놓여 있었다. 그러나 그들에게 후퇴란 생각조차 할 수 없었다.

그렇게 해서 그들은 여행한다는 것이 그럼에도 불구하고 여전히 뭔가 새롭고 전례 없는 일이라는 사실을 체험하게 되었다.

그는 차를 상당히 천천히 몰았다. 이제까지 제대로 속도를 내본 적이 한 번도 없었다. 그러니 전속력으로 달리는 열차에 뛰어오르는 데

성공한 적이 없는 것도 당연했다.

비행기를 타본 건 몇 번 안 되지만, 그때마다, 특히 이륙시 속도가 분명히 느껴질 때면, 속도 때문에 죽을지도 모른다고 생각했었다. 처음 그런 일이 있고 난 후부터는 줄곧 창가 좌석을 피했다—그다지 도움이 되진 않았지만. 속도는 그의 눈뿐만 아니라 온몸에 영향을 미쳤다. 그것은 그를 당장이라도 없애버릴 것만 같았다.

사실 처음으로 그런 느낌에 휩싸였던 것은 아주 오래전, 첫 비행기 여행보다 훨씬 전의 일이었다. 일정한 속도에 이르면서부터는 단순히 보고 듣는 것 이상은 불가능해졌다. 자전거 안장에 앉아서조차 순간적으로 몸을 가누지 못하고 쓰러졌다. 몇 차례 뇌진탕을 당하고서야 이런 사고들이 마른하늘에 날벼락처럼 느닷없이, 매번 자전거나 길 때문에 혹은 그의 서투름 때문에 일어나는 게 아니라는 사실을 깨달았다. 다른 사람들에게 폐소공포증이나 고소공포증이 있다면, 그는 이를테면 속도계 공포증 또는 속도 공포증과 싸워야 했다. 그것은 계기판이 어느 특정한, 아니, 확실히 알 수 없는 어떤 수치를 넘으면 순식간에 그를 평정으로부터 내동댕이치는, 급작스럽게 폭발하는 커다란 공포였다.

그의 유일한 교통사고도 그런 식으로 일어났다. 그가 옆 좌석의 누군가와 대화를 나누는 데 너무 열중한 나머지, 그에게나 해당되던 제한속도를 조금 넘었을 때였다. 거의 눈에 띄지 않을 정도로 조금 초과한 것이었는데도 그는 갑자기 핸들을 잡을 수 없는 상태가 되었고 그만 사고가 나버렸다. (여기선 그가 계속 실어상태에 빠져 있는 바람에, 말을 하는 대신 잠자코 생각에 잠기거나 다른 사람들의 말에 귀기울이는 게 전부인데다가 무엇 하나 그가 속도를 내게 하는 것도 없어서 어쨌든 다행이었다.)

"심지어 나는 바깥에서 구경만 하다가도," 그는 내게 설명했다. "여러 속도의 희생물이 되었답니다. 그런데 분명 모두 좀 특별한 경우였어요. 나는 꼭 한 번 F1 그랑프리 자동차경주를 텔레비전이 아니라 야외에서 관람한 적이 있어요. 아내의 등쌀에 못 이겨서요. 아내는 속도에 푹 빠져 있었거든요. 속도를 내는 것을 보고 있거나 스스로 속도를 내고 있으면 다른 어떤 곳에서보다 활짝 피어났고, 아름다움도 한껏 드러났지요. 그녀는 요술쟁이 마녀, 그래요, 내겐 가끔 두렵게 느껴지기도 하는 아름다운 속도의 마녀 같았어요. 또 한번은 하넨캄*에서 있었던 가장 유명한 동계 스키 활강경기 때였는데, 그때도 그녀가 챔피언들을 한번 실제로 보고 싶다고 해서 키츠뷔엘까지 갔었지요. 그때 마침 경주용 스포츠카들이, 아이펠**이었는지 에스토릴***이었는지는 잘 모르겠는데, 화산 봉우리 위인지 아니면 대서양 절벽 위에선지, 어쨌든 어디선가 나타나자, 그녀가 환호성을 질러댔죠. 하지만 나는 그 모습을 보자마자 글자 그대로 비틀비틀 뒷걸음치면서 아내를 꽉 붙들어야 했어요. 상상도 못할 정도로 빠르게, 텔레비전에서 보던 것과는 비교도 안 되는 속도로 레이서들이 질주하는 거예요. 비정상적으로 빨랐느냐고요? 아니, 차라리 초지상적超地上的으로 빨랐다고 해야 할 거

* 오스트리아 키츠뷔엘에 있는 산으로, 동시에 이곳에서 매년 열리는 월드컵 알파인 스키경기를 가리킨다.

** 독일 라인란트팔츠주에 있는 화산지대.

*** 포르투갈 리스본 근교에 있는 대서양 연안의 휴양지.

예요. 보이나 싶은 순간 벌써 사라졌어요. 그때, 아내와 내게서 동시에 외마디 소리가 터져나왔죠. 그녀에게서는 열광의 환호성, 내게서는 경악의 비명, 말하자면 원초적 경악의 비명이었지요."

그리고 당시 키츠뷔엘 계곡에서 스키경기가 시작되면서부터는 그에게 다음과 같은 일이 일어났다. 첫번째 선수가 저 위쪽 숲길에서 나와 길고 가파른 골인 지점인 골짜기로, 지구상에서는 볼 수 없는 비인간적인 속도로 총알처럼 재빠르게 빨려들어가자, 이 광경은—경주용 자동차 때와는 달리 곁에 서 있는 아내처럼 그도 감동하긴 했지만—또다시 그에게 커다란 충격을 주었다. 이번에는 비명이 터져나오지 않았지만, 대신 오랫동안 한마디 말도 꺼낼 수 없었다. "그러니까 그때 벌써?" 나는 물었다. "그래요, 그때가 처음도 아니었고."

예전의 스키 영웅이—그가 당시 하넨캄의 우승자가 아니었던가?—자동차 뒷좌석에서 다른 사람에게라기보다 자기 자신에게, 또한 운전기사의 생각을 읽고 거기에 대답하기라도 하듯 말했다. "속도와 관계를 맺는 것은 필수야. 그걸 못해내는 사람은 살아갈 능력이 없다고. 비단 오늘날에만 해당하는 게 아니지. 내가 속도에 적응하기로 결단한 바로 그 순간, 아니 속도에, 최대한으로 가능한 속도에 단호히 자신을 내맡긴 그 순간에야 비로소 나는 기저귀를 뗀 후 처음으로 나 자신이 되었다고 생각해. 이게 나를 '아아, 나' '어느새 또다시 오로지 나!'밖에 모르는 자기중심적인 존재로부터 치유해주었지. 그렇다고 내가 나 자신이 되는 걸 포기한 건 아냐. 속도 가운데 파묻혀 있으면 집에 있는 듯 편했어. 내가 오늘 완전히 기진맥진한 것도 아마 이제는 그렇게 재빠르지 않기 때문인지 몰라." (잠깐 너털웃음.)

그렇다. 다른 두 사람도 그가 여유 있게 달리는 편이 좋은 모양이었다. 그들은 시간이 있었다. 어쨌든 이 문장은 무슨 주문처럼 거듭 반복되었다. "우린 시간이 있어." 유럽 횡단 터널 안에서 또 차가 막혀 서 있는 동안 시인이 말했다. "우리가 가는 마을의 축제는 며칠씩 계속된다더군. 게다가 야간 행사까지 있고."

그들은 시간이 있었다. 그래서 온 유럽의 도로변 식당을 빼놓지 않고 들렀다. 하지만 음식 종류가 무엇이 됐든 매번 서서 먹었다. 그들은 시간이 있었다. 그래서 어느 순환도로에서는 들길로 방향을 꺾어들어가 차에서 내려—운전기사는 차에 남았다—잠시 비를 맞기도 했다. 또 그들은 적지 않은 주유소 편의점들을 순회하면서 자질구레한 물건들을 샀다. 그때마다 그들은 동행한 운전기사에게 자신들이 얼마나 많은 언어를 구사할 수 있는지 보여주었다.

비는 계속 내렸다. 불빛이 반사되었다. 한번은 운전기사가 핸들을 확 꺾어 피해야 할 정도의 과속으로 자동차 한 대가 그들을 추월했다. 그렇게 질주해 간 '산타나'에 지난밤의 그 여자가 타고 있었던 건 아닐까? 자신이 한 번도, 주먹다짐을 당하면서도, 이제까지 단 한 번도 정면에서 그녀를 보지 못했다는 사실이 떠올랐다. 기껏해야 옆모습만을 보았다. 말하자면 그들 세 사람이 도착해서 그녀가 자기 집 정문 앞에 서 있었을 때 말도 붙이기 어려울 만큼 슬픔에 잠긴 과부의 옆모습을 본 게 전부였다.

마지막 터널은 이례적으로 길었다. 그러나 곧 그들이 도착하게 될 반대편 끝이 아주 멀리서부터 보이기 시작했다. 처음에는 마치 아주 가늘게 만 종이나 헛간의 조그만 옹이구멍, 또는 주먹을 쥘 때 생기는 자디잔 구멍을 통해 들여다보는 것처럼 몹시 작았다.

그는 더욱 천천히 달렸다. 터널 안 길은 아주 반듯해서 운전에 거의 신경쓸 필요가 없었다. 터널 끝은 알아차릴 수 없을 정도로 조금씩 확대되면서 여전히 시야에 남아 있었다. 지독한 암흑 속에서 저기 빛의 구멍으로 드러난 이 터널의 끝은 너무나 비입체적으로 느껴졌으며 얼마 동안은 정말 그림처럼 보이기도 했다(터널 내부에도 불이 켜져 있지 않았고, 그도 멀리 밝은 점을 응시하느라 까맣게 잊고 전조등을 켜지 않았다. 차 안의 누구에게도 그 사실이 문제되지 않는지 모두가 한 눈이 되어 한 방향만을 바라보고 있었다).

저 구멍을 통해 바깥세상으로 빠져나갈 수 있다는 게 한낱 속임수에 지나지 않는 것은 아닐까? 희미하기는커녕 대낮같이 환한 게 오히려 부자연스러워 보이는 출구의 모습은 꼼짝 않고 정지해 있는 것 같았다. 그래서 그들의 눈에는 출구가, 그곳을 통과하기 바로 직전까지도 마치 지하 갱도의 일부인 것처럼 보였다. 과도하게 노출시킨, 눈부신 색상의 축소판 슬라이드 한 장이, 거기 그들 앞에, 완벽하게 어두운 표면 위에, 초록색 잎사귀가 아른거리듯, 바위 측면의 적황색이 반사되듯, 투영되어 있었다.

그리고 한동안 그들은 더이상 앞으로 나아가지 못할 것 같은, 그 자리에서, 그렇다, 그 공간에서 벗어나지 못한 채 기껏해야 부르릉거리는 차와 함께 있을 것만 같은 인상을 받았다. 그러다가 곧 바깥으로 나올 것 같았다—바깥이라니?—바깥 말이다.

희한하게도 그 인상, 아니 그 환각은 터널 출구의 이미지가 서서히 커질수록 강해졌다. 울긋불긋한 이미지는 점점 더 크게 확대되면서 그들에게 다가왔지만, 어두운 표면 위의 이미지 자체에는 아무 움직임이 없어 보였다. 이미 그 이미지에는 관목 덤불과 잔디까지도, 무척 자세하게 보이도록 조명을 한 듯, 실제보다 더 생생하고 실물보다 더 크게 묘사되어 있었다. 다만 이 모든 것은 하나하나 꼼짝 않고 고정되어 있었다. 사람들은 어디 있었을까? 대체 어딘가 있긴 했던 걸까? 어째서 그들 외에는 아무도 터널을 지나가지 않고, 반대 차선에서 달려오는 차도 한 대 없었을까?

그리고 그 구멍은, 처음과 꼭 마찬가지로 여전히 꼼짝도 않은 채 울긋불긋한 모습으로 어느새 화면 전체를 차지했다. "불길한 통로로군!" 그는 언젠가 읽은 서사시에서 이 말이 거의 확실한 죽음과의 싸움을 의미했다는 게 생각났다. 또한 지금도 그 말은 굉장한 것이었다. 스스로 깜짝 놀라면서 그는, 아침나절과 마찬가지로, 속도를 내야 할 이유가 아무것도 없다는 것을 깨달았다. 터널 안으로!

그리고 이제야 비로소, 말하자면 그 구멍으로 빨려들어가기 직전 바퀴가 몇 차례 구른 끝에, 불타는 듯 노란 암벽의 모습들이 시야로 밀려들어오더니 잔디와 나뭇잎들이 쌓여 있던 화면은 마치 마법에 걸린 듯 사방으로 흩어져버렸다. 그 마법이 그다지 사악한 것은 아니었던 모양이지? 터널에서 빠져나오자 나무들은 훨씬 더 자유롭게 움직이고 있었다. 심지어 가장 굵은 줄기들까지 두 팔을 활짝 벌린 채 아주 격렬하게 움직였다. 게다가 터널 바깥 양옆으로 펼쳐진 바위 언덕들 덕분에 도로가 순식간에 어찌나 넓어 보이던지. 그렇다, 이곳은 새로 도착한 이들에게 얼마나 넉넉한 공간을 안겨주었던가.

그들 가운데 한 사람은 손뼉을 치기까지 했다. 마치 장거리 비행 끝에 예상외로 아름다울 뿐만 아니라 앞날이 기대되는 곳에 착륙한 것 같았다. 그 터널을 벗어나면서 새로운 날이 시작되었거나, 여기 이 터널 덕분에 시작될 수 있었다. 진기한 모험. 현대적인 모험?

어쨌든 그들은 이 순간 점점 가까워지는 축제 분위기에 적응해 있었다. 그들은 축제에 대해 굉장한 기대를 품고 있었다. 그런데 운전기사이자 이방인, 다른 두 사람이 전혀 의견을 물어오지도 않는 제삼자인 그도 그랬을까?

"그래요, 나도 그때 불현듯, 오래간만에 비로소, 다시 축제의 기쁨을 느꼈답니다." 그가 내게 설명했다. "그 구멍을 빠져나오던 순간, 여행 중 처음으로 나는 시인과 올림픽 챔피언과 나를 '우리'라고 생각했어요. 우리는 앞으로 일어날 일들을 잔뜩 기대하고 있었지요. 그렇게 자주 우리라는 단어를 생각하리라고는 상상도 못했던 일이지요."

바깥 사정에 대해 말하자면, 그 진기한 대낮의 모습은 조금 더 차를 몰고 가자, 아니 어쩌면 눈 깜박하는 사이에 사라져버리고 말았다. 터널을 빠져나오고 보니, 대낮처럼 환한 빛 속에서 불타오르듯 선명했던 것들은 터널 출구의 단면을 통해서만 그렇게 보인 것이었다.

실제로는 땅거미가 지고 있었다. 무엇보다도 여기서는 비가 오지 않았고 비가 온 흔적도 없었다. 하늘은 구름 한 점 없이 높았다. 이상하게도 벌써 가을 날씨 같았으며, 그렇다, 겨울마저 성큼 다가온 느낌이었다. 지대가 전반적으로 높은 고산지대였기 때문일까?

그러자 정말로 놀랄 만큼 많은 화물차와 트랙터가 땔나무를 가득 싣고 지나가는 게 보였다. 국도변에 여기저기 흩어져 있는 집들은 창문만 빠끔히 남겨놓은 채 지붕 밑까지 장작을 쟁여놓았다. 게다가 도대체 이 업무용 차량들은 다 뭐란 말인가? 오늘은 휴일이 아니던가, 그것도 이 근방에서는 일 년 중 가장 특별하고 큰 휴일이?

시인은 길을 몰랐고, 여행중 처음 있는 일도 아니었다. 그는 차로 이 마을에 와보긴 처음이라고 변명했다.

게다가 그는 마을 이름도 기억해내지 못했다. 그가 아는 것은 듣기 좋고 유명하다는 게 전부였는데, 그 마을이 아니라 이름이 그렇다는 것이었다. 그 마을은 세계적으로 유명한 어느 도시 이름을 따라 불리다가 그렇게 이름이 굳어졌다. 어쩌면 일찍이 누군가가 이 마을 이름을 따서 문제의 그 도시 이름을 지은 것은 아닐까, 그렇다면 이 마을이 그 이름의 원조가 아닌가? 아니면 서로 전혀 관계가 없는데도 특이한 지형적 입지 조건 때문에, 같은 수호신을 모시는 까닭에, 아니면 그저 소리가 듣기 좋아서 같은 이름으로 불리는 마을이 전 세계적으로 무수히 많은 것은 아닐까. 그리고 그 가운데 하나가 바로 만인의 입에 오르내리는 이 경우가 아닐까.

"딸아이가 사는 곳이 대체 어디랬더라? 벨루오리존치? 알렉산드리아? 로디? 베들레헴? 산세바스티안? 산티아고? 포트아파치? 아니면 마닐라나 단치히 같은 이름인지도 몰라!"

그가 세계 방방곡곡을 두루 다녀본 스포츠맨에게 그 마을에 대해 정말 상세하게—특히 아주 사소한 부분까지 설명했는데, 시인은 바로 이런 점에서 능력을 발휘하는 것 같았다—설명했음에도 시인 역시 스포츠맨에게 별 도움이 되지 못했다. 아닌 게 아니라, 단조롭게 펼쳐진 넓은 암석 지대로 인해 마을들은 한결같이 거기가 거기 같았다. 적어도 스포츠맨처럼 그곳 땅을 처음 밟는 사람에게는 거의 다 비슷비슷하게 느껴질 만했고, 그때는 날이 어둑어둑해질 무렵이라서 한층 더 비슷비슷해 보였다. 게다가 왕년의 챔피언인 스키 선수는 시인이 평소답지 않게 몹시 흥분해서 설명한 사소한 점들은 거의 눈여겨보지도 않았다.

그들이 스쳐지나온 수많은 마을의 표지판들은 거의 모두 자동차 불빛을 받기 무섭게 널리 알려진 대도시의 이름을 보여주거나, 적어도 유명한 이름들과 가까운 친족관계라도 되는 듯한 이름들이라서 처음에는 혼동하기 십상이었다. 하지만 그런 거창한 표지판에 걸맞은 곳이라곤 하나도 없었다. 그저 힐끗 한번 둘러본 후(어차피 어느 마을이고 오랫동안 눈여겨볼 만한 것은 하나도 없었다) 시인은 죄책감에 빠진 듯 매번 다시 고개를 저을 뿐이었다.

그들은 생캉탱, 뢰벤, 산토도밍고, 베네치아, 라구사, 피레오스(오!), 예루살렘(오!), 랑군, 페어뱅크, 로젠탈에 흩어져 있는 마을들, 트로이, 여리고, 폼페이, 하일리히그랍/산세풀크로, 몬터레이/쾨니히스베르크—2개 국어 표지판의 경우였다—, 레이던, 베설, 댈러스, 루스테나우, 리베나우, 발파라이소, 보스턴을 그렇게 가로질러갔다. 한번은 '탁스함'이라는 표지판까지 지나가기도 했다(그러니까 이게 세상천지에 적어도 두 개는 있군!).

앞좌석의 운전기사는 처음부터 그 표지판들 가운데 어느 한 군데에서도 머뭇거리지 않았고, 이제는 질문하듯 시인을 돌아보지도 않았다.

시간이 지날수록 그 모든 마을을 단호하게 오른편 또는 왼편으로 지나치면서 마치 어디로 가는지 정확히 아는 것처럼 점점 더 거침없이 달려갔다.

그런데 사실 그는 '생캉탱' 앞에서 꼭 한 번 멈췄었다. 그때 그는 양복 상의에 꿰매넣은 편지를 아무도 모르게 뜯어내 펼쳐서 재빠르게 훑어보았다. 그제야 처음으로 그 편지를 읽은 것이었다. 거기에는 지명과 함께 목적지가 크게 그려진 약도가 있었다. 화살표가 나아갈 방향을 명확하게 가리켜주었다.

우스운 일일지도 모르지만 그 마을은, 혹은 무엇이든 간에, 아무튼 '산타페'라는 이름이었다. 그것은 전 대륙을 통틀어 천 개는 됨직한 이름이다(호주에도 틀림없이 한 군데 있었다. 아니면 아시아였나? 고아섬이나 마카오였던가?).

그들은 물론 사방을 훤히 둘러볼 수 있는 곳에 잠시 차를 세우고, 귀를 기울이면 아주 먼 곳의 희미한 소리까지 들려오는 바위와 초원지대에서 혹시 축제에서 들려오는 소리라도 있는지 아니면 축제의 불빛이 번쩍거리는 쪽은 없는지 찾아보려 할 수도 있었다. 그러나 땔감을 실은 차량들이 하루 일을 끝낸 듯 사라지고 나자, 그날 마을 고유의 축제가 벌어지지 않는 곳은 근처에 한 군데도 없다는 사실이 곧 드러났다. 심지어 집이 많아야 두서너 채뿐인 사거리 옆에도 천막이 쳐져 있었다. 그 나지막한 천막은 어둠 속에 완전히 가려져 있긴 했지만, 강렬한 불빛 속에 담배 연기가 피어올랐으며 따뜻한 김이 모락모락 나고 발 구르는 소리가 흘러나왔다.

"이것은 꼭 언급해야겠군요." '운전기사'가 내게 말했다. "처음에 우리는 길을 묻기 위해서만이 아니라 함께 움직이고 춤추면서 노래하고 즐기려고 여기저기 차를 세웠죠—적어도 스포츠맨과 시인은 그랬지요. 자칭 몰락한 인물이라던 두 작자가 신이 나서 움직이는 꼴이란 정말 볼만하더군요. 한 작자가 느닷없이 춤꾼으로 나섰는데, 그래도 정말 누구 한 사람 언짢게 노려보거나 침입자나 이방인 취급을 하지 않았지요. 다른 한 명은 아주 당연하다는 듯이 아무렇지 않게 어느 행렬에 끼어들더니 성모상을 받들어 옮기는 천개天蓋의 손잡이까지 함께 잡고 행진했습니다. 한 사람은 자동차에서 내리기가 무섭게 어느새 한창 진행중인 활쏘기 대회에 참가해서 상품으로 포도주를 한 병 타오질 않나, 또다른 사람은 때마침 쉬고 있던 악기를 연주해 잠시 휴식하고 돌아온 진짜 악사에게서 대단한 박수갈채를 받질 않나. 어쨌든 특이한 건 두 사람 다 하는 짓이 똑같았다는 거예요. 특히 시인에게는 혀를 내두르지 않을 수 없었죠. 그러는 사이 나는 어쨌든 내가 그런 인간들과 관계를 맺고 있다는 사실조차 까맣게 잊었답니다. 더구나 우리 가운데 목적지에 닿으려고 애쓰는 사람도 나 혼자뿐인 듯했죠."

처음에 시인은 바위산 등성이가 가파른데도 그 위에 자리잡은 '산타페'를 알아보지 못했다. 산 아래에서 한데 모여드는 두 강줄기도 주위의 다른 마을들에 비해 높이 솟아 있는 '산타페' 사이를 흘러내려왔다. '산타페' 아래쪽에 있는, 웃자란 잡초로 뒤덮인 어느 퇴락한 정거장에서 그곳의 해발고도 수치가 적힌 타원형 에나멜 판 하나가—그래도 여전히 '지중해 해발'이 거의 천 미터였다—자동차 전조등 불빛에 빛나던 순간 마침내 시인이 외쳤다. "여기야! 다 왔어!" 그러고는 다시 뜻밖의 침묵에 빠져들었다. 지난날의 애인과 딸을 찾아가는 길을 기억하지 못했기 때문만은 아닌 듯했다.

그 도시—그렇다, 이곳은 마을이 아니었다—어디서나, 도시의 위쪽이나 아래쪽이나 축제의 장이었다. 장거리 약도에는 그들이 지나야 할 거리와 골목 이름까지 자세히 적혀 있었다. 운전기사가 말없이 편지를 접어 보여주었지만 시인은 조금도 놀라지 않았다.

행인들에게 길을 물어도 누구 하나 설명해주지 못했다. 그들 역시 외지인이었을까? 아니다. 이 이야기가 진행되던 때는 보통 주민들뿐 아니라 오래전 정착한 사람들까지도 거의 지방 사정에 밝지 않았다. 아주 가까운 인근 지역을 제외하면 자기네 고장에 대해 아는 게 별로 없었다. 처음에는 질문받은 사람들도 모두 여행객 같았다. 심지어 길을 묻는 그들과 같은 나라 출신처럼 보이기도 했다. 차창을 열면, 대개 무리 지어 바깥에 빈둥거리며 서 있거나 신나게 축제를 즐기고 있던 그곳 사람들에게서 친숙한 독일어 같은, 말하자면 오스트리아 사투리 같은 말들이 쏟아져나왔다. 그러나 정작 그것은 완전히 다른 말투, 당연히 여기 산타페의 말이었다(두 동승자는 여기서도 여전히 거리의 사람들에게 말을 걸면서 자기들이 얼마나 유창하게 그 말을 구사할 수 있는지 과시하려고 서로 경쟁했다)—그런데 거리를 두고 떨어져서 들으면 모든 언어가 그처럼 비슷하게 들리는 걸까?

가까이 가서 들어보면 별 뜻 없는 미사여구들과 감탄사들이 국제적 차원에서 구사되었는데, 종종 말하는 사람의 역할이 바뀌기까지 했다.

외지인들이 '올라' '부에나스 노체스' '아디오스' '그라시아스'라고 인사하면, '할로' '하이' '구텐 탁' '취스' '차오' '유 아 웰컴' '세르부스' '아우프 비더젠' 하는 답례가 돌아왔다. 뿐만 아니라 어느 가게는 '모차르트'(오락실), 또 어떤 곳은 '티롤'(여관—아침식사 제공 안 함), 또다른 곳은 '마인츠'(안달루시아와 아랍풍으로 타일 장식한 야간 바)라는 네온사인이 들어와 있었다. 또한 어깨 너비도 못 되게 좁고 가파르며 보통은 칠흑같이 캄캄한, 어쩌면 옛날 사람들이 마을의 종교재판소로 끌려갈 때 지났을 골목에도, '괴서 비어'나 '한넨 알트'처럼 그곳 언어와 순수 독일어가 함께 쓰인 간판들이 깜빡이고 있었다.

그들은 대체 잘츠부르크시를 벗어나기나 한 것일까? 유럽 어디서나 한결같은 눈부신 강한 조명이 수직의 헐벗은 거대한 바위 절벽들과 함께 비추고 있는 여기 이 옛 시가지는 잘츠부르크의 요새를 아주 똑같이 재현하고 있지 않은가?—그렇지 않다. 그들은 철저하게 그곳에 있었다. 잘츠부르크를 벗어나, 탁스함을 벗어나, 틀림없이 유일무이한 그 산타페에, 멀리, 아주 먼 곳에. 어느덧 다른 하늘을 통해, 특히 그동안 줄곧 열려 있던 차창으로 들어오는 밤바람을 통해 이 모든 것을 느낄 수 있었다.

'먼 곳에 있다'고 누가 그처럼 단정했을까? 언젠가 이미 말했듯이 그들 자신이다. 그들의 분위기와 상황, 여건 그리고 이야기와 소설이다. 어느 이야기 속에서 그들이 함께 길을 떠났다는 것을 알고 있었다는 사실이다. 그러니까 어느 이야기를, 더구나 공동으로 체험하고 있다는 의식이, 집을 전혀 떠나지 않았다 하더라도, 멀리 와 있다는 느낌을 불러일으키지 않았을까?

"당신도 가끔 그럴 때가 있나요?" 탁스함의 약사가 내게 묻고 나서 한참 후에야 말을 이었다. "그토록 오랫동안 찾아 헤매도 매번 허사였던 무언가를 얼떨결에 갑자기 발견하게 되는 경우요. 내겐 그런 일이 바로 산타페에 도착하던 저녁 행운처럼 일어났습니다. 그 도시를 찾아 위아래로 사방을 헤매던 끝에, 갑자기 내가 우리를 기다리는 곳이 어디에 있는지 알게 된 거예요. 내가 전혀 모르던 곳이어서 그곳을 뭐라고 설명할 수도 없었지만, 나는 단 한 순간도 머뭇거리지 않고 순식간에 질주해갔어요. 달과 낯선 별자리를 따라, 그게 아니라면 오로지 우리의 얼굴 위로 스쳐가던 밤바람에만 이끌려서요. 그리고 그 순간 내겐, 내 이야기에 약간 오해의 소지가 있어서 사람을 혼란스럽게 하거나 현혹하기도 하는 '산타페'를 대신할 만한 다른 이름이 떠올랐어요. 바로 '밤바람 도시'입니다. 나는 지금도 계속 그렇게 부르고 싶어요. 그렇게 해서 우리는 이제까지 찾아 헤매던 거리에, 바로 그 집 앞에 도착했지요."

"다 왔다!" 시인이 외쳤다. 운전기사에 대해서는 조금도 놀라워하지 않고, 마치 자기 자신이 길잡이 노릇을 했다는 듯한 태도였다. "저게 담장에서 떨어져나온 벽돌이야. 거기에 항상 작은 새들이 드나드는 구멍도 있었지!" 그러자 운동선수가 뒷좌석에서 맞장구쳤다. "그래, 정말 있는걸. 담장 구멍에 참새 둥지가 있어."

시인은 마치 이 근방을 훤히 꿰고 있는 전문가라도 되는 듯한, 심지어 여기 이 거리에서 어린 시절을 보내기라도 한 듯한 말투였다.

길이 어떻게 나 있고, 또 어디로 계속 연결되는지 그날 밤에는 도무지 알 수 없었다. 축제 덕분에 거리는 강렬한 조명등에, 활짝 열린 집들과 차고들에서 퍼져나오는 자동차 전조등 불빛까지 보태져 한층 밝게 빛나기는 했다. 하지만 온 거리가 환한 것은 아니었고 중간에 더 어두운 구역도 길게 뻗어 있었다.

문제의 집 앞에 서자 일단 눈이 부셨다. 운전기사는 다만 그 거리의 끄트머리에 더 길게 뻗어나가는 어두운 거리가 있을 거라고 짐작해볼 뿐이었다. 그 길을 지나고 나면 더이상 불빛도, 연결되는 길도 없을 것 같았다. 그렇다면 어디로 넘어가는 길이란 말인가? 어쨌든 그들이 있는 곳이 도시의 위쪽은 아닌 듯했다. 도시의 위쪽이라면 주위가 대낮처럼, 무대처럼 환하게 밝혀져 있었을 것이다.

그는 양손뿐만 아니라 온몸에서 떠나오기 전 집에서 나던 은은한 냄새를 여전히 맡을 수 있었다. 그 모든 냄새—방, 정원, 공항의 숲, 지하식당에서 나던 냄새, 그리고 국경의 강에서 수영할 때 묻어온 냄새—를 각각 따로 분류해 이름을 붙이고 설명할 수 있었음에도, 지금 저기 길 끄트머리의 어둠 속에서 불어온 밤바람과 함께, 그가 잠시 행복이라고 여겼던 어떤 냄새가 코끝을 스치고 지나가자 그만 깜짝 놀라고 말았다. 그는 나중에 이렇게 말했다. "내가 스스로 행복하다고 말할 수 있었던 적은, 물론 몇 번 안 되지만, 언제나 내 몸이 위로 붕 뜨는 것 같은 순간이었어요. 그리고 그때마다 매번 그 값을 톡톡히 치렀지요."

눈이 부신 듯 두 손으로 불빛을 가리면서, 세 사람은 거리의 축제를 둘러보았다. 그 집의 대문만 거리에서 유일하게 잠겨 있었다. 집안에서 나오는 듯하던 많은 불빛은 바깥의 불빛들이 반사된 것이었다. 그 집은 땅바닥에 딱 달라붙은 오두막처럼 지붕이 낮고 양옆으로 길게 뻗은 다른 집들과 비슷했고, 좌우로 빈틈없이 죽 늘어서서 똑같이 하얗게 석회를 바른 집들과 함께 일렬종대를 이루고 있었다. 굴뚝에서는 장작불 연기가 피어오르고 있었지만, 문 앞에 그 흔한 유리구슬 발이나 철제 발 하나 걸려 있지 않았고 초인종도 없었다.

시인에게는 서둘러 문을 두드리고 안으로 들어서려는 기색이 없었다. 그는 먼저 우리를 졸개처럼 거느린 채 거리로 나서고 싶어했다. 그러나 그가 몇 년 동안 여기서 살았으며 자칭 이 근방의 유명인사였지만, 이제는 아무도 알아보지 못하고 무시한 채 지나쳤다(지금처럼 설칠 때마저도 남의 이목을 끌지 못했다). 겨우 한 사람이 잠시 멈칫거렸지만, 그 역시 이내 눈길을 돌렸다. 시인 자신도 마찬가지로 이제 아는 사람이 아무도 없었다. "정말 죄다 떠나버렸군." 그가 말했다. 한번은 그가 예전의 이웃인 줄 알고 인사했는데, 그 사람은 그 이웃의 아들이었다. 그가 자신을 소개하며 자신과 아버지의 특징적인 인상착의, 그 거리에서 있었던 일들을 이야기해주었지만, 시인은 여전히 낯설어했다. 아무것도 남겨준 게 없군, 그가 중얼거렸다. 그러고 나서도 그런 일이 한번 더 일어나 예전의 이웃인 줄 알았던 부인이 바로 그 부인의 손녀라는 사실이 밝혀지자 그는 말했다. "도대체 어느 시대에 와 있는 거야? 내가 시간을 잘못 찾아든 건가?"

축제의 거리에서 지난날의 올림픽 영웅을 알아보는 사람이 아무도 없었다는 점에는, 시인의 경우와 달리 한 가지 분명한 이유가 있었다. 설령 누군가 그의 예전 모습을 잘 알고 있었다 해도, 지금은 그 모습이 하나도 남아 있지 않았기 때문이다. 금메달 수상자의 모습은 사반세기 사이에 어느덧 그렇게 달라져 있었다. 딱히 수술이라고 할 수도 없는 어떤 수술 때문인 듯, 그의 얼굴에는 예전의 특징이 전혀 없었다. 달라진 것, 아니 급변한 것은 얼굴뿐 아니라 눈동자의 색도 마찬가지였다. 어느 누구도 전혀 놀라게 하지 못하던 그를, 그래도 누가 알아보면, 그 놀라움은 더욱 커졌다. "설마 선생이 그 사람은 아니시겠죠? 하느님 맙소사!" 이런 외침은 스키 스타의 고향에서도 이미 수차례나 들어온 터였다. 그러나 여기서는 그럴 가능성도, 그럴 위험도 없었다.

그들 세 사람 가운데 한 번도 아니고 여러 번 사람들이 말을 걸어온 상대는, 다른 두 명의 그림자에 반쯤 가려진 채 맨 뒤에서 인파 속을 걷고 있던 사람, 바로 그들의 운전기사였다. "당신 혹시 얼마 전 텔레비전에, 어느 서부극에 나오지 않았소?" "나는 당신이 누군지 알아, 뭔지 잘 모르겠지만 어쨌든 어떤 병의 치료약을 개발한 의사잖아." "어이! 어쩐 일로 이렇게 누추한 오지를, 막다른 골목 중에서도 가장 막다른 뒷골목을 찾아왔소?" 그는 그런 질문에 한 번도 대꾸하지 않고 그 나라 말을 못 알아듣는 사람처럼 행동했다. 그 덕분에 그가 말을 할 수 없게 된 사실만은 계속 숨길 수 있었다. 그때마다 시인과 운동선수가 사람들의 착각에 대해 해명하고 그의 보디가드, 통역과 대변인 역할까지 해가며 그를 도왔다.

가는 곳마다 각양각색의 축제 놀이가 다양하게 벌어지고 있는 기다란 거리에서 사람들은 대부분, 자기 자신에게만 열중하고 있었다. 아니, 자기 자신이 곧 스타였다. 한 가지 낯익은 것은 야외에 나와 있는 수많은 젊은이의 모습이었다. 누차에 걸쳐 나타나는데도 그들의 모습은 어딘가 유쾌하기도 한 게, 때론 즐겁고 때론 친근하게 느껴졌다. "세상이 온통 제집이구먼!" 한 무리의 젊은이들이 멋대로 길을 휩쓸고 가는 바람에, 다른 사람들은 모두 간신히 비껴가는 모습을 보고 시인이 말했다. 또 파트너의 눈에 비친 자기 얼굴을 발견하고는 서로 더 가까이 달라붙어 두 배 세 배 다정해진 한 쌍의 남녀의 면전에 대고도 그렇게 말했다. 그리고 어슴푸레한 어둠 속에 서서 자기 자신을 애무하거나, 밤바람에 자신을 내맡기고 있는 모든 그/그녀의 얼굴에 대고도 일일이 말했다.

"절대로 틀린 말이야." 시인은 덧붙였다. "나르시스가 물에 비친 자기 자신의 모습과 사랑에 빠졌다는 것 말이야. 실은 나르시스는 매우 강렬한 세계애世界愛를 타고났거나 그게 아니면 어느 날 갑자기 세계애가 생겨난 거라고. 그는 자기 손가락 끝에서 우주공간 저 끝에 이르는 존재와 현상에 대한 깊은 애정을 지니고 태어났고 또 그렇게 자랐어. 애정과 호감을 한몸에 지녔던 청년 나르시스는 전 세계를 품에 꼭 안는 것 외에 더 바라는 게 없었지. 그런데 세상이, 인간 세상이 어쨌든 이걸 용납하지 않고 그를 피하면서, 사랑의 눈빛으로 응대해주지도 않았던 거야. 존재에 대한 그의 희열과, 아는 사람이든 모르는 사람이든 모든 사람을 향한 그의 애정은 어디에도 머물 데가 없었어. 그러니 서서히 자기 자신에게서 의지할 곳을 찾을 수밖에. 세계를 열렬히 사랑하던 나르시스가 자기 자신에게 갇혀버린 거야. 그리고 결국은 그렇게 파멸했고. 하지만 그래도 그편이 낫지, 훨씬 낫고말고. 그가 세계 정복자 아니면 전쟁 도발자, 국가원수나 사회학자, 설교가, 신의 포로,

예언자, 신흥종교 교주, 이도저도 아니면 국민 시인이나 세계적 시인이 됐을 수도 있으니까." — "자네 무슨 말을 하는지나 알고 있나?" 올림픽 우승자가 대꾸했다. "그럼! 내겐 아름다운 것, 모범이 될 만한 것, 유용한 것, 더구나 불멸의 것을 이루어내는 것 따윈 절대 중요하지 않았어. 나중에 가서는 그런 것들이 더 적합한 일이었을지도 모르지. 하지만 나는 무엇보다 늘, 그래, 늘 그저 좋은 일을 하고 싶었던 것뿐이야. 그래, 좋은 일. 다만 그걸 너무 늦게야 깨달은 거지."

밤의 축제 거리에서는 젊은이들만이 주인공은 아니었다. 야외에서 타고 있던 모닥불 곁에는 이제 막 일어나 앉기 시작한 젖먹이가 탄 유모차가 보였다. 아기는 그곳에서 새끼 양을 굽고 있는 어른들을 향해, 제가 거기 총사령관이라도 되는 양, 손짓을 해가며 소리를 질렀고 그와 동시에 어른들이 적절하게 감탄해주고 있는지 주위의 구경꾼들을 둘러보며 살폈다. 여느 집들보다 조금도 크지 않은 길가의 성당 앞에서는 신부가 축제 미사에 참석할 사람들을 맞이하고 있었다. 그는 계단도 없는 작은 성당 입구에 굴려다놓은 바윗돌 위에 올라서서 지나가는 산책객을 한 명 한 명 뜯어보았고, 미사 참석자들의 경우 마치 관할 담당 경찰관이라도 된 것처럼 한층 더 엄격하게 살펴보았다. 나병으로 — 그러니까 그 병이 여기에는 아직도 있나? 그래, 있군! — 코와 입술 그리고 귀까지 거의 문드러진 중년 남자는 곧 도착할 악단을 위해 스포트라이트를 밝혀놓은 가장 환한 곳에 서 있었다. 그는 말 붙일 상대를 찾아 계속 두리번거렸는데, 그건 대화를 나누기 위해서가 아니라, 다만 얼굴을 알아볼 수 없는 자신을 위한, 대개는 욕설들로 이어지는 장황한 연설을 위해서였다. 일그러진 그의 얼굴에 비해 지나치게 선명한 젊은 눈이 한결 날카롭게 번쩍였다. 그의 곁에서는 정신 나간 듯한 노파가 빛 속에서 춤을 추고 있었다. 밤하늘을 향해 고개를 치켜 들고서, 자신을 무시하려는 모든 사람을 거만하게 내려다보는 눈빛으로 벌을 주는 것 같았다.

그런 식으로 그들은 거리의 끝까지 갔다. 길이 어디로 이어지는지, 계속되기는 하는 것인지, 여전히 알 수 없었다. 불빛의 장벽 때문이었다. 그 순간 미사를 알리는 마지막 종소리가 울려퍼졌다. 그것은 차라리 매달아놓은 빈 깡통을 망치로 때리는 듯한 소리였다. 몇 번의 종소리와 함께 거리는 텅 비어버렸고, 여기저기 소방대원만 한 명씩 남았다.

이 소용돌이에 떠밀려 그들 이방인들도 미사에 참석하게 되었다. 이제 예복 차림으로 성당 안의 아주 조그만 제단 앞에서 발끝을 까딱거리며 서 있는 신부는, 전투 준비를 마친 듯, 진작부터 그들을 기다리던 사람 같았다. 신부는 먼저 사람들을 전체적으로 둘러본 후에—수천 개의 촛불 때문에 한층 더 좁아진 성당 안에 이렇게 많은 방문객이 서 있을 자리가 있다는 게 놀라웠다—그들에게 진심으로 환영한다는 눈길을 보냈다.

거리의 사람들 역시 경축 미사 자리에서는 조금씩 달라 보였다. 아니 모두가 적어도 나름대로의 튀는 개성을 상실한 것 같았고, 한동안은 그런 모습으로 보였다. 제단 위에는 그림 한 점이 걸려 있었다. 성모승천일을 위해 특별히 그려진 게 분명했다. 그림 하단부에는 농촌 여인의 것인 듯 검게 그을린 벗은 발바닥이, 위쪽에는 위를 올려다보는 두 눈이 또렷하게 그려져 있었다. 그 사이에 거대한 구름이 다채로운 색깔로 펼쳐져 있었다. 아마추어에게는 전신상보다 이런 그림이 그리기 쉬웠을 것이다.

성당 안에 있는 대부분의 사람들처럼 시인이 성체를 받기 위해 제대 앞으로 나아가자 운동선수도 뒤질세라 따라 나아갔다. 그러는 동안 운전기사에게는 마침내 남몰래 숨겨둔 편지를 읽을 여유가 생겼다. 편지에는 이렇게 쓰여 있었다. "당신이 분노하며 아들을 내쫓은 건 잘못된 행동이었어요. 그래서 당신 이마에 당신의 생명을 앗아갈 표지가 하나 자란 거예요. 첫번째 표지는 사람들이 도려내버렸지만, 나는 무슨 수를 써서라도 그걸 다시 자라나게 할 거예요. 비록 당신을 수십 번 두들겨패야 할지라도. 그래요, 그래야 하고말고요! 왜냐하면 나 자신도 무척 아팠으니까요. 그럼, 스텝 지역 언저리의 산타페에서 잘 자요!"

미사가 끝난 후에도 그는 한동안 성당에 남아 있었다. 두 일행은 시인의 아이를 찾기 위해 밖으로 나갔다. 성당 안에는 촛불과 유향 향기가 가득차 있었고, 거리에서 갖가지 고기 굽는 냄새가 밀려들어오는데도 멀리서 또다른 냄새가 밤바람에 실려오는 것을 확인할 수 있었다. "나는 귀기울여 들었어요." 그가 설명했다. "마치 냄새와 귀기울여 듣는 것이 무슨 관련이라도 있는 것처럼 말입니다!" 그는 유달리 환하게 불 밝힌 성당 한구석, 죽은 신의 아들의 쭉 뻗은 와상臥像 옆에 서 있는 두 소녀를 주의깊게 바라보았다.

실물 크기에 실제와 흡사한 색상으로 제작된 그 반라의 시신은 니스칠까지 되어 있어서, 조각가가 아주 섬세하게 만들었을 그리스도의 신체 각 부분이 한층 더 반짝거렸다. 밤바람 도시에서는 으레 그러는 듯, 두 소녀는 이제 살아 있는 듯한 그 육체 위로 몸을 구부려 머리에서 발끝까지 입을 맞췄다. 두 손을 가슴에 모으고 이마와 눈과 입 등에, 입술은 거의 움직이지 않고 부드럽게. 다만 마지막에, 몸을 일으켜 앞에 전신을 쭉 펴고 누워 있는 이를 다시 한번 쳐다볼 때, 두 소녀 중 한 명이 재빠르게 와상의 허리 위를 쓰다듬더니 손가락 끝으로 그 곡선을 따라 훑어내렸다. 그러고는 그녀의 눈길을 뒤쫓던 옆의 소녀를 마주보았다. 순간 그녀와 꼭 닮은 그 소녀의 치켜뜬 눈썹과 굳게 다문 입술 위로 비밀을 나눈 공범자에게서 볼 수 있는 미소가 떠올랐다—설령 그렇게 쓰다듬은 까닭에 죽은 신이 그 손길 아래 벌떡 일어선다 해도 그녀들은 전혀 놀라지 않을 것 같았다.

그동안 밖에서는 거리의 축제 여왕, 그리고 여왕의 시녀들과 시종들을 위한 무대가 세워졌다. 거기서 그는 일행을 발견했다.

영주의 수행원들이 입장하기 전 깊은 침묵이 흐르던 몇 분 동안 시인은, 마치 운전기사의 생각을 알고 그를 겨냥한 협박 편지를 읽기라도 하는 듯이 또다시 혼잣말을 했다. 그는 대략 다음과 같이 말했다. "최근 남자와 여자 사이에는 적대감이 생겨났어. 오늘날 남자와 여자는 예외 없이 모두 완전히 틀어졌다고. 이를테면 나는 오래전부터 적이라곤 하나도 없어—그런 건 있을 수도 없지—하지만 만약에 있다고 한다면 여자일 거야. 우리는 이제 사랑받지 못할 뿐만 아니라, 아예 싸움에까지 말려들었지. 사랑이 작용한다고 해도, 오로지 전쟁을 개시하는 데나 이용될 뿐이야. 너를 사랑하는 여자는 조만간 어쨌든 너한

테 실망하게 될 텐데, 너는 그 이유조차 알 수 없어. 그녀는 너를, 그녀의 설명에 따르자면, 꿰뚫어보게 된 거야. 그런데 대체 네 어디를 꿰뚫어보았다는 것인지는 도무지 설명해주지 않아. 그리고 그녀는 네 속이 훤히 들여다보인다는 사실을, 네가 잠시도 잊지 못하게 만드는 거야. 그러면서도 이제 널 절대로 혼자 내버려두지는 않지. 전에 사랑놀음을 하던 때보단 훨씬 덜하지만 말이야. 그리고 그녀가 늘 네 곁에 붙어 있으니, 너는, 그녀가 너를 나쁘게 생각한다는 사실에서 거의 벗어날 수가 없어. 너는 절대로 자신을 사기꾼이나 거짓말쟁이, 위선자로 여기지 않고, 더구나 그녀에겐 언제나 처음 시작할 때처럼 좋은 남자이고 싶지. 하지만 너는 너 자신을 그런 치한으로 보도록 강요당하고 있어. 이제는 너를 봐주지 않고, 또 네가 무엇을 하든 간에 너에 대한 부정적인 의견과 씁쓸한 실망을 확인시켜줄 그녀의 눈동자 속에서, 그녀의 눈으로 자신을 보도록 강요당하는 거지. 네가 원하는 걸 하기만 하면, 당장에 속셈이 빤히 드러난 사람이 되고 영영 그런 인간으로 남는 거야. 아무리 애를 써도 여자는 더이상 네게 감탄하지 않아. 설령 그녀가 평생 남몰래 꿈꾸고 바라던 소원을 이루어준다 해도, 그녀는 눈썹만 치켜세우며 너를 쳐다볼걸. 네가 그녀를 위해 죽는다고 해도, 그녀는 네게 몸을 굽힌 채 꼼짝 않고, 마지막 순간까지 다른 건 못 보도록 방해할 거야. 그래, 요즘은 남녀 간에 처음부터 증오가 기다리고 있다고. 오늘날처럼 이렇게 이성 간에 더러운 일이 많았던 적은 결코 없었어. 오히려 더럽지 않은 사람들이 어리석을 정도지. 어쩌면 언제나 그래왔던 걸지도 몰라. 하지만 아무리 그렇다 해도, 분명 이렇게 비열하고 적나라하지는 않았을 거야. 예전에는 우리가 서로 묵묵히 견디기만 했던 걸까? 그렇다면 지금이 더 나은 걸까? 어쨌든 이것은 일반적인 현상이야. 너나 나한테만 일어나는 일이 아니라고. 어떤 커플도, 여전히 마음이 설레는 젊은 커플이나 존경할 만한 나이드신 커플도 예외가 아니지. 그들에게는 어떤 상황에서도 갑자기 갈라서는 일이 벌어지지 않을 것 같지만, 오늘날은 그런 일이 예외 없이 한 번은 실제로 일어나기 마련이지—비록 나중에는 다시 덮어두려고 할 테지만—그런 일은 처음부터 이미 남녀 사이에 예정된 거야, 적어도 요즘에는. 그렇다면 차라리 첫 만남 때부터 대뜸 치고받고 하는 게 낫지 않을까, 안 그래? 그윽한 눈길 대신, 얼굴이 발그레해졌다 창백해지는 대신, 가슴에 사무치는 아픔 대신 곧바로 사납게 서로 두들겨패는 편이, 안 그래? 요즘 남녀들은 어째서 상대방을 내버려두지 않는 걸까—잠시라도? 하여간에 나는 그런 괴롭힘에서 벗어난 지 이미 오래지만."

그러고 나서 그들은 노천의 긴 테이블에 앉아 사람들과 함께 먹고 마셨다. 드디어 건너편 무대 위로 축제 수행단이 입장했다. 모두 아주 젊었고 그중 몇몇은 조금 전까지만 해도 여기저기서 빈둥거리며 서 있던 사람들이었다. 그 젊은이들이 이제까지의 별난 태도를 버리고 당당하게 행동하는 것은 짙은 색깔의 의상 때문만은 아니었다. 지금 그렇게, 함께 모여 있는 모습이 실제의 그들인 것처럼 보였다. 그들은 무대 위에서 어떤 역할을 연기하는 게 아니었다. 특정한 포즈를 취할 필요도 없었다. 그들은 한결같이 타고난 귀공녀 귀공자였다. 어떻게 부르든 간에 바로 그런 사람들이었다. 의상과 왕관 모양의 머리장식, 부채 등이 아니라, 그들이 자리잡고 앉은 모습과 제각기 자신을 보여주는 태도가 그런 인상을 만들어냈다.

이 자연스러운 고귀함이 관중에게로 퍼져나갔다. 특히 손가락 하나 까딱 않고 거리의 군중을 하나로 만든 주인공은 바로 축제의 여왕이었다. 이것은 그녀가 지닌 젊은 여자 특유의 아름다움에서 비롯되었다. 보통 때의 그녀는, 아직 어린아이에 가까운, 한창 자라나는 소녀일 뿐이었다. 그녀의 아름다움은 사람들을 유혹하거나 흥분시키지 않았다. 만약 흥분시킨다고 한다면, 그것은 사람들을 감동의 도가니에 몰아넣는다는 의미에서, 비로소 지금 이 순간에야 분명해진, 불확실하고 불분명한 그 무엇에 대한 기억이 갑자기 터져나온다는 의미에서였다. 마치 이 아이가 아래에 모인 모든 사람의 가장 가까운 피붙이라도 되는 듯, 그들을 감동시키는 아름다움이 축제의 여왕인 소녀에게서 뿜어져 나왔다.

그러자 실제로 관객 가운데 한 사람이 자기가 바로 그 아이의 가족이라는 사실을 알려왔다. 악단이 어느새 영주의 수행원단 아래쪽으로 트럼펫과 클라리넷을 들고 와 연주를 준비하는 동안, 운전기사는 바로 옆에서 아주 낯선 목소리가 알아들을 수 없는 이름을 부르는 소리를 들었다. 시인이 딸의 이름을 부른 것일까? 하지만 그는 그 아이를 처음 보는 거잖아? 시인은 아이를 향해 자기가 아버지라고, 절규하듯 날카롭게 외쳐댔다. "내가 왔다, 내가, 네 아비가!" 그러고는 고개를 돌려 그를 쳐다보는 사람들에게 "그렇습니다, 내가 아버지요!" 하고 선언했다.

여왕은 자신이 '만인을 위한 존재'라는 표정을 조금도 바꾸지 않은 채, 그를 향해 돌아섰다. 순간 그녀의 얼굴에 기뻐하는 기색이 보였지만, 아주 잠깐이었다. 이 기쁨이 얼굴 전체로 퍼져나갈 시간적 여유가 있었더라면, 그녀는 분명 축제에서 가장 빼어난 미인이 되었을 것이다.

"그렇게 되지 않았답니다." 약사가 내게 말했다. "소녀의 얼굴은 순식간에 일그러졌어요. 너무 놀랐던 거죠. 언뜻 그녀가 아버지를 바라보는 것 같았지만, 사실은 그 뒤의 무언가를 보고 있었던 거예요. 간단히 설명하자면 이렇습니다. 그곳에 막 경찰관 두 명이 나타나 모두가 보는 앞에서 어린 여왕을 체포했어요. 그녀는 끌려가면서 어깨 너머로 아버지를 찾았어요. 그 사람은 당장 모든 걸 팽개치고 그녀 쪽으로 내달렸지요. 운동선수도 함께요. 시인과 시인의 친구가 신분증을 보여주고, 세 사람 모두 경찰차를 타고 사라졌어요. 나는 꼼짝 않고 혼자 앉아 있었지요."

"그래서요? 그다음에는요?" 내가 물었다. "소녀의 어머니는 근처에 없었나요? 시인의 옛 애인 말이에요."

"없었어요."

"죽었나요?"

"내 이야기에서는 아무도 죽지 않아요." 탁스함의 약사가 대답했다. "가끔씩 슬프게 진행되고, 때론 거의 절망적이기도 하지만 죽는 사람은 있을 수 없어요."

"그럼, 그녀는 어떻게 된 거죠?"

"그새 잊은 겁니까? 일단 그냥 내버려두기로 했잖습니까. 여왕의 어머니는 그냥 놔둡시다—하지만 소녀가 연행당할 때 내가 왜 꼼짝 않고 앉아만 있었는가는 그냥 넘어가지 않으리다. 똑같은 일을 나는 이미 내 아들과 겪었어요. 지방 경찰들이 집안으로 들어와 아들의 팔을 등뒤로 비틀어쥐고는 끌고 나갔지요. 그때, 아들애도 시인의 딸과 똑같이 나를 찾아 뒤돌아봤어요. 물론 그 소녀의 경우, 지금까지도 나는 그애가 무슨 이유로 체포되었는지 몰라요. 그러나 내 아들은 도둑이었어요. 처음 구속당할 때는 급우들 간에 스포츠처럼 유행하던 도둑질 놀이를 따라 한 것에 불과했지요. 딱히 외톨박이는 아니었지만 또래들 사이에서 뒤처지지 않기 위해 해야 하는 경험들은 매번 마지막으로 하는 아이였어요. 뚜렷한 확신이나 흥미도 없이—순전히 대화에 끼기 위해 따라 했던 거예요. 그때 아들을 경찰서에서 데려가라는 전화를 받았습니다. 아이는 일단 경고만 받고, '훈방 교육'을 몇 시간 듣는 것으로 끝났죠. 경찰서 앞길에서 나는 아들을 부둥켜안았어요. 언젠가 한번 그렇게 했을 때, 아이의 몸에 소름이 돋는 걸 느꼈는데, 이번에는 그렇지 않았어요. 우리는 같이 울었죠. 하지만 그러고 나서 내가 아이의 얼굴을 세차게 후려갈긴 거예요. 온갖 범죄 중에서도 내가 가장 지독히 혐오하던 게 바로 도둑질이라는 것밖에는 달리 내 행동을 설명할 수 없어요. 나는 그 순간의 동작들, 손가락을 뻗어 슬쩍하는 그 장면을 생각하기도 싫었죠. 또 도둑이, 그것도 얼치기 도둑이 우발적으로 도둑질을 할 때의—전문적인 도둑은 아무 표정이 없지요—잔뜩 찌푸린 낯짝은 정말 구역질이 날 정도였어요. 마치 인륜에 가장 어긋나는 장면을 목격하는 기분이었어요. 그건 그렇고, 내 아들과의 연대감이 바로 그 순간, 경찰서 앞에서만큼 강했던 적도 없었답니다. 그뒤, 아이가 집을 나가 실종되고 나서 나도 도둑질을 한번 해보았어요. 그저 자질구레한 것을, 어디선가 껌 한 통이나 연필 한 자루를 슬쩍 가져왔을 거예요. 아무튼! 그렇게 한다고 아이가 돌아오지는 않았죠."

그러고 나서도 그는, 그날 밤이 새도록, 또 이어지는 며칠의 축제 기간 내내 그렇게 앉아 있었던 것 같았다. 그렇다, 여기서 내게 자신의 이야기를 하는 지금도 여전히 거기 앉아 있는 것처럼 보였다. 뭔가 사건이 벌어졌던 것이다. 그날 밤 내내 거리의 테이블들을 차례로 돌던 악사들 가운데서, 그는 아들을 발견했다.

여왕이 체포되었어도 축제는 그대로 계속되었다. 끔찍한 몇 초가 지난 후, 다행히 음악소리가 울려퍼지기 시작했다. (경찰차가 문을 닫고 그 자리에서 사라진 후 트럼펫의 첫 선율이 울려퍼지던 사이의 그 짧은 시간 동안, 그곳 야외에 모여 있던 주민들은 너나없이 소스라치게 놀랐는데—누구 하나 옆 사람과 눈길을 마주치려고 하지 않았다—이전에도 이후에도 그런 모습은 보인 적이 없었다.)

가수가 따로 없이 대부분 집시들로 이루어진 악단은 전부 한가족이거나 한집안인 것처럼 보였다. 집시 출신이 아닌 듯 피부가 희고 금발인 사람도 두엇 눈에 띄었지만 모두 한집안 식구라는 말이 들렸다. 그들은 대체로 작고 짧은 관악기만 연주했는데, 트럼펫도 클라리넷처럼 짧았다. 그래서 음악은 거칠고 숨가쁘게 이어지는 고음으로 울려퍼졌다. 마치 거침없고 자신만만한 찬가처럼 같은 음을 딱딱 끊어 연주하는 음악이었다. 찬가처럼 딱딱 끊어진다고? 그렇다.

유일하게 다른 종류의 악기인 아코디언은 넓게 펼쳐질 때마다 사람들의 시선을 끌기는 했지만, 소리가 선명하게 들려온 것은 중간에 한 번 독주할 때뿐이었다. 트럼펫과 클라리넷 리듬에 비해 유별나게 안으로 잦아드는 멜로디였다. 이 아코디언의 건반을 누르고 있는 사람이 바로 그의 아들이었다. 게다가 그의 아들은 무리 내의 몇몇 외지인 가운데 가장 한집안 식구처럼 보이는 쪽이었다.

“내 편견만은 아닐 겁니다.” 탁스함의 약사가 내게 말했다. “오랫동안 나는 집시들을 불쾌하게 여겨왔어요. 그래도 젊은 시절에는 집시들을, 또는 그들에 관해 떠도는 소문을 매혹적이라고까지 생각했었지요. 그런 건 굳이 설명하지 않아도 될 거예요. 그런데 훗날 여행을 하거나 여기저기 돌아다니면서 몇 차례 습격을 받고 강도를 당했던 게 거의 다 집시들의 짓이었어요. 아들애한테도 말했었지만, 먼발치에서 이 패거리의 모습이, 고작 꼬마나 갓난아이만 보여도 벌써 나는 증오 정도가 아니라 완전히 패닉상태에 빠져든답니다. 순식간에 배에 들이대는 칼이, 겨드랑이로 파고드는 수많은 손이 셔츠 밑으로 느껴진다니까요.”

그런 그가 이제 집시들 사이에서 옷차림만이 아니라 얼굴 표정까지 그들과 똑같아진 아들과 마주쳤다. 그 표정을 뭐라고 표현해야 할지 그는 알 수 없었다. ‘뻔뻔’스럽다거나 ‘불안’하다기보다 ‘거기 있으면서도 한편 없는 것 같고’, 어딘가 접근하기 어려워 보였다는 표현이 가장 적절할 터였다.

그런 표정으로 연주하면서 아들은 아버지를 제법 다정하게, 하지만 특별히 염두에 두지는 않는 태도로 바라보았다. 다른 단원들도 마찬가지였다. 특히 밤하늘을 향해 살짝 치켜든 채 연주를 계속하고 있는 트럼펫들은 아들의 보잘것없는 아코디언과는 비교도 안 되는 장관을 연출해냈다.

아버지는 아들에게 한 번도 알은체를 할 수 없었다. 밤낮으로 이어지는 축제가 끝날 때까지 마찬가지였다. 악사들은 다음 테이블로 옮겨갔고, 다음날 해가 뜨고 질 때 거리를 한 바퀴 돌면서 시가행진을 했다. 그때마다 트럼펫들은 다른 빛을 발하며 그의 곁을 지나갔고, 아들 역시 아코디언을 멘 채 여전히 다정하게, 피곤한 기색도 없이 그렇게 그를 스쳐갔다.

그 축제의 첫날밤에는 또다른 사건이 있었다. 분수령 우물가의 여인인 그 과부, 소위 승리자라지만 그에게는 구타하며 돌을 던지는 여인인 그녀가 느닷없이 어둠 속에서 나와 긴 테이블 옆에 나타났다. 그는 무서워서가 아니라 깜짝 놀라서 그녀로부터 몇 발짝 뒷걸음치며 물러서려 했지만 그럴 수가 없었다. 그녀는 아무 짓도 하지 않았다. 그의 코앞에 얼굴을 바짝 들이대고 널 없애버리겠다는 듯 두 눈을 부릅뜬 채 한참 동안 말없이 그의 주위를 빙빙 맴돌기만 했다.

그래도 그는 잠깐 틈을 타 그녀에게 인사말을 건네며 미소를 지어 보이기도 했다. 그러나 그녀는 전혀 아랑곳하지 않고 마지막으로 그의 주위를 한번 더 돌더니, 전과 다름없이, 뒤를 한 번 돌아보고 사라졌다.

축제 동안 도대체 잠을 자긴 했나? 그의 기억은 아니라고 말한다. 며칠 밤을 꼬박 지새웠다—그것은 그의 눈앞에 항상 아른거렸던 경험 내지 있을 법한 전환점이었다. 한편, 그는 그때 그곳에 관한 어떤 이미지를 간직하고 있었다. 그가 여인숙—거리의 성당 바로 옆에는 '포사다'*도 있었다—에서 깨어난 순간, 꼭 한 번, 그의 비좁은 침대 위에 그 낯선 여자가 누워 있었던 것이다.

한 가지 확실한 것은, 얼마 지나지 않아 시인과 올림픽 영웅이 경찰

---

* 스페인어 사용 지역에서의 여인숙, 하숙집.

서에서 풀려난 축제의 여왕을 가운데 옹위하고 축제로 돌아온 일이었다. 그들은 한동안 모두 운전기사처럼 말이 없었다. (시인은 그제야 비로소 운전기사가 그동안 줄곧 한마디도 하지 않았다는 사실을 떠올렸다.)

“그런데 그 모든 게,” 탁스함의 약사가 내게 설명했다. “아들이 금세 눈앞에서 사라져버린 것조차—그애가 어린 축제의 여왕과 춤추는 것을 본 게 마지막이었지요—내겐 조금도 불행하게 여겨지지 않았고, 어디 다른 데로 가고 싶지도 않았어요. 다 그런 거지! 그렇게 생각했답니다. 중요한 것은 거기 밤바람 불어오는 야외에서 사람들과 함께하고 있다는 사실이며, 그다음은 차차 두고 봐야겠다고 말이에요.”

3

내게 이 이야기를 해준 그 사람은 축제 기간이 지나도록 그곳 외국에 머물렀다. 그동안 탁스함의 약국은 직원인 두 모자에게 맡겨두었다. 내전의 난민인 그들은 신체적인 고통뿐 아니라 그보다 더한 고통까지 치료하는 약에 대해 잘 알고 있었으며 얼마만큼 처방해야 하는지에 대해서도 훤했다. 게다가 아직까지 생생히 느껴질 정도로 어려운 일을 겪은 그들 모자 앞에서 몇몇 사람들은 순간적으로 자신들의 아픔을 잊어버리기도 했다.

당분간 그는 도시 아래쪽 거리의 여인숙에 머물렀다. 아침햇살 속에 모습을 드러낸 시가지는, 아직 개발되지 않은 듯 모래와 자갈이 뒤섞인 스텝 지역으로 곧장 연결되었다. 여인숙 창으로 내다본 시가지는 어디를 가나 고른 평지가 아니라, 완전한 평지와 야트막한 둔덕이 차례로 나타나면서 구릉지대를 이루고 있었다. 크고 작은 집들이 올망졸망 시야를 가리는 뒤쪽을 빼면 시가지는 멀리 지평선까지 온통 텅 빈 듯이 느껴졌고, 기다랗게 뻗은 바위 절벽을 경계로 위쪽과 아래쪽으로 분명하게 나뉘어 있었다. 도시 전체가 시선이 미치는 저 끝까지 황무지로 빙 둘러싸여 마치 도달할 수 없는 다른 대륙으로부터 컴퍼스로 정확하게 재어낸 듯 떨어져 있는 인상을 주었다.

그나마 적어도 이 이야기가 진행되는 시기에는, 하루에도 몇 번씩 기차가 스텝 지역을 통과하거나 장거리 화물트럭의 경적소리가 들리지 않았던가? 또한 그곳에 비행장이 없긴 해도 하늘이 온종일 새들 차지는 아니었다. 어느 항공 노선이 그 지역 상공을 통과하고 있는 게 틀림없었다. 그다지 자주 운항되지는 않지만—비행기구름이 하루에 두세 번 생기는 정도—적어도 이곳 사람들이 다른 세상과 격리된 것은 아니었다. 비행기구름은 매번 하늘 높은 곳에, 보다 높은 곳, 언제나 변함없이 푸른 하늘 깊숙한 곳에, 아니면 그보다 더 먼 곳에 생겼다. 그 구름을 만든 비행기가 예외적으로 한차례 번쩍 빛나며 모습을 드러내거나 영공의 저쪽 끝에서 잠시나마 희미한 소리가 들려오면, 어느 먼 나라에서 오래전에 출발해 벌써 수천 마일을 날아온 비행기가 아직도 상당히 오랜 시간을 동일한 고도로 계속해서 날아가게 될 거라는 느낌이 그 아래 사람들에게 긴박하게 전해져왔다.

스텝 지역의 노천 주점을 겸한 여인숙은 며칠 동안 축제의 여왕이었던 어린 소녀가 운영하고 있었다. 실제 주인인 소녀의 어머니는 늘 부재중이었다. 나에게 이야기를 해주던 그 사람은, 혹시 독자들이 이제 정말 설명 같은 걸 필요로 한다면, 물론 다음과 같은 말을 덧붙일 수 있을 거라고 했다. 그녀는 아마 옛 애인을 깜짝 놀래주려고 그를 찾아나선 듯하며, 그동안 시인이 여기 이 근방을 기웃거리는 것처럼 그녀 역시 그렇게 돌아다니던 중이라 두 사람이 엇갈릴 수도 있었다는 것이다.

소녀 혼자 그곳을 경영해나가기란 물론 상당히 힘에 부치는 일이었다. 그 건물은 이미 오래전부터 바람에 기울어진 모습으로 그렇게 서 있었던 것 같았다. 벌써 오래전부터인 듯 망가져서 사용할 수 없게 된 것이 많았고 없는 것도 많았다—없어진 걸까? 아니면 처음부터 아예 없었던 걸까? 어느 방의 세면대에는 배수구가 없는 반면, 다른 방의 세면대는 마룻바닥 아래로 곧장 배수구가 나 있었다. 침대는 하나같이 너무 짧았다(그렇다면 주변에서 심심찮게 보이던, 난쟁이처럼 키가 작은 사람들을 위한 침대인가?—원래 그런 사람들을 위해 지어진 여인숙인가?). 방도 모두 너무 작아 그 안에서는 돌아다닐 필요가 없이, 기껏해야 한 걸음이면 충분했다. 문에서 침대로 한 발짝, 문에서 창문까지도 한 발짝이면 되었다. 게다가 침대와 창문 사이, 침대와 세면대 사이, 세면대와 창문 사이에서는 한 발짝도 움직일 수가 없었다—그럴 필요가 있겠는가?

그런데 며칠이 지나자 그렇게 비좁은 거실과 침실이 만족스러웠고 마음에 들었다. 어쨌든 잠이 들기만 하면 아주 깊고 편안하게 잘 수 있었다. 평소와는 달리 꿈도 꾸지 않았다. 그리고 하루종일, 특히 아침에, 방에 앉아 있으면—그 방에선 그 밖의 다른 행동은 생각해볼 수도 없었다—아주 조용한데다가 몇 가지 필요한 물건도 바로 손닿는 곳에 있어서, 때로는 그렇게 쪼그리고 앉아 있는 일이 마치 중요한 행동을 하고 있는 것처럼, 그것도 어쩌면 아주 유용한 일을 하고 있는 것처럼 느껴지기도 했다.

그러나 문마다 제대로 된 열쇠가 없다는 점, 여인숙 아래쪽에 있는 출입문이나 건물 안의 문에도 빗장이 없는 점은 마음에 들지 않았다. 그는, 적어도 가끔은, 자신을 방안에 가두어두고 싶었는데, 그것은 화장실에서조차 불가능했다. 창유리 몇 장도 깨진 채였고, 정강이 높이의 출입문 문턱은 삭아서 군데군데 부서져 있었다. 지붕은 아직 내려앉지는 않았지만, 밤바람이 아닌 폭풍 때문인 듯 여기저기 벽돌이 서로 겹치거나 밀려나가 있었다. 추녀의 홈통은 스텝 지역에서 날아온 잡동사니가 잔뜩 쌓여 막힌데다가 함께 날아온 모래까지 엉겨붙어 있어서, 지나칠 만큼 풍부한 그 지역의 이슬이 단 한 번도 시원스레 흘러내리지 못했다. 고산지대에서 흔히 볼 수 있는 장작도, 여느 집들처럼 길가 창문 아래 차곡차곡 쌓여 있지 않고 뒷마당과 부엌에 아무렇게나 흩어져 있었다.

그러나 집과 그에 딸린 주요 건축자재들, 그리고 그 밖의 장식품들에서는 어떤 기품이 풍겨나왔다. 돌로 된 외벽과 그 화강암의 푸르스름한 빛, 눈높이까지 어느 한 군데 밋밋하지 않게 전체적으로 올록볼록 물결 모양으로 타일을 입힌 내벽, 플라스틱컵 옆에 놓인 시커멓게 변색한 은 스푼, 박제된 늑대와 날씬하고 높다란 무쇠 난로, 여인숙 후미진 구석에 있는 난로 속에서 한여름에도 줄곧 타고 있는 장작불, 불이 붙지 않는 투명한 구식 운모판으로 만들어진 화덕 문, 그 운모판에서 반사되는 불빛이 어른거리는 박제 늑대의 유리 의안, 테이블 축구 기계—대부분 머리나 다리가 떨어져나간 축구 기계 인형들—, 그 옆

유리장 안에 진열된 아랍풍 웨딩드레스, 바와 더불어 유일하게 넓은 공간인 공동 욕실의 크리스털 문손잡이와 욕조 다리와 수건걸이, 압착 목재로 된 문, 통조림 캔과 같은 소재인 양철로 만들어진 욕조, 놀랍게도 타일 벽에서 방사형으로 돌출해 있는 크리스털 수건걸이에 걸려 있는, 물에 적셔도 아주 빳빳한 조그만 때수건 한 장.

거리의 축제 기간 동안 세 사람은 각자 다른 일에 몰두했다. 한번은 자정도 한참 지나서 스텝 지방의 황소떼가 거리로 내몰린 적이 있었다. 뿔은 벌써 거의 딱딱하게 자랐지만 아직 한 번도 투우장에 나가보지 못한 아주 어린 소들이었는데, 뒤쪽에 처져 있던 사람들까지도 소떼 앞으로 내달렸다. 아무튼 제자리에 앉아 있는 사람은 한 명도 없었다. (아니, 한 사람은 있었나?) 베르베나라고 불렸던 축제의 마지막 팔일째 날에는, 차양들 아래의 침묵 행렬이 성상을 들고 앞장섰다. 한 차양 아래에는 이 거리에 정착한 사냥꾼들이, 다음 차양 아래에는 이곳에 사는 체스 선수들이 앉아 있었으며 세번째 차양 아래로는 성체가 운반되었다. 아주 멀리, 까마귀와 까치의 울음소리가 독수리와 말똥가리의 울음으로 바뀌는 스텝 지역 너머까지 크게 한 바퀴 돌아서 거리로 되돌아왔을 때는, 무릎 위까지 먼지를 뒤집어쓰지 않은 사람, 축제 예복에 온통 엉겅퀴 같은 식물 가시들이 박히지 않은 사람이 없었다.

그리고 거리의 축제 중 어느 날 일식이 일어났다. 그 최초의 순간, 태양의 내부로 맨 처음 진입해 가는 둥그런 달은 잠깐 사이 무언가를 아주 조금 베어 문 것 같았다. 그 장면은 축제가 끝난 뒤에도 한동안 많은 사람의 망막에 네거티브필름처럼 반짝거리며 남아 있었다.

소녀에게는 (여왕의 권위는 변함없이 유지한 채) 집안일로 돌아갈 시간이 다가왔다. 스텝 지역 변두리의 거리 가운데 적지 않은 길목들이 전과 다름없는 공사장으로 변했다. 방금 전까지만 해도 성모승천일 축제용 테이블들이 늘어서 있던 곳이었다. 영주 수행원들의 무대가 있던 자리에서는 하수도 공사 인부들이 땅속으로 사라졌고, 주로 악사들이—그러니까 그들이 거리를 아래위로 휩쓸고 다니지 않을 때—머물던 자리는 스텝 지역 쪽으로 계속 포장되어나갔으며, 새로 하얗게 칠해진 성당의 활짝 열린 문으로는 파이프오르간소리 대신 페인트공의 라디오 소리가 흘러나왔다. 특히 인부들이 점심을 먹으러 간 사이 쓰지 않는 공구들이 세워져 있거나 땅바닥에 놓여 있을 때면 삽이나 망치, 고무호스 또는 서랍형 공구함들은 당장이라도 집어들고 나름대로 무언가를 시작했으면 싶게 매력이 있었다.

그리고 세 사람은 비슷한 방식으로 실제로 일을 시작했다. 도로를 포장하는 인부들 중 하나가 멀리서 길을 쓸다가 장난삼아 철사 솔을 그들의 발치로 던지자, 세 사람 가운데 하나가 허리를 굽혀 집어들고는 어느새 여인숙 외벽을 문질러대기 시작했다. 처음에는 물론 단순히 장난이나 시험 삼아 시작한 일이었지만, 그뒤로는 쉬지 않고 제법 진지하게, 이런저런 식으로 집의 다른 부분으로 옮겨가면서 일주일 내내 문질러댔다. 그런가 하면 또다른 한 명은 길 어딘가에서 버려진 듯한 수준기水準器를 주워들면서 일을 시작했고, 그런 일이 거듭 되풀이되었다.

여인숙에는—유리장 안의 실크해트와 작고 길쭉한 배 모양의 장교용 군모 외에—인근에서 흔히 볼 수 있는 작업복들도 있었다. 나중에 바에서 일하는 소녀에게 건네받아서 한 사람은 푸른색, 다른 사람은 흰색 작업복을 입고 일했다. 며칠 지나지 않아 벌써 그들은 거리의 노동자들과 분간하기가 어려워졌다. 거의 빗이 내려가지 않을 정도인 머리카락, 질질 끄는 걸음걸이, 축 늘어진 바짓자락, 거리낌없이 떠들썩한 말투 등 점점 거리의 일꾼들을 닮아갔다. 그런 말투는 예컨대 지붕을 이는 인부들이 흔히 사용했는데, 위쪽 용마루에서 아래 땅 위에 있는 사람이 알아듣도록 하기 위해서는 어쩔 수 없었다.

그들도 다른 일꾼들처럼 약간 비탈진 거리에 있는 유일한 공동 샘터로 틈틈이 물을 마시러 갔는데, 벽에 박혀 있는 노출된 파이프에서 가느다란 샘물이 쉬지 않고 졸졸 흘러나왔다. 그러고는 점심시간이 지나도록, 거리를 통틀어 한 그루뿐인 그곳의 나무 밑, 유일한 풀밭에서 칠장이들, 도로공사 인부들과 한데 섞여—그런데 누가 누구더라?—말없이 사지를 뻗고 누워 있었다.

다른 사람들처럼 육체노동을 하면서도 자기 일에 완전히 몰두하지 못하고, 그래서 위장취업자처럼 보이는 사람은 시인뿐이었다. 건성이거나 서툴거나 살살 꾀를 부리는 것도 아닌데—정반대로 맡겨진 일은 그 자리에서 당장 해치웠다—늘 마음이 딴 데 가 있는 사람처럼 보였다. 몹시 힘든 일을 하고 나서도 다른 사람들과 함께 잠시 숨을 돌리지도 않고, 둥그렇게 혹은 삼각형을 이루고 앉아 있는 사람들에게서 벗어나 곧장 어디론가 가버렸다. 그곳 일꾼들도, 그가 사실은 문지방 수선공이나 덧창 페인트공과는 전혀 다른 종류의 사람이라는 것을 금방 눈치챘다. 아니, 그것은 오히려 불신이었다. "당신은 이런 일을 할 사람이 아닌데 거짓으로 속이고 있는 거지?" 그후, 처음에는 그저 딸을 위해 요리사 일을 시작했던 그가 바깥의 길거리 샘터에서 쉬고 있는 사람들에게도 간단한 음식들을 대접하고 나서야 비로소 진짜 일꾼으로 인정받게 되었다. 그가 요리할 때면 주위에 물건들이 매우 어지럽게 널려 있어서, 밀가루를 아주 슬쩍 건드리거나 새의 솜털을 뽑아낼 때, 뼈를 잘라낼 때도 매우 긴장한 것 같았고, 불이 꺼진 화덕 가에서조차 더운 것처럼 보였다.

낡은 여인숙 하나가 제대로 굴러가는 데 이렇게 손이 많이 간다는 사실에 놀란 사람은 역시 전 스포츠 스타, 잊힌 올림픽 우승자, 세계 챔피언이었다. 명성과 부귀영화를 누리던 짧았던 옛 시절 그가 식당, 호텔 그리고 술집에 조예가 깊었다는 사실은 수긍이 갔다. 그런 부동산 몇 가지를 소유하기도 했었다. 물론 눈 깜짝할 사이에 '주인은 지금 도피중'이라는 결과가 꼬리에 꼬리를 물고 이어지기는 했지만 말이다. 그런데 누가 꿈엔들 생각이나 했을까. 스피드의 세계 챔피언에게 이런 자질구레한 일들, 정리정돈, 청소, 탁자 광내기가, 게다가 다른 사람들을, 그것도 낯선 사람들을 위해 일하는 것이 그토록 기쁨을 가져다주리라는 것을. 그렇다, 그는 그들 세 사람 사이에서 일을 계획, 분배하고 필요한 물품들을 제때 구입해야 하는 훨씬 힘든 일을 맡고 있으면서도 특별히 생색내지 않고 '서비스'라고 불리는 일에도 오히려 무척 신나했었다. 그는 거기 포사다에 머무는 동안 다른 사람들을 위해 침대를 정리하고, 구두를 닦고, 집안에 있는 다림질거리를 전부 다렸으며, 시장도 보고 바느질과 짜깁기까지 했다. 게다가 그런 일들을 언제나 단숨에 신속하고 간단하게 해치웠다. 이제 챔피언도 사업가도 아니었지만 적어도 이 여인숙에서는 열성적인 봉사자가 되기에 충분했다.

누군가에게 물 한 잔을 대접할 때도 얼굴이 환하게 빛났다. 그럴 때면 금메달 수상대 위에 선 전성기의 그를 상상할 수도 있었다.

아무튼 늙은 스포츠맨은 그렇게 해서 처음으로 그만의 표정을 갖게 되었다. 그런데 어떤 표정이었더라? 그렇게 사람들은 비로소 다시 그의 이름을, 이제는 발음하기 어렵지 않은 그의 이름을 부를 수 있었다. "어이, 알폰스! 이봐, 알폰소!" 그러면 그는 이렇게 대꾸할 뿐이다. "그래, 사람은 일을 해야 해. 이 일은 곧 내 휴가, 내 여가시간이야. 여지껏 한 번도 이렇게 많은 여가시간을 누린 적이 없어. 그러니까 더 일을 해야 되는 거야."

다만 그렇게 말하고 나서 그의 표정은 감격에 겨운 듯 잠시 눈동자의 움직임이 없다가도 이내 다시 절망에 휩싸이는 것처럼 보였다. "아니, 난 끝장났어. 이제 가망이 없다고."

그러는 사이 여인숙의 문 바깥으로는 불 뒤에서 일하느라 불꽃과 연기에 얼굴을 찌푸린 도로 포장공들의 모습이 보였다. "적어도 저 불 가운데 설 수만 있다면!"

우리의 화자를 다른 두 사람 곁에 붙잡아놓은 것은 무엇보다 이러한 공동작업이었다. 수리를 끝마치자 스포츠맨과 시인은 차츰 그의 시야에서 사라졌다. 시인이 여인숙을 떠나 시내 쪽 산타페 중심가로 옮겨갔기 때문이다(여느 때나 다름없이 그의 단짝도 꽁무니를 따라갔다). 그사이 그의 딸도 어디론가 사라졌는데, 악사를 따라갔다고들 했다. 그렇다, 축제가 끝난 후에도 축제의 냄새는 여전히 온 거리에 남아 있었다.

그리고 그 남자, 우리의 화자는 아코디언 연주자인 아들을—만약 그가 아들이 맞다면—묵묵히 떠나보냈다. "그게 옳지요." 그가 설명했다. "아버지와 아들은 언젠가는 영영 헤어져야 하니까요. 바로 그때가 적절한 순간이었어요. 그렇게 나쁜 순간은 아니었을 거예요. 그렇잖아요? 아무튼 어쩌다보니 내가 그 사바나* 변두리 여인숙에서 지내는 유일한 사람이 되었답니다."

이제 '승리자'라 불리는 여자를 찾는 일이 시작된다. 하지만 그녀를 두려워할 법도 한데? 첫번째 싸움이 있던 밤—일방적인 싸움이었지만—그녀가 맨손으로 입힌 상처가 미처 아물지도 않았다. 특히 예전에 조그만 혹을 도려냈던 이마에는 원인 모를 출혈이 거듭되었다. 그 자리는 바로 그때—'그때'라고? 그렇다, 그는 그렇게 생각했다—잘츠부르크공항의 숲가에서 보이지 않는 무언가에 세차게 한 방 얻어맞은 자리이기도 했다.

그래도 그는 그 여자를 찾고 싶었고 찾지 않을 수 없었다. 세번째로 머리통을 얻어맞는 한이 있더라도. 이처럼 열을 올리기는 난생처음이었다. "아마 사람에 대해서라기보다는," 그가 덧붙였다. "오히려 무언가를 추적해 찾아내는 일 자체에 열을 올렸던 거겠죠." 여자가 주먹을 휘두를 때 부러져 다음날 아침 산장 방바닥에서 발견된 손톱 한 조각은 그에게 불길한 징조가 아니라 오히려 일종의 단서가 되었다. 그것을 골똘히 들여다보고 있으려니, 그녀가 근처에 있을 거라는 느낌은

* 열대우림과 사막 중간에 분포하는 열대초원 지대.

더욱 강렬해졌다.

단지 그녀가 더이상 눈에 띄지 않을 뿐이었다. 한번은 스텝 지역 언저리에서 무언가에 머리를 세게 얻어맞은 적이 있었다. 사과였다. 그런데 나무는 어디 있지?—한 그루도 눈에 띄지 않았다—그렇다면 누가 던진 건가?—사방을 둘러봤지만 아무도 없었다—얼마 후에야 그는 약간 떨어진 곳에 있는 까마귀를 보았다. 사과는 거기 마른하늘에서, 그러니까 까마귀 주둥이에서 떨어진 모양이었다.

그의 추적을 바깥에 있는 다른 사람들은 전혀 눈치채지 못했다. 아주 실용적이고 보기도 좋은 푸른색 작업복을 내내 입고 다녔기 때문에, 크다기보다 그저 넓게 펼쳐진 스텝 지역의 도시 어디에서도 그다지 눈에 띄지 않았다. 그의 동작이나 표정, 눈빛도 일자리를 찾아다니는 여느 노동자들과 다를 바가 없었다. 한눈을 팔거나 주춤거리지도 않았다. 그러나 속으로는 자신의 계획에 집중하기가 쉽지 않았다. "바로 그녀가 내게는 너무나 강력하게 느껴졌기 때문에 오히려 순간순간 그녀를 잊을 수 있었던 겁니다. 그녀를 찾는 일이 너무나 중대하고 절박했기에, 내 의식은 가끔씩 그녀를 더이상 담아둘 수 없었던 거지요. 한동안은 글자 그대로 그녀에 대해 싹 잊어버리고 철저하게 다른 것을 생각했어요. 하지만 아무리 그렇다 해도 그녀를 찾는 것과 같은 밝기로 빛나고 있는 무언가일 수밖에 없지요! 이따금 정말 고마울 때, 정작 고맙다고 말하는 걸 잊어버리는 경우와 비슷하죠."

그는 며칠 동안 산타페를, 주로 도시의 아래쪽으로 훑고 다녔다. 그쪽은 사바나 주변 기후가 도시 위쪽에 비해 한층 강하게 나타나 혼잣말이 절로 나올 정도였다. "뜨겁군!"

그가 골목길 위쪽으로 걸어서 여전히 중심가인 절벽 위 옛 마을로 올라가본 것은 고작 몇 번, 그것도 대개 저녁 무렵, 그 위쪽 거리의 광장에 차츰 사람들의 물결이 빠지고, 도시의 아래쪽과는 달리 밤바람이 제법 세게 불어오는 게 느껴질 때였다. 절벽 가장자리, 가장 높은 곳의 텅 빈 공터에 우뚝 선 채 얼굴과 모근들과 기억, 그리고 그 이상의 것들을 컴컴한 심연에서 불어오는 그 바람으로 씻어내는 것이었다. "나는 밤바람의 사람이야. 그런데 내 밤바람의 동족들은 어디 있지?" 입천장이나 혓바닥이 아닌 관자놀이에 돛을 단 느낌이었다.

그러던 어느 날, 밤바람 속에서 그는 실어상태에 빠져 있는 것이 아주 만족스럽게 느껴졌다. 그는 계속 생각했다. 더는 말을 할 수 없다니, 잘된 일이야. 다시는 입을 열지 않아도 돼. 이건 자유야! 아니 그 이상이지, 아주 이상적인 상태야! 정당을 하나 창설할까, 아니 차라리 신흥종교를 만들어? 말 못하는 자들의 정당, 말 못하는 자들의 종교? 아니지, 홀로 서야 해. 묵묵히, 자유롭게, 그리고 마침내 당연히 혼자서.

그러던 어느 날, 밤바람에 몸을 맡기고 서 있던 순간 그는 다시 한번 뭔가에 머리를 맞았다. 아니, 최소한 그런 느낌이 들긴 했다—사실은 생쥐의 털이 가볍게 스쳤을 뿐이었다. 그건 돌담 위에 앉아 방금 먹이를 통째로 삼켰던 부엉이가 뱉어낸 것이었다.

낮 동안에는 언제나 아래쪽 절벽 기슭에 머물렀다. 실제로 그곳이 '절벽 기슭'이라고 불린 것은 아니었다. 도시가 거기서부터 곧장 평야로 이어졌기 때문이다. 여기서 서로 합류하는 두 개의 강 너머로 지형은 다시 밋밋하게 솟아올랐다가 다시 한번 주저앉기를 반복하면서, 바로 바위들이 흩어져 있는 스텝 지역의 내부까지 깊숙이 이어진다.

수많은 암벽, 그리고 (강가와 시냇가의) 암벽의 갈라진 틈과 협곡들로 인해 도시 전체에는 특이한 메아리 현상이 일어났다. 그 메아리는 소리를 멀리 퍼지게 하는 데 그치지 않았다. 자꾸 방향을 잃게 하고, 아래위를 헛갈리게 만들며, 때로는 원근조차 구분할 수 없게 했다. 특히 아직 잠에서 깬 사람이 별로 없는 아침—여기서는 늦잠 자는 것이 지방의 관례라도 되는 듯했다—갑자기 두 사람이 그의 방 창문 아래에서 시끄럽게 말을 주고받는 소리가 들려 바깥으로 몸을 숙이고 내다보면, 아무도 없었다. 거리에 사람이라곤 그림자도 보이지 않았다. 멀리 저 바깥 스텝 지역에서 점 같은 두 형체가 움직일 뿐이었는데, 그들의 말 한마디 한마디가 빠짐없이 그의 비좁은 방안으로 선명하게 메아리쳐 들려온 것이었다.

또는 아주 고요하고 깊은 밤, 단조로운 부엉이 울음소리만 아래선가 혹은 위에선가 들려올 때, 사바나에 하나뿐인 큰 과수원이 펼쳐진 어느 좁은 강어귀에서 그곳을 지키는 개들 가운데 한 녀석이 여기저기 흩어져 있는 도랑을 따라가며 킁킁거리는 작은 소리가 곧바로 암벽에 부딪혀 돌아오기도 했다. 녀석이 한 번 짖은 소리는 메아리가 되어 대답처럼 다시 돌아온다. 곧 다른 개 한 마리가 뒤따라 짖으면 좁은 계곡에 부딪혀 돌아온 반향은 두 배로 늘어난다. 거기 또 세번째 개가 합세하면 굽이굽이 흘러가는 강가 전체에 어느새 몇 배의 메아리가 생겨나 점점 시끄러워지고, 끝날 때까지, 아니 끝나려면 멀었지만, 고지대와 저지대 전역에 셀 수도 없이 반향이 늘어나, 개 세 마리가 서로 짖어대고 있을 뿐인데도 마치 개들이 떼로 모여 한꺼번에 야간순찰을 나선 것처럼 되고 마는 것이다.

아직 여름이었다. 그러나 계절마저 혼란을 일으켰다. 이는 도시의 수많은 전자 온도계가 종종 여름과 겨울의 온도 차이만큼 각각 다른 온도를 가리키는 데서 비롯된 문제는 아니었다. 7월 초부터 벌써 낙엽이 떨어지는 것도 전혀 낯선 일이 아니었다.

다만 여기서는 계절이 이상하게 앞뒤로 움직여, 어느 순간에는 한참 앞서가다가 다음 순간에는 저만치 멀리 뒤로 물러났다. 어느 날 우리의 화자는 두 군데 강 가운데 물이 더 많이 흐르는 쪽에서 헤엄치고 있었다. 양쪽 강가에서는 포플러나무가 잎사귀를 살랑이며 속삭이고, 비록 한 마리였지만 어쨌든 여치가 여름의 소리를 들려주고 있었다. 그런데 난데없이—그는 강을 거슬러 헤엄치고 있었다—노랗고 빨갛고 거무스름한 낙엽 한 무더기가 그를 향해 쉬지 않고 밀려왔다. 꽃다발 모양으로 물위에 길게 줄지어 늘어선 그 낙엽들은 물속에 잠겼다가 다시 수면으로 떠오르기를 반복하면서 가을의 정취가 물씬 풍기는 장면을 연출했다—그러더니 곧이어 뻐꾸기 울음소리가 들려왔다. 마치 이제 겨우 늦봄이라고 알려주기라도 하듯.

그리고 아직 대부분 설익은 열매가 가득 달린 뽕나무도 있었다. 탁스함의 뽕나무 열매는 벌써 오래전에 모두 떨어졌으며, 땅을 물들였던 붉은 얼룩들조차 색이 바랜 지 오래였다. 마찬가지로 이곳에는 담황색 라일락도 아직 자디잘게 피어 있었다. 라일락은 또 어느덧 11월로 접어든 듯 스산하게 세계대전 참전용사 묘지를 연상시키는 거무스름한 해바라기밭을 에워싸고 있었으며, 동시에 그 위로는 한여름의 대기가 여전히 이글대고 있었다.

그 와중에도 그는 길을 잃는 법이 거의 없었고, 그런 일이 생겨도 태연하게 넘겼다. 이제 드디어 이런 일을 겪는구나 하면서.

오히려 그 지역 사람들이 그보다 훨씬 더 자주 길을 잃었다. 언제나 그 지역에서 이방인 중의 이방인인 그가 길안내를 부탁받았고, 그러면 대개 무언의 동작으로도 도움을 줄 수 있었다.

그에게 길을 묻는 사람들은 대개 관광객이었지만 기껏해야 밤바람 도시가 수도인 그곳의 지방에서 올라온 시골 사람들이었다. 그 밖의 다른 관광객들은 없었다. 수수한 차림의 이들 관광객이나 소풍객은 즐거운 마음으로 이곳저곳을 둘러보았다. 그래도 외지에 나온 까닭에 한편으로는 수줍음을 타면서도 노인들까지 껑충껑충 뛰어다닐 정도로 (그때마다 한 번씩뿐이었지만) 자유분방했다.

한번은 화려하게 장식한 승용차를 타고 중앙로를 따라 떠들썩하게 달려내려가던 결혼식 행렬을 보았다. 조심스레 경적을 울리며 달리던 자동차 꽁무니에서는 깡통들이 덜겅거렸다. 그때 그 신혼부부 차에 시골서 올라온 게 분명한 노인 둘이 타고 있는 것이 보였다.

그러나 그는 대개 여자를 찾아다니거나, 이런저런 상념에 빠져, 땅바닥만 내려다보고 걸었다. 그렇게 시가지를 벗어나 사방이 탁 트인 스텝 지역에 접어들면, 그 고장 특산물인 여러 종류의 버섯을 심심찮게 발견할 수 있었다. 일반적인 유형에서 벗어난 변종이긴 해도 그리 낯설지는 않은 것들이었다.

그 버섯들을 그냥 길에서 먹을 때도 있었지만, 대개는 늘 같은 바에서 먹었다. 버섯 요리를 설명하는 데 한두 가지 손동작만으로도 충분했기 때문이다. 그곳 주민들에게는 자기 고장의 토산품이 아주 이상하고, 낯설고, 위험한 것인 듯했다. 그들은 발길 닿는 곳마다—심지어 집 뒤에서도—보일 정도로 흔한 아주 먹음직스러운 버섯을 채취하는 그를 목숨을 내건 사람으로 취급하면서, 보기만 해도 생명이 위험해지는 것처럼 눈길을 돌렸다—하지만 몇몇 사람들은, 대개 악마의 소행보다 기적에 더 이끌리기 마련이듯, 그래도 버섯에 관심이 있어 보였다.

그 고장의 다른 많은 토종식물과 과일 역시 도심에 사는 사람뿐 아니라 지역 전체 주민에게 거의 알려지지 않거나 금기시되었다. 어느 날 그는, 도시의 다른 편 출구에 자리잡았을 뿐, 스텝 지역의 언덕 위로 고만고만한 장방형의 집들이 올망졸망 들어서 있기는 그의 여인숙이 있는 거리와 마찬가지인 어느 변두리 동네를 지나가고 있었다. 그가 어느 대문 옆에 늘어진 나뭇가지에서 무화과 한 알을 따자 한 노파가 고함을 지르며 뛰어나왔다. 과일을 훔쳐서가 아니라 이른바 그 고장 무화과 품종의 독성 때문이었다. "먹지 마세요!" 그녀조차 평생 한 번도 먹은 적 없는 자기네 무화과를 먹고 그가 목숨을 잃는 일이 생겨서는 안 되었다.

그녀의 근심 어린 눈길을 받으면서 그는, 너무 맛있어서 과일나무를 한 그루째 다 먹어치우고 싶었지만, 그냥 두 알만 그것도 제일 작은 것으로 먹었다. 그는 바로 자기 집 대문 앞에 있는 것조차 뭔지 모르고

동네에서 늙어간 존재들의 불안과 아침부터 저녁까지 마주쳤던 사람들의 불안감까지 모조리 먹어치우고 싶었다.

그렇게 여자를 찾아다니던 동안 그는 두 일행과 두어 번 마주쳤다. 그냥 잠깐 떨어져 있었을 뿐인데도, 시인과 스포츠 영웅은 자신들의 운전기사를 짐짓 모르는 체했다. 아니면 자동차와 여인숙이 아닌 바깥길이라서, 탁스함에서 흔히 그랬듯이, 정말로 그를 못 알아봤을지도 모른다.

그게 아니라 해도 그들은 뭔가 다른 일에 정신이 팔려 그를 보지 못하고 지나친 것 같았다. 그들 역시, 아니 그보다 훨씬 더 눈에 띄게 무언가를 찾고 있었다. 그들은 무엇을 찾고 있었을까? 싸움? 돈? 관중? 운전기사보다 훨씬 추진력 있고 단 하룻밤이 아니라 영원히 그들을 도와줄 조력자? 단 한 명의 구원자가 아니라 구원자 전체, 아예 구원자 종족을 찾는 것일까? 혹은 마침내 자신들을 없애줄 사람, 제거자, 집행인을 찾는 것일까? 작업복에서 다시 우아한 정장으로 갈아입고 있었지만 두 사람은 여전히 남루해 보였다. 단 며칠 새 이까지 거의 다 빠져버린 모습이었다. 아니면 전에는 틀니를 끼고 있었는데 그동안 잃어버리거나 꿀꺽 삼켜버리기라도 했단 말인가?

그들의 얼굴은 홍조를 띠다가도 다시 시체처럼 창백해졌다. 구두는 밑창이 다 떨어져 너덜거렸고, 수염 위로는 달팽이가 지나간 듯한 자국이 나 있었다. 그래도 마지막까지 단정해 보이던 단 한 가지는 아주 꼼꼼하게 다듬어진 손톱이었다(덕분에 변태 킬러 이미지가 더해졌다).

그들은 계속해서 거들먹거리며 거의 밤낮으로 도시 아래위를 배회

했다. 길 가는 사람들을 가로막고 그들의 외모나 걸음걸이, 목소리를 트집잡으며 시비를 걸었다. 그러나 그때마다 장난처럼 시를 지어 읊거나 이따금은 노래를 부르는 식이어서, 적어도 아직까지는 사람들도 그들을 건드리지 않고 그냥 내버려두었다. 가끔은 시와 노래에 대한 사례까지 받기도 했다.

언젠가 한번은 일 년 중 가장 더운 어느 날, 도시 위쪽 플라차 마요르*에서 얼음덩어리를 사라고 외치고 있는 그들을 보았다. "인공적으로 얼린 것도 아니요, 트럭에서 떨어진 걸 주운 것도 아닙니다. 이곳 굴속에서 까마득한 빙하기에 생성되어, 콘스탄티누스대제 시절부터 황제 폐하의 얼음이라 칭송받았던 얼음, 바로 그 얼음이 왔소이다!" 그다음에 아래 강가의 큰 다리 위에서 만났을 때도 그들은 그를 알아보지 못한 채, 길을 가로막고 사진을 찍어달라고 했는데(그는 물론 그렇게 해주었다), 얼굴을 알록달록 요란하게 칠하고 머리에는 새까만 까마귀 깃털을 꽂고 있었다.

그 도시의 약국들을 전부 지나다녔지만—신기하게도 그런 벽지치고 약국은 많은 편이어서 거의 스무 군데가 넘는 것 같았다—그는 정말 아무것도 필요하지 않았고 아프지도 않았다. 아니면 혹시 실어증 치료약 같은 게 있을까?

그곳에서는 나이 많은 약사를 찾아보기 어려웠고, 오래된 약국 역시 마찬가지였다. 이 고산지대의 약사들은 모두 튼튼해 보였으며 얼굴

* 스페인어로 '큰 시장' 혹은 '광장'이라는 뜻.

과 손도 거칠었다. 마치 여가시간이든 아니든 대부분의 시간을 등산과 장거리 보행으로 보내는 사람들, 어쨌든 화장품 진열장과 약품 진열장 사이를 오가며 약국 안에서 지내기보다는 노상 바깥에 있기를 좋아하는 사람들 같았다.

그는 도시의 위쪽, 그곳에 하나뿐인 약국에서 유일하게 나이든 약사를 보았다. 이 약국 역시 새로 지었거나 수리한 것이었는데, 야간당직 때 닫힌 문의 비상 창구로 얼굴을 내미는 약사를 한 번 보았었다. 하지만 밤바람이 부는 거리를 아무리 둘러봐도 손님이라곤 한 사람도 보이지 않았으니—아마도 밤공기를 쐬려 했던 모양이다. 그리고 또 한 번은 어느 날 정오 무렵, 바로 바위 절벽 쪽으로 나 있는, 그러니까 암벽으로 향한 커다란 뒷창문 앞에 서 있는 그의 그림자를 볼 수 있었다. 따로 직원을 두지도 않고 혼자서 약국에 앉아 있는 노인의 그림자 윤곽이 스텝 지역 앞으로 비치고 있었다. 스텝 지역은 원래 인적이 없는 저 깊숙한 곳까지 모든 잔디와 모래와 바위가 온통 누런색이었지만 정오의 햇빛 속에서는 거의 하얗게 바래 보였다. 바깥 거리에 서 있던 그는 그 하얀 햇살 속에 비친 노약사의 그림자에서 훗날 자신의 자화상을 보는 듯했다.

우리의 화자가 만나던 유일한 사람은, 도시 아래쪽에 있는 어느 은밀한 술집의 주인이었다. (한데 뭐가 '은밀'하단 말이지? 그곳에 있는 수많은 바는 절반 정도가 어딘가에 숨어 있는 듯했으며, 이름도 '은신처'나 '구석' 같은 것들이었다.) 이 술집 주인도 나이가 지긋했는데, 그는 주름살이 늘고 피부가 허옇게 변하는 게 아니라, 각질층이 두껍게 앉아 거칠어지는 방식으로 늙어갔다. 그가 입을 연 것은 아니지만 모든 걸 알 수 있었다. 남자는 이미 오래전에 아내를 여의었고, 두 번 다시 보지 말자며 자식들이 떠나간 것은 그보다도 훨씬 오래전의 일이었다. 바로 지금이 그가 카운터에 서 있는, 또 이 술집이 존재하는 마지막 시즌이 될지 모른다. 어쩌면 그는 다음해를 볼 수 없을지도 모른다.

"내가 바에 들어설 때마다 그는 카운터 앞이 아니라 타일로 장식된 실내 한가운데 서 있었습니다. 그리로 가려면 계단을 두어 개 밟고 내려서야 했는데, 거기에는 희미한 네온사인이 빛나고 있었지요. 그는 내가 손님이란 걸 알아차리고 나서야 허리를 구부리고 바로 들어가는 통로를 잽싸게 통과해 자신의 영역으로 들어갔지요. 그도 나와 똑같이 말이 없었어요. 권하는 거라곤 늘 똑같은 병에 담겨 선반 위아래를 가득 메우고 있는, 딱 한 종류의 술뿐이었지요. 다만 그가 내놓는 안주는 매번 달랐어요. 올리브, 피스타치오, 순식간에 볶아낸 꼴뚜기, 메추리알, 민물가재들과—내가 들고 가면 그가 묵묵히 요리해내는—버섯에 이르기까지. 물론 물어볼 필요는 없었지요. 어차피 무엇을 내놓느냐는 오로지 그의 권한이니까! 그렇게 우리는 카운터를 사이에 두고 있었답니다. 언제나 둘뿐이었는데도, 대개 서로 눈길이 마주치지 않도록 했지요. 내가 있으면 그는 내가 먹는 것과 같은 음식과 음료를 나와 같은 속도로 먹고 마셨어요. 뻣뻣한 머리카락이 머리통 위로 어색하게 곧추서 있었고, 귀와 콧구멍 역시 어색하긴 마찬가지였지요. 두꺼운 흰색 대리석으로 된 카운터 상판은 한군데가 넓적한 대접 모양으로 패어서, 그 속에 늘 물이, 언제나 깨끗한 물이, 배수구도 없이 고여 있었어요. 그는 뿌옇게 낡은 유리잔들을, 사용하자마자 이 우묵한 곳에 담가 하나씩 따로따로 씻어냈어요. 물이 더러워지면 퍼내고 다시 깨끗한 물을 채웠죠. 린콘* 안에서 가장 고즈넉한 순간은, 전부 깨끗하게 씻은 아주 작고 우아한 유리잔들이 대리석 위에 나란히 서 있고, 곁의 개수대에도 물이 새로 차 있을 때, 다른 것들을 모두 치우고, 우리 둘 중 누구도 더이상 먹거나 마시지 않을 때, 그러고는 깨끗하게 줄 서 있는 낡은 유리잔들과 약간의 물을, 아주 맑은, 구멍이 없는 심연 속을, 밝은 대리석 바닥의 그 동그란 작은 연못을, 나란히 들여다보고 있을 때였답니다. 아마 같은 시각 극동의 한 사찰 뜨락에서는 방문객과 스님이 텅 빈 모래정원 한가운데 놓인 바윗덩이를 함께 바라보고 있었을지도 몰라요. 파도처럼 기다랗게 갈퀴로 긁어놓은 그 모래정원은 동해**를 상징하는 거겠죠."

어느 날 아침 우리의 화자는 도시의 또다른 변두리 동네에 발을 들여놓았다. 그곳은 막다른 골목처럼 생긴 짧은 협곡 안에 자리잡고 있어서, 오른편 왼편 할 것 없이 스텝 지역의 바위 언덕들이 치솟아 있었다. 한결같이 자그마한 집들은 담장을 두른 오두막에 불과했다. 집들 사이사이와 그 뒤로는 암벽들이 솟아 있었는데, 그중에 가장 낮은 암벽조차도 집들보다는 훨씬 높았다.

마을로 진입하는 길 중에서 딱 하나가 맨 위쪽까지 차량 통행이 가능했고, 다른 길들은 곧장 가파른 층계로 이어졌다. 자그마한 건물들 사이로 높고 낮은 계단 여기저기에 서 있는 자동차 몇 대가 눈에 들어

* 스페인어로 모퉁이라는 뜻.

** 해당 원문은 'japanische Meer'다.

왔다. 도시 변두리에서도 한참 벗어난 이곳 돌출된 바위 위에, 지도자나 수령의 동반자처럼 버티고 있는 집채만큼 커다란 맨 꼭대기의 차를 위시해, 각각 다른 차량보다 높이 발을 돋우며 스텝 지역 언덕 위에 군림하고 있는 것처럼 보였다.

우리의 화자가 어쨌든 그답지 않게 달리기 시작했을 때—물론 그저 몇 발짝뿐이긴 했지만—그는 자신이 무슨 짓을 하려는지 알고 있었다. 아래편 오두막들 앞에는 대부분 벤치가 놓여 있었다. 해를 마주보고 있는 그 벤치들이 예외적으로 비어 있을 때도 외벽에 설치된 유리함 속의 전기계량기들이 오두막 안에 누군가 살고 있다는 사실을 알려주었다. 그것도 단순 주거용이 아니라 일종의 영업용 시설로 사용되는 것이 분명했다. 계량기의 계기판은 대부분 상당히 빠르게 돌아갔고 개중에는 질주하듯이 움직이는 것들도 있었다.

그러나 그가 마을 위쪽으로 올라갈수록 계기판은 점점 더 느리게 돌아갔다. 처음에는 자전하는 금속에서 때때로 획일적인 섬광만 비쳐나오더니 이제는 그 옆의 색칠된 부분까지 알아볼 수 있었다. 언덕 높은 곳에 자리한 집들의 몇몇 계량기는 계기판의 움직임이 전혀 없었다. 이처럼 움직이지 않는 것들은 언덕 위로 갈수록 점점 늘어갔다. 이런 집들은 대개 덧창이 내려와 있었고 굴뚝에서 연기도 피어오르지 않았다.

아침햇살 속에도 이렇게 계기판이 멈춰 있는 것은 이상한 일이었다. 게다가 여기 마을 위쪽에는 바위가 점점 더 많아지면서 그 사이로 가로등도 서 있었다. 더구나 새로 생긴 듯 유난히 밝은 가로등 주변의 집들은 우뚝 솟은 전신주에 둘러싸여 있었으며, 그 전신주마다 굵은 전선이 여러 겹 감긴 채 가장 허름해 보이는 집 주변까지 사방으로 뻗어

나갔다. 뿐만 아니라 대부분의 집들은 하루 또는 며칠씩 비어 있는데도 전혀 내버려진 듯한 느낌을 주지 않았다. 마을 끝 거의 꼭대기의 어느 한 집에만 당장 입주가 가능한 매물임을 알리는 문구가 적혀 있었다. 그 곁 밋밋한 지붕선 위의 이른아침 하늘을 배경으로, 이제 막 놀이를 시작한 아이들이 완전히 텅 빈 스텝 지역의 구릉 위로 줄지어 올라가는 모습이 보였다. 아이들의 머리카락은 언덕 꼭대기의 키 큰 사바나 풀들처럼, 노란 지푸라기보다도 훨씬 더 밝게 빛나고 있었다.

"스텝 지역을 내다볼 수 있는 집이 있었더라면, 그날 당장 샀을 겁니다. 그런데 창문이 하나같이 절벽 위 도시를 향해 있더군요." 커브길을 돌자 그는 첫번째 폐허와 마주쳤다. 이곳에는 뜻밖에도 전기계량기뿐만 아니라 문짝이나 지붕도 없었다. 무너진 사각형 공간 안에는 키 작은 나무들이 자라고 있었는데, 대개 무화과나무들이었다. 나무 아래 파편더미 속에는 매트리스와 밑 빠진 냄비들이 뒹굴고 있었다. 그래도 그 옆으로는, 급경사인데도 꽃이 피고 열매가 실하게 달린 텃밭이나 쓰러진 닭장들이 여전히 남아 있었다.

그뒤 마을의 맨 끝에 이르러서야 비로소 스텝 지역을 향하고 있는 한 구조물을 만날 수 있었다. 가축을 키우거나 식물을 재배하기에도, 하다못해 텃밭을 가꾸는 데 사용하는 농기구들을 보관하는 광으로도 적당하지 않은 듯한 구조물이었다. 그것은 사방 벽을 판자로 두른 초라한 방이었는데, 크기는 제법 커서 자리잡고 있는 언덕의 돌출부에까지 약간 걸쳐질 정도였다. 그 규모에도 불구하고 내부 시설이 하나도 갖추어져 있지 않아서 그저 판자만 둘러놓은 버팀목에 불과한 인상을 주었다. 농기구나 짐승, 그리고 사람을 위한 공간은 진작부터 없었던 듯했다. 그 방을 이루고 있는 모든 게 그러하듯 나무로 만들어진 문도 하나 있었는데 여기저기서 모아온 자투리로 만든 것이 분명했다. 그런 식으로 만들어진 문짝이 몇 개 더 있었다. 하지만 서 있다기보다는 앞뒤로 서로 기대 있어서, 하나를 밀거나 들어내면—그것이 문들을 열 수 있는 유일한 방법이었다—곧 다른 문짝이 나타났다. 그런 식으로 그 문짝들을 계속해서 들어내거나 밀어나가면 결국에는 방안으로 들어가는 게 아니라 다시 바깥으로 나오게 되는 것이었다.

이른바 벽이라고 서 있는 것들도 마찬가지였다. 그것들은 뒷벽에 이르기까지 모두, 촘촘히 탑처럼 쌓아올린 나뭇더미에 불과했다. 아마도 저 아래쪽 폐허에 있던 집들의 자재로 만든 것 같았다. 다 망가진 격자무늬 창의 일부도 거기 한데 쌓여 있었지만 그렇다고 바람이나 볕이 드나들도록 해놓은 건 아니었다. 오히려 각목과 판자로 꽉 막힌 채 비스듬히 혹은 평평하게 놓여 있을 뿐이었다. 이 모든 것이 서로 얼기설기 얽혀 있어서, 어쩌면 남아 있을지 모를 방안의 공간도 기껏해야 쥐구멍 정도에 지나지 않을 것처럼 보였다.

큰 바위들이 뒤섞인 스텝 지역의 가장 위쪽에 위치한 이 구조물은 대체 무엇인지 알 수가 없었다. 이것은 뭘까? 용도가 뭘까? 바리케이드에 가깝다고 보는 게 가장 적절할 것이다. 다만 이 바리케이드에서 유일하게 제대로 된 모양을 갖추고 있는 것은 차곡차곡 쌓인 판잣더미 위에 난간 혹은 복도처럼 얹혀 있는 부분이었다. 망을 보기 위한 바리케이드일까? 그 외에는 아무것도 없었다. 굴뚝도, 방수용 천막도, 상추 한 포기 심을 정원도.

게다가 그 구조물은 마을 끝 가로등과 얽힌 전선 타래에서 약간 떨어진 건너편에 있었다. 그런데도 차량이 통행할 수 있는 길이 거의 여기까지 이어져 있었고, 바리케이드에서 멀지 않은 곳에는 집채만큼 크고 긴 자동차 한 대가 서 있었다. 거의 버스에 가까운 그 차는 전에 보았던 산타나 지프였다. 지난번 이리로 오면서 추월당할 때보다 훨씬 더 커 보였다. 전조등에는 스텝 지역의 길에서 튀어오르는 돌들로부터 보호하기 위한 철망이 씌워져 있었다.

빈 자동차와 나무판자들이 불쑥불쑥 튀어나와 있는 곳을 지나서—어디에도 사다리는 없었다—난간 위로 올라갔다. ("그전에 물론 나는 몇 걸음 뒤로 물러났답니다," 그는 이야기했다. "그렇게 뒷걸음질을 하면 세상이 온통 움직이는 것 같지요. 앞으로 걸으면 어릴 때나 그저 가끔 그랬던 것처럼 말이에요!") 난간에서 내려다보니 아래의 구조물, 즉 사방 벽을 판자로 두른 초라한 방으로 연결되는 내부 사다리도 있었고 그 아래에는 그래도 방이라고 할 수 있는, 거처가 될 만한 공간이 있었다. 그는 사다리를 타고 아래로 내려가지 않고 그저 위에서 배를 깔고 엎드려 한참 동안 아래를 들여다보았다. 뒤죽박죽 섞인 나무들 틈에 침대라기보다는 간이침상이라고 할 만한 것 하나가 간신히 끼어 있었고, 바로 그날 아침 누군가 빠져나간 게 분명한 담요 한 장 외에는 아무것도 없었다. 분수령에 있는 승리자의 집의 화려함과는 극히 대조적으로 전혀 아무것도 없었다. 그리고 그 순간, 사람은 마찬가지로 아무도 없었다.

"그런 식으로 남편의 죽음을 애도하려는 것이었나요?" 내가 물었다. "아니면 뭔가 참회하고 싶었던 걸까요?"

우리의 화자는 대답이 없었다. 아니, 나중에 들려준 이 얘기가 대답일지도 모른다. "전에 그렇게 집을 떠나 있을 때면 종종 나는—평상시 같으면 절대 말할 수 없었을 텐데—외로웠어요. 한번은 어느 바의 카운터에서 빵 한 쪽을 슬쩍 들고 나와 한동안 몸에 지니고 다녔답니다. 빵을 썬 여자의 향수 냄새 같은 게 풍겨나왔기 때문이죠. 또 취객을 찾아 거리를 배회하기도 했는데, 그저 지나치면서 그들과 슬쩍 부딪치고 싶어서였지요. 그리고 어느 가게든지 언제나 내 앞에 들어선 낯선 사람이 잡았던 바로 그 부분을 잡고 문을 열었고요. 또 여인숙의 공동욕실에선 깨끗한 수건 대신 누군가 사용하고 구석에 팽개쳐놓은 수건으로 닦았어요. 커피에 넣는 설탕도, 보통 카페에서는 꼬박꼬박 쓰다 남아 포장이 벗겨진 각설탕을 애용했지요. 하지만 그곳 판자 건물(아니, 사람이 살고 있어도 그것은 차라리 바리케이드였다) 안에서의 외로움이라니요! 그 '승리자'! 중세 서사시를 읽어서 나는 잘 알고 있습니다. 그런 종류의 호칭이나 이름은 때때로 정반대를 의미하지요. '승리자'는 그러니까 처음부터 '실패자'였던 거예요. 서사시의 비밀은 당연히, 언젠가는 모험이 무사히 끝나 '패배자'가 마침내 '승리자'가 된다는 것입니다. 그래야 진짜 승리자가 될 수 있기 때문이지요. 그녀가 그렇게 불린 것도, 실제로 그렇게 될 수 있거나 그렇게 되어야 하기 때문이겠죠. 승리자가 된다는 것은 지금 현재의 실패자에게 정해진 운명이에요! 그리고 그 사이에는 어쩌면 모험만이 팽팽한 긴장을 일으키고 있는지도 몰라요."

그는 판자 건물에서 뛰어내렸다. 바람이 일었다. 뭔가 할일이 있었다! 이제부터 매 순간 그 일에 몰두해야 했다. 아니면 후각이 발달한 그가 말하듯이 '늘 코를 벌름거리고' 있어야 했다. 무엇을 위한 몰두인가? 무언가를 발견하기 위해서, 아니 무언가를 재발견하기 위해서.

같은 날 그는 그의 이야기에서 마지막으로 시인과 스포츠 영웅을 만났다.

저 산타페는, 적어도 드넓은 아래쪽은 세간에 흔한 시끌벅적한 도시였다. 하지만 아무리 그렇다 해도 그는 거기서 지금 들리는 고함소리는 여태 한 번도 들어보지 못했다. 어린애들이나 축구 경기 관람자들, 크레인 감독과 복권 판매인들, 아무튼 누가 됐든 간에 이렇게 소리를 지르는 사람은 없었다. 때는 점심 무렵이었다. 마침 그는 텅 빈 투우 경기장을 지나 좀더 외진 곳으로 접어들고 있었다. 일 년에 한 번뿐인 투우 경기가 이곳에서는 초여름에 벌써 열렸기 때문에 경기장은 내년 여름에나 다시 이용될 것이었다. 6월의 페리아* 포스터들이 마치 수십 년은 묵은 것처럼 바래 있었다. 고함소리는 바깥쪽에서, 길거리와 둥근 야외무대 사이의 한적한 모퉁이에서 들려왔다. 그곳은 햇볕이 쨍쨍 내려쪼이기 때문에 특히 여름에는 되도록 기피하는, 야외무대에서 다소 소홀히 취급되는 자리였다. 그래도 늦가을에는 그곳에서 모터크로스 경주와 음악회들이 열리는 것으로 예고되어 있었다.

가시풀에 달라붙어 찢어진 비닐봉지와 종이로 온통 뒤덮인 앞자리에, 그의 두 일행이 웬 젊은 남자와 나란히 서 있었다. 그 젊은이가 고함을 지른 장본인이었다. 다른 청년들이 몇몇 거리를 두고 떨어져 있었다. 지난주 내내 그런 패거리의 모습이 눈에 띄었다. 그들은 길거리

* 스페인어로 축제, 박람회라는 뜻.

에서 서로 달려들어 당장 험악하게 다투는 시늉을 하다 말곤 했다. 그 고장에서는 흔한 일이었다. 그러나 여기서는 그 젊은이가 그의 두 일행 앞에서 이리저리 왔다갔다 펄쩍펄쩍 뛰어오르며 소리를 질러대는 걸로 보아 다소 심각한 것 같았다. 그 젊은이는 평생 한 번도 그렇게 소리쳐본 적이 없는 사람처럼 보였다. 여태까지 수십 년간 길을 가면서 기껏해야 알아듣지 못하게 중얼거려보거나 가끔 침을 뱉었던 게 전부인 모양이었다. 그런데 지금이 절호의 기회였다. 그는 소리 높여 전쟁을 선포했다. "죽어! 이제 너희 다 죽었어!" 그러자 그 두 사람도 비로소 상황을 파악했다. 비록 예상했던 것과는 전혀 다른 방식이긴 했지만.

그 젊은이 같은 인간이 요즘 들어 점점 더 자주 나타났다. 그치들은 전에는 언제나 혼자 아니면 많아야 둘씩 돌아다녔는데, 어느새 큰길이나 스텝 지역의 오솔길 할 것 없이 나란히 또는 앞뒤로 떼 지어 몰려다니게 되었다. 그들에 비하면 그 지역의 나머지 주민이 오히려 소수집단으로 보일 정도였다.

이제 길거리에서는 그다지 젊다고 할 수 없는 그들이 점점 주도권을 잡아나갔다. 중심가와 다리, 심지어 공공건물의 출입구 앞에도 새카맣게 모여 있었다. 그들은 다른 행인들은 관심 없다는 듯 대충 훑어보면서 인사말은커녕 아주 간단한 질문에도 대꾸 한마디 하지 않았다. 자기들끼리도 별로 말이 없었지만, 무리에 속하지 않은 사람이 한 명이라도 가까이 오면, 더더욱 굳게 입을 다물었다.

아무튼 그들은 어떤 식으로든 자기들이 한 무리임을 나타냈다. 그들은 일상언어를 거부할 뿐만 아니라, 알아듣지도 못하는 체했다. 그들에게는 그들만의 언어가 있었고, 또 그것이 그들 사이에서만 유지되길 바랐다. 그들 사이에서만 유지된다는 말은, 그들의 지역에서는—그곳은 그들 자신의 소유지로, 그곳에서 그들은 분명 이미 오래전부터 다수를 이루고 있지 않았던가?—그들과 또 그들의 언어 외에는 어느 누구도, 다른 어떤 언어도 중요하지 않고 통용되지도 않는다는 것을 의미했다. 거기에는 그들이 단시일 내에, 가능하면 즉시 얻으려는 그 지역의 토지소유권과 자치권에 대한 요구도 얽혀 있었다. 그들이 공공연히 허공을 바라보는 것은 일종의 합의된 행위 같았다. 그리고 날이면 날마다 계속해서 그들과 부딪치는 사람들에게조차 무표정했으며, 옆사람이나 뒷사람에게는 물론 혼자서도 결코 웃음 짓는 일이 없었다.

오로지 숫자가 그들을 하나로 연결해주는 듯했다. 그래도 그들 각자는 모두 순간적인, 또한 지금까지 체험해보지 못한 방식의 폭력적인 돌발사태에 공동으로 돌입할 태세를 갖추고 있었다. 몇몇은 벌써 도전자처럼 거리를 나다녔다. 외관상 그 패거리와 구별되는 사람이 점점 줄어들었다. 그들은 그 도발적인 걸음걸이만으로도 다른 사람들과 달랐다. 무릎을 휘청거리며 기운 없는 듯 어슬렁거리며 걷는다든지, 살금살금 걷는다든지, 아니면 자기네들을 과시하려고 멍하니 정신 팔고 걷다가 갑자기 돌진해서는, 시선은 허공을 향한 채 일부러 다른 사람을 바짝 스치고 지나가는 식이었다.

이렇게 순간순간 돌변하니, 이 도전자들이 남자인지 여자인지 구별하기 어려울 때도 종종 있었다. 가뜩이나 그들의 단정치 못한 행동거지에는, 세상 사람들의 얼굴을 헐뜯다가 제 얼굴이 한결 더 늙고 추해져서 일찍 늙어버린 여편네 같은 구석이 있었는데—그러다 갑자기 제 패거리가 아닌 다른 사람과 눈길이 마주치면, 단숨에 암살단원의 표정으로 굳었다.

그런데 무엇이든 자신을 살짝 건드리기만 해도 모른 체하고 그냥 넘어가지 못하는 시인이, 이제 이 도전자들 가운데 한 명의 덫에 걸려든 것이었다. 아마도 시인은 그자에게 무심코 말을 걸었거나, 그자의 의도나 생각을 몰랐거나 알면서도 개의치 않았던 모양이다. 단지 앞에서 마주 오는 낯선 이의 걸음걸이와 외모가 시인을 잔뜩 격분시켰을 테고, 그 결과 막상 모욕당하는 사람도 손바닥 뒤집듯이 쉽게 이해할 수 있는 말로 그자를 헐뜯기 시작했을 것이다.

그러나 지금 여기서 명백해진 사실은, 시인이 자신을 전혀 방어하지 못하는 상태라는 것이었다. 그는 먼저 손찌검을 한 적도, 손찌검을 당한 적도 없었다. 아마도 꿈속에서 누군가를 때리려고 할 때 상대의 몸 바로 앞에서 주먹이 힘을 잃고, 기껏해야 가볍게 건드리기만 하는 것과 같은 일이 그곳에서 그에게 실제로 일어났던 모양이다. 더 놀라운 일은 만능 스포츠 선수인 올림픽 우승자마저도 손가락 하나 까딱할 수 없었다는 것인데, 그때 그가 잠시 취해 있었던 탓만은 아니다. 그 역시 이제껏 자기 자신을 방어해본 적이 없었으며 방어할 줄도 몰랐던 것이다. 그것도 어렸을 적부터. 그리고 이제 막 주먹으로 한 방 먹을 사람이 바로 그였다.

그자는 칼도 지니지 않았다. 그러나 그자가 고함 한 번 지르지 않고 말없이 스포츠맨에게 보여준 동작만 봐도 특별한 무기는 전혀 필요 없었다. 시늉으로 넌지시 보여준 일련의 재빠른 구타 동작은 실제로도 치명적인 한 방으로 끝날 게 분명했다. 가까이서 자세히 보면 주름지고 조금 나이든 얼굴인 그 남자가 나무토막같이 뻣뻣한 스포츠맨을 향해 때리고 치는 시늉의 무언극을 재빨리 되풀이하면서, 동시에 그 곁에서 똑같이 뻣뻣해져 있는 시인을 향해 형 집행을 위한 일격을 가하려는 순간이었다.

"나는 내 이야기가 위기에 처했다는 사실을 깨달았습니다." 우리의 화자가 말했다. "그리고 내게는 이야기가 중요했지요—너무나요! 내가 계속해서 그냥 보고만 있었더라면 이야기는 끝장이 났을 테고, 지난 모든 일도 물거품이 되어버렸을 거예요. 도망치거나, 그냥 지나쳐버리거나, 어디 딴 곳을 바라보았을 경우도 마찬가지겠죠. 나는 내 이야기를 놓칠 수 없었습니다. 없고말고요! '안 돼!'" 이것은 참으로 오랜만에 그의 입에서 나온 첫마디였다. 그러나 거의 들리지 않게 입안에서만 맴돌았다. 그는 이렇게 또 한마디 덧붙였다. "가슴아, 진정해라!" 그러자 심장이 안정을 찾았다. 그렇게 되었다.

그 역시 평생토록 자신을 방어해본 적이 없었다. 능력이 없었거나 또는 저항할 의지가 아예 없었다. 자신을 방어하는 유일한 방법은 안정, 안정 그 자체였다. 그런 그가 지금, 두 희생자 앞에서 페인트 모션을 취해가며 당장이라도 머리와 목 근처를 그냥 내리쳐서 목뼈를 두 개나 부러뜨릴 만한 치명타를 날리려는 남자에게 덤벼들었다. 그리고 그 남자는 야외무대의 벽에 부딪혀 쓰러져서 다시 일어나지 못했다. 그렇게 된 것이다.

구경꾼들은 별다른 시비 없이 세 사람을 보내주었고, 심지어 몇 사람은 그 사태를 수긍하는 것 같기도 했다. 어차피 온갖 잡음이 뒤따르기 마련인 폭력 행위의 시기도 아직 무르익지 않았으며, 내전이 터지기에는 아직 이르다고 생각하는 듯했다. 운전기사의 차가 마침 길모퉁이에 서 있었다. 정말 그랬다. 그리고 그제야 모두—그만 빼놓고—부르르 치를 떨었다. 그는 안정을 유지하고 있었다.

그러고 나서 그가 다시 말없이 위압적인 제스처—자기 자동차 열쇠를 시인의 손에 쥐여주고 방향을 가리켜 보였다—와 함께 그들을 집으로 돌려보낸 것은, 지난날 그가 아들을 경찰서에서 데리고 나와 따귀를 때린 행위와 흡사했다(그때 거기서 아버지인 그는 수갑을 풀어주던 경관에게 덤벼들고 싶은 격정을 가까스로 억눌렀었다).

두 일행은 그의 말을 따랐다. 그러나 떠나기 전에 모두 함께 여인숙의 바에서 이별주를 마셨다. 그곳에서 옛 올림픽 우승자가 갑자기—그야말로 뜬금없이—노래를 부르기 시작했다. "고향집 외양간에는 고약한 냄새. 우유는 미친 젖소가 두엄 속에 처박고. 말발굽에 가슴 차여 돌아가신 어머니. 마을 극장 영사막에 튄 톱밥 난로의 불똥. 여자 선생님들의 치맛속 들여다보기. 포탄 구덩이에서 천국과 지옥을 오가고, 침대에 몸을 쭉 뻗고 누우니 아버지가 발치에 둔 가시나무에 긁혔다. 대문 앞에서 이웃이 내 아이를 짓밟아대고. 훈련병 시절 옥수수밭에서 잠자기. 텔레비전 화면에서 쏟아져나오는 스키 모서리에서 튀는 불똥. 형은 캐나다에서 실종. 첫사랑은 모르몬교도와 결혼. 일본과 남미의 눈雪을 비교했지. 한밤중에 성문을 달리다가 다리를 부러뜨렸지. 아버지는 벌써 오래전에 돌아가시고. 누나들도 벌써 오래전에 세상을 떴지. 수천 개의 말발굽에서 튀어나와 묘지 위로 퍼져가는 불똥들. 옛 애인 대문 열쇠 갈아치우고 재빨리 몰래 빠져나오지 못했다. 메달은 한 번만 팔아먹은 게 아니지. 자포자기. 그래도 여태까진 언제나 집을 찾아갔다. 어둠 속에서 영사막으로 퍼진 불똥들. 여름날 해질녘에 박쥐들과 앉아 있었고. 겨울밤에는 친구들과 앉아 있었지. 그러나 고향 마을도 집도 아닌 들길에 정신을 팔았다."

그는 운전기사에게 손을 내밀었다. 눈 한 번 깜빡이지 않고 그를 주시하던 시인은, 마치 적어도 그와 그의 이야기에 대해 한두 가지는 알고 있다는 듯이 일어나서 말했다. "그들은 아침부터 저녁까지, 계속해서 똑바로 앞을 향해 말을 달렸다. 끊임없이 나비들이 날아와 그들을 깊은 상념에서 끌어냈다. 귀뚜라미 한 마리가 자기 집 구멍 앞에 피티아*처럼 앉아 있었다. 해답은 억지로 쥐어짜낸 생각이 아니라 전혀 엉뚱한 데서 나왔다. 왕들의 시대와 달리, 이제 절대권은 없었다. 어째서 절대권만 없었을까? 그는 평생 그토록 외로웠던 적이 없었다. 자일에 매달린 산악인들이 서로 절박하게 대화를 나누듯이, 절실했다! 아, 오스트리아 출신이라니! 하지만 누가 평생 공포와 불안에 떨면서 살 수 있었겠는가? 어서 네 가슴이 피를 흘리고 말을 하게 하라! 머리가 그저 머리이기만 했으니 얼마나 멍청했는가, 그 머리가 아무리 크더라도—클수록 더 나쁘지. 왕자는 홀로 말을 타서는 안 된다. 귀부인은 창두 개 길이 정도 떨어져 앉아 있었다. 이름 없는 가문의 여자는 결혼할 수 없다. 그녀의 결혼식 날 대문 빗장을 걸어 잠근 집은 도시를 통틀어

---

* 고대 그리스 신전에서 신탁을 받는 무녀.

한 채도 없었다. 하지만 그가 아직도 한참 더 말을 달려야 한다는 사실은 아무도 몰랐다. 오만한 여인의 비할 바 없는 외로움! 이윽고 두 사람은 기진맥진해서 집에 다다랐다. 눈물 한 방울 내비치지 않는, 우리 시대의 영웅. 운다면 넌 철저히 실패한 거야. 공포와 경악 없는 사랑은 온기 없이 타는 불꽃. 기사여, 배짱을 길러라. 아론*도 지팡이로 내려치니, 그것이 바위로 변하지 않았던가—모세는 십계명을 이 바위에서 새로 깨뜨려내지 않았더냐. 말을 타고 모든 길을 달려야 한다. 그러지 않으면 모험은 절대 끝나지 않는다. 그리고 궁정에서 기다려야 한다. 하지만 그들이 결국 만나는 가장 아름다운 것은, 아름답기 그지없는 영접이었다—얼굴을 아래로 하고 내 자리에 앉는다. 바람일지도 모른다. 나는 더이상 존재하지 않을지도 모른다. 근본적으로 지금까지 내 인생의 거의 모든 날은 치욕과 불명예였다—그저 뜬눈으로 지새운 밤들만 자랑스러울 뿐이다. 잉크 고리는 잉크 속에, 혈우병 환자는 그의 피 속에.** 나무가 얼마나 큰지는, 그 꼭대기에 올라가본 자만이 알게 되는 법."—그러고 나서 숙련된 시인도 그에게 악수의 손길을 내밀었다.

그는 두 사람에게 여비도 주고 그들이 자기 차를 몰고 떠나는 모습을 지켜보았다. 시인은 핸들을 잡고서도 한두 마디를 더했다. 같은 날

---

* 모세의 형, 유대 최초의 제사장.

** 직역하면 '하룻밤 버섯은 잉크 속에, 혈우병 환자는 피 속에'(Der Tintling liegt in seiner Tinte, der Bluter liegt in seinem Blut)인데, 말장난을 살리기 위해 위와 같이 번역했다.

오후 그 자신도 거리의 끄트머리에서 스텝 지역으로 떠났다. 전에는 낮 동안 아주 멀리 벗어났다가도 저녁 무렵이면 다시 도시로 돌아왔었지만, 이제는 매번 산타페의 여인숙으로 그를 팽팽히 끌어당기던 줄이 뚝 끊어져, 전혀 다른 어딘가를 향하고 있었다. 그의 이야기 중 처음으로 방위도 분명해졌다. 북서쪽이었다.

여인숙 달력에 따르면 초승달이어야 했다. 하지만 아직 밝은 대낮인데 창공에 낫 모양의 초승달이 떠 있다. 달력은 작년 것이었다.

우리의 화자는 그제야 비로소 씩씩하게 세속을 벗어났다. 그는 힘차게 스텝 지역으로 향했다. 수천 개의 길을 너는 말을 타고 달려야 한다. 그러지 않고는 너의 모험이 절대 끝나지 않을 것이다!

4

시험 삼아 걸을 때도 그랬듯이, 집들을 벗어나 초원지대로 들어서기 무섭게 그는 선글라스를 벗어 들었다. 이곳 햇살이 대부분 하얗게 회칠한 집들 사이에서보다 덜 날카롭기도 했지만, 바깥에서는 세세한 모든 것이 너무 다르게 느껴졌기 때문이었다. 그뒤로 그는 단 한 순간도, 심지어 태양이 작열하는 한낮에도 어두운 색안경을 쓰지 않았다. 그건 그렇고, 그는 정말 여기에 발을 디뎌본 적이 없었던가? 아니면, 그의 조상들이 여기 왔었던 걸까? 어떤 조상? 스텝 지역을 누볐던 길가메시 왕*일까? 이처럼 어떤 일이 이미 한 번 경험한 것처럼 느껴질 때는, 지금까지 늘 그래왔듯이, 크나큰 위기가 다가오고 있는 듯한 예감 역시

* 세계에서 가장 오래된, 바빌로니아 최장편 영웅시의 주인공.

뒤따랐다.

그의 등뒤에는 여전히 도시가 건재했다. 기중기와 전기톱, 그리고 보도블록 다지는 소리. 그런데 아스팔트길 끝에서 사바나로 첫걸음을 옮기자마자, 또다른 다양한 소리의 세계가 열렸다. 어떤 전환점, 혹은 소음의 분기점 같은 곳에 이른 듯 돌연 발소리마저 잦아들었다. 아무튼 신발을 벗어 들고 걷는 듯, 풀밭에서 들리는 수천 가지 다른 소음들처럼 멀리 퍼지지는 않았다.

'풀'과 '초원지대'란 말은 그곳에 적당하지 않았다. 이 특이한 고산지대의 스텝 지역은—그런데 스텝 지역들은 모두 특이하지 않은가—오히려 늦여름의 메마른 약초와 엉겅퀴로 뒤덮여 있다고 봐야 했다. 그 사이사이로는, 쓰레기나 잿더미가 함께 묻혀 있는 듯, 그다지 비옥하지 않은 땅이 여기저기 드러났다. 아니면 아예 스텝 지역 전체가 매립지를 연상시키기도 했다. 실제로 스텝 지역의 깊숙한 곳에 이르기까지 유릿조각, 사기 파편, 병뚜껑 같은 것들이 땅속에서 바깥을 기웃거리고 있었다. 한 그루뿐인 호두나무에 껍질이 벌어진 열매들이 달려 있었는데, 그는 여행중에 먹을 것을 좀 모아두려고 그쪽으로 손을 뻗었다. 회색은 스텝 지역의 지배적인 색깔이었다. 은빛 베일을 두른 회색. 그가 거기 회색빛으로 시든 야생 국화꽃과 아니스* 줄기들, 또 마찬가지로 회색으로 시들어버린 라벤더 줄기들을 두 손으로 감싸쥐자 비로소 향기가 피어올랐다. 그 향기의 여운은, 그해 겨울 그가 내게 자신

* 유럽, 인도, 멕시코 등지에 분포하는 향료 및 약용 식물.

의 이야기를 들려줄 때까지도 여전히 남아 있었다.

그는 스텝 지역에서 한동안 다시 뒷걸음질로 걸으면서, 밤바람 도시로 두어 번 작별의 눈길을 보냈다. 그곳의 집들은, 갑자기 가장자리가 특히 녹색으로 변하며 하류에서 합류하는 강들, 채소밭과 포플러나무가 우거진 녹음 짙은 언덕자락만큼 주변 환경과 대조적이지는 않았다. 드높은 포플러나무 꼭대기에—도시 아래쪽에서 아직 햇빛이 미치는 유일한 부분—걸린 햇살이 없었다면, 그 지역은 한결같이 칙칙한 어둠에 빠져 있는 것처럼 보일 터였다. 멀리서 들려오던 망치질소리가 메아리 절벽에 부딪혀 몇 배로 불어났는데, 그 절벽 아주 가까이서 되울려오는 소리들까지 모두 합쳐져서는, 도시의 수많은 이슬람 사원 첨탑에서 동시에 기도 시각을 알리는 종소리가 울려퍼지는 것처럼 들렸다. 뒷걸음치는 그의 발밑으로 셀 수 없이 많은 잿빛 메뚜기떼가 사방으로 튀어오르자, 손톱을 깎을 때처럼 탁탁 튀기는 소리가 들려왔다.

그래! 앞으로! 그는 180도 회전했다. 그는 무엇인가를 가져가려고 스텝 지역에 와 있는 것이었다. 한데 누구에게? 누구라도 좋다. 그저 무엇인가를 가져간다는 게 중요했다. 그동안 그는 빛바랜 푸른 작업복의 헐렁한 상의와 바지를 여전히 걸치고 있었다. 게다가 햇빛을 가리느라 이마에 수건을 동여매고 있었는데, 수건이 팽팽히 조이는 바람에 눈썹이 치켜져 눈까지 팽팽히 당겨지는 듯했다. 그러자 확실히 더 선명하게 볼 수 있었다. 비록 대서양은 스텝 지역에서 거의 수천 마일 떨어져 있었지만, 가장 가까운 지평선 위로 바다의 푸른빛이 피어올랐다.

그는 한차례의 모험도, 큰 짐승 한 마리도 맞닥뜨리지 않고 해질 무렵까지 걸었다. 머리 위에서 나선형을 그리며 사바나 쪽으로 날아가던 독수리가 그가 만난 가장 큰 놈이었다. 한껏 벌린 두 발톱의 날렵한 움직임. 놈이 이끌기라도 하는 듯, 도시의 바위틈에 사는 시커멓고 윤기 나는 까마귀들이 한 소대를 이루어 한동안 뒤따랐다. 기껏해야 드문드문 외마디 소리를 질러대는 독수리에 비해 경쾌하게 허공으로 울려퍼지는 까마귀들의 합창은, 일제히 들려오는 채찍소리처럼 그의 머리 위를 맴돌았다.

하지만 그는 똑바로 앞을 보고 나아갔다. 그리고 되도록이면 땅바닥을 보면서 스텝 지역에서만 나는 버섯들을 찾으려 했다. 가능하면 쓴 맛일수록 더 좋았는데—그가 전문가라고 한다면, 특히 쓴 버섯의 전문가였다—모두 귀향 후 최종적으로 완성하고자 하는 버섯에 관한 책을 위한 것이었다. 또한 그렇게 땅바닥을 살피는 게 좋기도 했다. 그는 아득히 먼 도로에서 자동차 소리가 들려올 때만(극히 정밀한 차량만이 거기서 제대로 된 도로를 필요로 할 터였다) 광활한 평원에서 눈을 들거나 고개를 돌렸다. 처음 몇 시간 동안은 그래도 차가 몇 대 드문드문 그를 지나쳐갔다. 매번 그 모델과 크기가 천차만별인 산타나 지프들이었다. 그처럼 안전하게 스텝 지역을 굴러가던 것도 겉보기에만 그랬을 뿐이라는 사실을, 그는 나중에야 깨닫게 되었다. 핸들을 잡은 사람은, 곳곳의 개울 때문에 여기저기 계곡처럼 깊이 팬, 땅 위의 갈라진 틈에 주의하면서, 그 역시 그러했듯이, 우회해 가야만 했던 것이다.

처음 한 시간 동안은, 옆을 달려가던 사람이 갑자기 그의 목덜미에 대고 헐떡이며 가쁜 숨을 몰아쉬어도 돌아보지 않았다. 처음에는 앞장서서 그들처럼 발걸음을 빨리하려 했지만, 그다음부터는 느릿느릿 걸었다. 대전차로켓포처럼 커다란 바퀴가 달린 스텝 지역 횡단용 외발자전거를 탄 사람들이 눈앞에 거칠게 끼어들어도 고개를 들지 않았다. 보통 때라면 화들짝 놀랐을 테지만. 그들은 어느새 나무 한 그루 없는 초원지대를 가로질러가면서 멀리서도 들릴 만큼 고함과 괴성을 질러댔으며, 온 사방에 귀뚜라미 울음소리만 울려퍼지는 지역에 접어들어서도 여전히 그의 끈질긴 동반자로 남아 있었다. 헬멧 속에 감춰진 그들의 얼굴과, 땅을 향해 유선형으로 몸을 구부리고 쏜살같이 달려가는 그들의 모습에 한눈팔 필요는 없었다. 그들의 자전거 바퀴 아래서는, 남아 있거나 살아 있는 것이면 무엇이든지 터져 흩어지고, 뿌리가 뽑혀 으스러지거나, 방금 돋아났던 싹을 잃어버렸다. 그들은 모두 그런 자신을 모험의 화신으로 여기는 게 분명했다. 하지만 그것이 그가 찾던 것은 아니었다.

해가 지기 전 마침내 그는 스텝 지역에 혼자 남았다. 그사이 '큰 짐승' 한 놈이 그래도 나타나긴 했었다. 땅구멍 속에 사는 주인 없는 개였는데, 처음에는 이빨을 드러내며 으르렁거리더니, 어느새 그의 손가락을 핥으면서 한참을 졸졸 따라왔다. 그러나 지금은 너무 적막해서, 대부분 깊은 땅속에서 울려나오는 듯, 웬만해서는 거의 느껴지지 않는 소리를 들으려고 그는 저도 모르게 귓가로 손을 가져갔다. 산들바람이 바싹 마른 식물을 훑고 지나가면 얇은 인쇄지를 넘길 때처럼 나지막하게 사르륵대는 소리가 났다.

그렇다, 그는 이 지역을, 아주 오래전에, 이미 한번 지나간 적이 있었다. 그리고 당시 혼자가 아니었다는 사실이 지금 온몸으로 전해져 왔다. 그에게는 이제 곧 밤을 지낼 거처가 필요했다. 그러나 지는 해를 손바닥으로 가리면서, 몇몇 다른 그림자들처럼 거기 꼼짝 않고 걸려 있는, 이를테면 가장 아득한 구름 그림자까지 속속들이 풍경을 살펴봐도 사람 사는 곳의 흔적이라고는 보이지 않았다. 그때 거기 길 없는 곳에 서 있던 그의 발치, 산딸기 덤불 줄기 밑으로 거의 지워지다시피 한 스텝 지역의 이정표 혹은 도로표지판 같은 것이 드러났다. 이정표대로라면 '로스헤로니모스'까지는 그리 멀지 않았다. 그런데 아까 '로스로보스(늑대들)'라는 표지판도 지나오지 않았던가—그렇지만 그 마을은 나타나지 않았으며 '바이마르' 역시 마찬가지였다—그렇다면 앞으로 아무것도 전혀 아무것도 없는 게 아닐까?

그때 마침 수탉 울음소리가 들려왔다. 칠면조가 꾸륵대는 소리도 들리는 것 같았다. 소리를 따라가보니 눈에 띄지 않아 무심코 지나쳐온 골짜기로 들어가게 되었다. 하지만 그곳에는 폐허로 변한 작은 교회당과 헛간이 딸린 정원 외에는 아무것도 없었다. 길을 떠난 지 그리 오래되지도 않았는데 그는 벌써 이 사바나에서 다른 걸음걸이로—다리를 넓게 벌리고 양발의 안쪽을 살짝 밖으로 돌린 채, 마치 제설기처럼—걷고 있었다. 그때 정원 입구로 고슴도치 한 마리가 몸을 까딱까딱 흔들며 지나갔다. 오랫동안 보지 못했던 고슴도치는, 이제 해가 지는 것과 동시에 그 모습도 사라지기 직전의 순간 갑자기 태고의 거대한, "내 여정을 통틀어 가장 큰 짐승"이 되어 있었다.

이 이야기가 진행되는 시기에, 유럽에는 다시 은둔자들이 증가하고 있었다. 그중 한 사람이 스텝 지역 골짜기에 살고 있어서 우리의 화자는 그 집에서 잠자리를 얻을 수 있었다. 무너진 작은 예배당 뒤편에 있는 고장난 캠핑 버스 안의 침대와 먹을 것이 생겼다.

두 사람 가운데 누구도 입을 열지 않았다. 이튿날 아침 휘파람소리를 내며 커피 물이 끓을 때에야 비로소, 이 스텝 지역의 은둔자가 귀머거리라는 사실을 알게 되었다. 그제야 우리의 화자는, 지난날 그와 내가 잘 알고 지냈던 실종된 잘츠부르크의 라틴어 교사 안드레아스 로저와 그 남자가 어딘가 닮았다는 생각이 들었다. 그렇다, 그가 바로 그였다. 하지만 그들은 서로 모르는 사람처럼 행동했다—은둔자는 뜻밖에 자마이카산 '블루마운틴' 커피를 내왔을 뿐이었다. 그러니까 우리 세 사람 가운데 특히 듣기와 경청하기로 성공이 보장되었던 그가 다른 것도 아닌 영원한 스텝 지역의 정적 때문에 귀머거리가 되다니?! 더구나 '사바나 드 라 소노라'*라고 불리는 지역에서?

"불과 하룻밤이었지만," 우리의 화자는 말했다. "내 귀 역시 일시적으로 마비되어서 밤은 조용히 지나갔고, 수탉과 칠면조까지 잠잠했어요. 무슨 소리든지 좀 들어보려고, 아침에 잠자리에서 일어나자마자 은둔자의 거처에 있는 종이라도 쇠막대기로 두들겨볼까 했다니까요."

"그 로저가, 하다못해 은둔자답게, 말에게 풀을 베어주기라도 하던가요?"

"네. 게다가 스텝 지역에 머무는 동안은, 실제로는 온종일 걷고 있는

---

* 스페인어로 소리가 잘 울려퍼지는 사바나라는 뜻.

데도 마치 내가 말안장 위에 높이 앉아 매우 빠르게 달리고 있는 것처럼 느껴지던걸요."

계속해서 앞으로 걸어나가는 그를 방해한 것은, 등뒤 동쪽에서 비치는 햇빛 때문에 시종일관 앞으로 드리워지는 제 그림자를 바라보아야 한다는 점이었다. 또다시 그가 한동안 뒷걸음질을 한 데는 그런 이유도 있었다. 그러다가 나중에는 땅바닥에 아주 선명하게 드러난 자신의 그림자를 자세히 뜯어보았다. 정오 무렵이 되자 그림자는 그럭저럭 시야에서 거의 사라졌다. 이제는 곁눈질할 수 있는 거리 안에 그림자를 둔다는 것이 오히려 반가웠다. 지평선을 넘고 또 넘어도 한결같은 풍경의 사바나에서 그나마 이 그림자가, 앞으로 움직이고 있다는 느낌과 무엇인가와 함께 은밀히 동행하고 있다는 느낌을 주었기 때문이다.

그렇게 그는 온종일 걸었다. 마을은 한 번도 나오지 않았다. 그렇지만 줄곧 혼자였던 날은 하루도 없었다. 한번은 멀찌감치, 스텝 지역의 다른 길에서 수레를 끌고 있는 사람의 모습을 보았다. 그 사람이 그가 있는 쪽으로 방향을 바꾸자 피리 소리 같은 것이 몇 소절 들려왔다. 피리 소리라기보다는 그냥 날카롭고 널리 퍼지면서 애절하게 파고드는 소리였다. 멜로디는 끊임없이 반복되었다. 떠돌이 행상이었던 그 방랑자는 구멍 뚫린 쇠막대로 자기 존재를 알리면서 진심으로 그를 환영했다. 행상은 구두끈이 어느새 양쪽 모두 끊어져 있었다. 그가 끄는 수레에는 커다랗게 울트라마리노스라고 쓰여 있었는데, 원래 '바다 건너온 물건'이라는 뜻이라고 한다—아니면 그 행상은 그냥 그의 구두나 닦아주려고 왔을까—굉장한걸!

어느 날 오후에는 잠깐 눈을 붙이려고 원추형 꽃나무 그늘로 뒤덮인 대평원의 풀밭 한구석에 누워 있었다. 그가 몸을 벌떡 일으키자, 난데없이 곁에서 뭔가 묵직한 것이 소리를 지르며 높이 튀어올랐다—이번에도 주인 없는, 아마 새끼 때 길을 잃고 스텝 지역에서 자란 듯한 개였다. 진작부터 허리춤까지 올라오는 풀밭에서 상대방에게 조금도 들키지 않은 채 한 뼘 정도 떨어진 곳에 누워 잠들어 있었던 모양인데 이제 겁을 먹고 원래 제집처럼 보이는 구덩이에서 달아나버린 것이다. 또 한번은 마찬가지로 집 한 채 없는 스텝 지역에서 그의 앞으로 회색 병아리들이 쌩하니 지나갔다. 처음에는 서두르지 않다가 잠시 후 갑자기 속력을 냈다. 곧이어 허둥지둥 다급하게 쏜살같이 허공으로 비스듬히 날아가는 메추리 한 떼. 동시에 여기저기 땅속에서 솟아난 듯한 몇 명의 수렵꾼이 놈들을 향해 총을 쏘아댔다.

어느 날 오전 누가 그를 향해 달려왔다. 그런데 어디서 온 걸까? 가슴팍은 땀으로 얼룩져 있었으며, 다른 곳에서 달리는 사람들보다 조금 더 빨리 달려온 듯했다. 그를 지나쳐가다가 돌아서더니 그의 길을 가로막았다. 손에 엽총을 들고 있긴 했지만, 분명 사냥꾼은 아니었다. 그 사람은 그에게 총구를 들이대고 안전장치를 풀면서 그가 자기 아내를 겁탈한 게 확실하니 대질해보기 위해 따라와야 한다고 다그쳤다—하지만 그의 손바닥에 놓인 버섯 몇 점을 힐끗 보고 나서는 한마디도 하지 않고 또다른 방향으로 달려가버렸다.

어느 날 저녁 무렵에는 어떤 작은 무리의 사람들과 마주쳤다. 말안장 위에 앉은 젊은 여인 양옆으로, 형편없이 찢어진 군복 차림의, 아직 어린 티가 가시지 않은 군인과, 기다란 군복 외투를 단추를 채우지 않고 입은 중년의 남자가 서 있었다. 남자의 한쪽 어깨 위에는 호랑이 무늬가 있는 노란 눈의 작은 매가 앉아 있었고, 다른 편 어깨 견장 위치에는 트럼프 카드 한 통이 꽂혀 있었다. 그들은 그에게 정신이 나가서 길을 잃고 헤매는 모습의, 걸으면서 허공에 글씨를 끄적거리고 이따금 껑충대기도 해 나이에 비해 기괴한 인상의 노인을 보지 못했느냐고 물었다. 그리고 그들은 벌써 몇 주째 노인을 찾고 있는데, 산 채로든 죽은 채로든 찾지 못하면 자기들도 집으로 돌아가지 않을 거라고 했다. 그저 잠깐 고개를 가로저어 보이고 나서 걸음을 옮겨놓기는 했지만, 얼마 후 어쩐지 찾는다는 그 사람과 어디선가, 그것도 불과 조금 전에 마주친 것 같다는 생각이 들었다. 그리고 어디서 어떤 방식으로 마주쳤는지 밤새도록 골똘히 생각했다. 아니다, 그는 그 사람을 보지도, 듣지도, 냄새 맡지도 못했다—냄새를 맡았었다면 그가 분명히 알 터였다, 그렇지 않은가?—그 작은 수색대가 자아낸 절박함만으로 그는 그들이 찾는 사람에 대한 일종의 몽타주를 간직하게 되었다.

어느덧 서쪽을 향해 스텝 지역을 천 곱하기 천 걸음이 넘게 걷는 사이, 날카롭고 찢어질 듯한 쇠피리 소리가 몇 번이나 다시 들렸다. 그때마다 스텝 지역의 행상이 끄는 울트라마리노스 수레가 방향을 바꾸어 다가와서는, 사과 한 알이든 반창고 하나든 간에, 마침 그가 가장 절실하게 필요로 하는 것을 내놓았다.

그는 가능하면 똑바로 걸어갔다. 그 방향에서 벗어나게 되면, 매번 예외 없이 벗어났던 원래 지점으로 되돌아갔다. 이것은, 비록 이렇게 방향을 다시 찾는 데 거의 극복하기 힘든 장애물이 길을 막고 있을지라도, 계속해서 앞으로 나아가는 것 말고는 방법이 없음을 의미했다. 하지만 때로는 (그 길이 짧을 경우) 에둘러 가기도 했다. 그렇지만 한 발짝도 뒤로 물러서지는 않았다—왜냐하면 뒷걸음치면서 앞으로 나아가는 것이 그의 방식이니까!

또 어떤 때는 당연히 우회해야 할 길조차 무조건 가로질러갔다. 그러다 계곡의 비탈 아래로 미끄러지고 곤두박질치고 엎어진 적도 한두 번이 아니었다. 그는 언제나 눈 깜박할 사이 찌익 미끄러지는 그 순간을 거의 광적으로 좋아하게 되었다. 그렇게 넘어진 채로 여기저기서 바스락대는 사향초 무더기의 향기를 맡기도 하고, 산딸기 몇 알을 따서 입안에 넣기도 하고, 껍질이 벗겨진 나뭇가지에는 나무벌레 무늬를 새겨놓기도 했다.

위험을 파악하는 감각이 예리해졌다는 사실은 별로 특별한 게 아니었다. 그냥 발동했으며 그 역시 그 감각을 한 번도 회피하지 않았다. 게다가 오래도록 지속되기도 했다. 특히 비틀거리거나 미끄러져 떨어질 때 그가 외부로 발산하지 않은 경악은, 길을 가다보면 적어도 하루 한 번씩은 침침해지던 눈을 그때마다 번쩍 뜨이게 해주었다. 그래서 나중에는 앞에 펼쳐진 안전한 땅을 걸으면서도 어떤 대형 스크린 속에서보다 훨씬 더 많은 스텝 지역의 경관을 볼 수 있게 되었다.

"그래서 내겐 부족한 게 없었습니다." 우리의 화자가 말했다. "그런데 아무것도 부족한 게 없는 바로 그 순간에도, 가끔씩 내게는 모든 게 부족했지요. 그래서 나는 그 경악을 통해 현재와 하루가 그렇게 새로워지는 시간에, 근본적으로 다른 무언가를 경험할 수 있다는 게 무엇보다 좋았답니다. 말하자면, 언제부턴가, 길을 가며 마주친 무언가로

나 자신이 특별히 충만해 있을 때, 나도 모르게 조용히 이야기하기 시작했다는 것을 알게 되었죠. 듣는 사람을 딱히 정해놓은 건 아니고—어쩌면 그랬을까요?—분명 나 자신에게는 아니었어요. 어쨌든 이야기는 바로 나를 둘러싸고 있던 스텝 지역만큼이나 광활하게 펼쳐졌지요. 그리고 그런 순간을 내가 전혀 엉뚱한 곳에 정신을 팔고 속을 끓였던 순간, 혹은 나 자신이나 세상에 불만을 품고 원망하거나, 아니면 최악의 경우 속으로도 벙어리가 되어버렸던 순간들과 비교해보면서 내 이야기가 의미하는 것이 무엇인지 분명하게 인식할 수 있었어요. 내가 본의 아니게 이런 이야기 속에 휘말리게 된 것처럼, 비록 내 이야기 역시 지금 이곳에 없거나 멀리 떨어져 있는 사람에 대한 이야기가 될지 모르지만, 어쨌든 나는 조금도 정신을 딴 데 팔지 않았어요. 오히려 위기를 겪고 있거나 극복한 순간보다 훨씬 더 예리하게, 그게 아니라면 적어도 더 다채롭고 풍요롭게 주변 상황을 파악하고 있었던 것만은 분명해요. 안과 밖이 서로 파고들어 완전히 일체가 되었어요. 이야기하기와 스텝 지역이 하나가 되었다는 말입니다. 스텝 지역은 그러기에 아주 적합한 곳이었죠. 그런 식의 이야기하기는 모든 것을 새롭게 발견하게 했고, 변화를 만들어냈으며, 눈을 들어 우러러보도록 했어요. 물론 새의 눈으로, 독수리의 눈으로 본다는 의미에서의 우러러보기죠!”

한번은 아직 완공 전인 자동차 경주로에 딸려 있는, 스텝 지역의 어느 차고에서 밤을 보냈다. 차고에는 술집에서 쓰는 테이블 옆으로 침대도 놓여 있었다. 어느 날은 경비탑과 철조망으로 둘러싸인 군 주둔지에서 잠을 잤고, 또 어느 날은 이미 오래전 폐쇄된 작은 역사에서 잡동사니들 틈에 끼어 밤을 보냈다(그 잡동사니들은 밤사이 다시 정리되어 예전 자리를 찾았다).

그때마다 그는 꿈도 꾸지 않고 푹 잤다. 꿈을 꾸더라도 잠깐이었다. 그런데 그날은 난데없는 조바심이, 스텝 지역 안으로 계속 가야 한다는 조바심이 그를 잠에서 깨웠다. 초승달의 어둠 속에 누워 있자니, 이 근방에서는 동트기까지 과연 얼마나 오래 걸릴지 알 수 없었다. 그는 몇 시간이 지나도록 조금도 변하지 않은 채 언제까지고 끝없이 광활하게 펼쳐질 어둠을 저주했다. 아침의 첫 햇살과 새들의 첫 지저귐은 대체 어디서 지체하고 있는 것일까? 부엉이 울음소리라도 좀 멈췄으면.

그는 차고의 붙박이침대에서 불을 켜고, 텔레비전 스위치를 누른 뒤, 엔진오일로 얼룩진 신문을 읽으려 했다. 하지만 '산타페의 하루'라는 이름의 그 신문은—그러니까 그는 아직도 밤바람 도시 주변에 있었다—연초의 것이었고, 텔레비전 뉴스는 그제와 모레 분이었다. 그리고 그날은 사바나에 머물던 도중 더 기다리지 못하고 칠흑 같은 어둠 속으로 길을 떠나, 앞으로 더듬더듬 한 발짝씩 떼어놓느라 너무 지쳤었다. 그래서 그날 하루종일 눈을 똑바로 뜰 수도 없을 지경이었던 것이다.

그는 스텝 지역의 쓰레깃더미 속에 비스듬히 반쯤 파묻힌(마을조차 완전히 파묻혀 있었다) '산타아나' '산후안'이나 '산프란시스코' 같은 표지판이 아니라 어느새 '산타파시엔시아'*라는 글자를 기대하고 있

* 스페인어로 파시엔시아(Paciencia)는 참을성, 인내라는 뜻.

었는지도 모른다. 언젠가 별자리들을 관찰하는 것이 지겨워지는 날이 오리라고는 결코 상상해본 적이 없었을 터였다. 하늘에서 활 모양으로 굽어 반짝거리는 사냥꾼 오리온좌가, 어느덧 가을이 다가오면서 다시 매일 밤 떠올랐다. 이제 그는 사냥꾼의 무릎과 허리띠, 화살통을 나타내는 그 별들 전체가 아침의 여명 속에 희미해져가는 것을 보기 위해서나 오리온좌를 쳐다볼 뿐이었다—우선 화살통이 사라지고 나자, 허리띠를 이루는 세 개의 별 가운데 첫번째 별이 없어질 시간이 되었다. 매번 끈질기게 제일 끝까지 남아 있는 것은 양쪽 어깨 별 가운데 한 개와 유난히 반짝이며 맨 마지막으로 하루를 벗어나는 무릎 별 알데바란* 이었다. "아, 드디어 사라졌구나. 빈 하늘—걸을 수 있다는 신호야!"

그러나 좀더 자세히 살펴보면 사냥꾼 오리온이 여명 속에서 다시 한번 슬며시 반짝였다. 허리띠와 화살통까지 밝은 하늘에 다시 튀어나왔으며 그뒤에도 한번 더 그랬다. 어쩌면 그것은 어둠 속에서 보았던 잔상이 아니었을까? 산타파시엔시아!

"스텝 지역의 땅에서 내딛는 첫걸음은 언제나 새롭게 흥분된답니다." 그가 말했다. "차고와 병영, 정거장, 버려진 축사 앞을 지나, 콘크리트와 아스팔트로 뒤덮이고 보도블록으로 포장되어 다져진 길들을 들락날락, 오르락내리락하면서 이 스텝 지역의 땅으로 건너왔거든요. 거기서는 몸이 그토록 무거운 압박에서 벗어나 당장 날개라도 달린 것처럼 느껴졌어요. 그곳을 지나는데 몸이 어찌나 가볍던지, 너무 가벼

* 황소좌의 일등성.

워 날아갈 정도였지요. 그래서 나는 돌멩이들을 주워 담았고 그제야 시인을 더 잘 이해하게 되었답니다. 언젠가 그가 끝없는 흥분상태—거기서 벗어나고 싶지 않아서, 오히려 중력에다 무게를 더 보태고 싶어서, 음식을 아주 많이 먹거나 무언가를 주워 담기까지 한다고 말한 적이 있었거든요."

독특하고 향긋한 식용 약초들이 자라는 땅에서 올라오던 향기들 때문에 그런 상태가 한결 심화되었던 것은 아닐까?—"그래요, 하지만 그 향기들이 그런 느낌을 더해준 결정적인 원인이라고 할 순 없어요. 날이 저물 무렵이면 영락없이 두통을 일으켜서 메스꺼워지기까지 하죠. 각각의 식물마다 한없이 다양한 향기가 있는데, 그 향기에도 고급에 최고급까지 여러 등급이 있었지요. 그래서 나는 그것들 전부에서 이제까지 한 번도 냄새 맡거나 맛보지 못한 에센스나 팅크를 분명히 얻을 수 있을 거라고 생각했어요. 그리고 무슨 수를 써서라도 그것들을 집으로 가져가야만 할 것 같았죠—그것들은 자극이나 충격을 주지 않고, 깊이 들이마시기만 해도 치료 효과가 나니까요. 나는 점차 시간이 지나면서 스텝 지역의 식물계에 있는 전혀 다른 것을 다른 의미의 에센스로 이해하게 되었지요. 그곳에서 꽃을 피우고 열매를 맺었던 것은 이제 어느 곳에서도 꽃을 피우거나 열매를 맺지 않아요. 담황색에서 잿빛이 되도록 바짝 말라버린 조그만 꽃봉오리, 자그마한 열매 다발, 가장 높은 줄기에까지 나 있는 잎자루와 꽃줄기가 끝없이 여기저기 널려 있는 것을 보고 다만 짐작해볼 뿐이지요. 아마도 한여름까지는 스텝 지역의 모습이 지금과는 전혀 달랐을 거라고 말이에요. 시든 꽃송이의 잔해와 열매는 대부분 이미 먼지처럼 부서져 떨어지거나 바람에 날아갔어요. 하지만 지평선 너머 꽃과 작은 열매가 바다처럼 넘실대는 곳에는 여전히 꽃잎과 꽃술, 꽃줄기와 꽃받침이 남아 있었어요. 당연히 어딘가에는 꽃자루뿐만 아니라 속이 빈 꽃받침과 열매껍질도 있었을 테죠. 종종 담갈색이나 횟가루처럼 흰 빛깔을 띤 아주 작은 꽃과 열매의 앙상한 잔해가, 마찬가지로 색이 바래 파리해진 기다란 줄기에 매달린 채, 스텝 지역 깊숙한 곳까지 셀 수 없이 많이 널려 있었답니다. 그 미세한 잔해들은 원추형과 나선형, 톱니바퀴 모양과 벌집 모양, 삼각형, 팔각형, 구각형에 이르기까지 가능한 모든 형태로 엄청나게 많이 쌓여 있었죠. 그 양과 모양이 실로 끝이 없고 엄청나게 다양한 이 스텝 식물의 미세한 잔해들을 보고 갑작스럽게 떠오른 생각이 바로 단 하나뿐인 에센스였었어요. 그렇게 미세한 식물의 잔해에서 어쩌면 완전히 사라지고 소멸되어버린 한 세계를 발견해 새로이 연구할 수 있지 않을까라는 생각이 들었던 거죠. 왜냐하면, '사라져버렸다'는 것은 실제로는 '냄새가 날아가버린' 것을 의미하니까요. 텅 빈 라벤더의 뼈대에서는 아주 강한 라벤더향이 났어요. 빈 야생 양귀비 껍질에도 양귀비 냄새가 아주 진하게 남아 있었고요. 카룸* 열매 집들도 전에 없이 심한 카룸냄새를 풍겼죠. 서로 다른 모양의 잔해 수천여 가지에서 풍겨나오는 서로 다른 향기가 바로 그 에센스였어요. 그 미세한 잔해들을 들여다보고 힘껏 숨을 들이마시고—그래요, 나는 그것들에게 일종의 애정을 느꼈어요—(마른 껍질들이 서걱대는 소리에) 귀기울이면서 나는 나 자신의 골격까지 함께 느낄 수 있었죠. 식물의 잔해를

* 약용이나 향료용으로 쓰는 회향풀과 비슷한 식물.

향해 몸을 구부리던 그 순간, 몸이 하늘로 붕 떠오르는 것 같은 느낌이 들었어요. 그런데 내가 이걸 어디서 느꼈느냐 하면 바로 뼛속에서랍니다. 그리고 매일 그런 낮시간을 보내고 저녁때 잠자리에 들면, 그처럼 죽음과 불가사의로 가득찬 스텝 지역에서 다시 한번 살아서 헤쳐나왔다는 게 경이로웠다는 말을 덧붙여야 하지 않을까 싶네요."

"그리고 이제 이런 식으로까지 털어놓았으니," 탁스함의 약사는 말을 이었다. "나와 스텝 지역의 버섯들에 대해서도 짧게나마 이야기해야겠어요. 짧게요. 버섯을 향한 열정 때문에 아내와도 멀어졌는데, 이제 내 이야기를 써줄 작가까지 잃고 싶지는 않거든요! 내 이야기를 계속 진행하기 위해서, 여기서 그걸 끝내기로 합시다. 하지만 다른 한편 나는 인류의 마지막 공통적인 대화 주제는, 최근의 신문과 텔레비전 방송의 이슈들을 제외하면, 천차만별의 버섯 종류가 될 것이고, 누구나 동의하게 될 그 마지막 주제에 관한 대화에서는, 심지어 생면부지의 사람들조차 서로 귀기울이고 친밀해지리라고 굳게 믿고 있다는 사실을 서둘러 덧붙이고 싶습니다. 설명하기가 그토록 어려워서라도, 어쩌면 오늘날 우리에게 마지막으로 가능한 공통의 모험인지도 모르지요. 버섯에 대한 주제는 무궁무진하답니다. 그 광경을 떠올리기만 해도 머리털이 곤두서는 탓에 스텝 지역을 설명하기가 몹시 힘든 것과 마찬가지죠. 그리고 버섯에 관한 내 책은 사람들 사이에서 크게 화제가 될, 그런 책이 될 거예요. 아무렴, 그렇고말고요, 내가 늘 말해왔잖습니까! — 비록 사람들은 아무 말이 없었지만요."

"그리고 스텝 지역에 그처럼 풍부한 식물과 광물들 중에서 내가 버섯 하나는 기가 막히게 찾아낸다는 사실을 그때 분명히 깨달았어요.

먹을 수 없는, 독성이 있는 것까지도 나는 길을 가면서 깨물어보았어요. 아니면 부스러기라도 혀 밑에 넣었죠—그래요, 홀로 걷는다는 것, 그리고 말을 할 수 없다는 것은 때때로 날 그토록 맥빠지게 만들었답니다. 입안에서 신맛이라도 느끼고 싶었어요. 특히 쓴맛을 혀에 느끼고 싶었지요. 제일 쓴 버섯이 내 입맛에 딱 맞았습니다. 그중에서 몇 가지는 너무 써서 나는 다시 한번 버섯에 압도당했지요. 내면으로부터 말이에요. 나는 내 버섯 책에서, 그런 쓴 버섯들 중 몇 가지를 날로 먹는 종류로 추천하려 해요. 하지만 스텝 지역에서 자란 좋은 버섯들의 그 달콤한 맛이라니, 정말로 눈이 번쩍 뜨일 정도였답니다!"

"그러고 나서요?" 내가 물었다.

약사가 말했다. "그래요, 처음엔 그 정도면 충분하지 않겠어요? 그런 버섯을 보는 것만으로도 정신이 번쩍 들었어요."

"야생동물을 본 사냥꾼처럼 말이죠?"

"네, 그럴지도 모르지요. 다만 버섯들은 내 눈앞에서 도망치지 않죠. 반대로 날 기다리고 있는 것 같았어요. 드디어 당신이 날 발견했군요! 하면서요. 물론 너무 많아선 안 돼요—훌륭한 것이 넘치면 지나치게 자극적이라서 오히려 무감각해지니까요—그리고 한 가지 더, 이제 버섯 이야기는 여기서 끝이에요. 나는 버섯에서 다시 온 가족들의 냄새를 맡았답니다. 아버지, 어머니, 조부모님, 특히 내 아이들의 냄새, 그 애들이 아직 어렸을 적의 냄새를요."

나중에는, 우리의 화자가 스텝 지역을 가로질러가면서 더이상 아무것도 찾지 않는 나날이 왔다. 그는 그것을—"물론 그전의 탐색 과정이 없었더라면 만날 수 없었을지도 모르는" 자유로 여겼다.

언덕배기 위에서 누군가 허공에 낚싯줄을 드리우고 앉아 있었다. 저 아래 낮은 곳에 핀 엉겅퀴 가시꽃들은 거무스름해서 성게와 비슷했다. 바람 한 점 없는 어느 날, 노간주 수나무의 꽃가루 덩어리들이 피익 소리와 함께 사방으로 흩어지면서 암나무들로 날아갔다—그렇다면 스텝 지역의 가을에도 꽃이 피긴 하는 건가? 그렇다. 소나무숲에는—그럼 스텝 지역에 숲도 있나? 그렇다—(도시에도 새들이 둥지를 틀 수 있는 나무가 있듯이) 다람쥐들이 먹을 수 있는 특정한 도토리나무 따위가 있었다. 땅바닥에는 솔잎이 떨어진 사과처럼 수북이 쌓여 있다. 그리고 훌쩍 높이 자란 풀들이 거기서—일찍이 스텝 지역에는 풀들만 있었다—고개를 숙인 채 몸을 흔들어댔다. 큰 파도처럼 하얗게 물결과 거품이 일렁이는 구름 들판. 고산지대의 폐허 위 여기저기에 널린 납작한 타원형의 돌들. 그 한복판에는 검은 동그라미 무늬가 있다. 빙하기를 지나며 반들반들하게 마모되어, 해빙기에 바닷속에 잠겨버린 '묘안석'이라고 불리는 자갈들.

그는 몸에 달라붙은 작고 미세한 스텝 지역의 벌레들을 있는 힘껏 불어봤지만, 놈들은 꿈쩍 않고 버텼다. 어느 날 밤, 추위를 느낀 그는 하루종일 채집한, 수소 머리통만큼 커다란데다 색깔까지 검은 수소처럼 검붉은 말불버섯으로—그런 버섯도 있구나!—두 손을 뻗었다. 버섯 내부에 남은 태양의 온기로라도 몸을 녹이려 했던 것이다. 효과가 있었다. 나비의 한쪽 날개가 지면과 수직을 이루어 지그재그로 가볍게 흔들리며 다채롭고도 규칙적으로 움직였다. 새까만 개미 한 마리가 나비를 옮기는 중이었다. 이곳의 개미들은 어디서도 왕국을 이룬 것 같지 않았다—구멍에서는 기껏해야 서너 마리씩 기어나올 뿐이었다. 그러니까 조그만 개미 마을이나 멀리 떨어진, 서로 전혀 관계없는 개미 동네들만 있는 모양이다.

말벌들은 어디서나 극성스럽기 마련이지만, 여기서는 땅바닥 가까이에서만 분주했다. 커다란 말메뚜기 한 마리가 저보다 작은 놈 한 마리를 등에 업고 가던 중 작은 놈이 등에서 미끄러지더니 공중으로 팔딱 뛰어오르며 업어주던 놈을 찾았다. 두 놈은 잠시 후 다시 한몸이 되어, 정말로 말馬과 같은 옆모습을 만들어 보였다—한편 스텝 지역의 나방들은 양羊의 그림자를 만들어냈다. 한번은 바윗돌과 같은 회색 나방 한 마리가 바위 절벽 앞에서 날아가자, 바위에 비친 나방의 그림자와 나방이 함께 날아가는 것처럼 보였다.

한때 스텝 지역에서는 대개 바위 절벽 근처에 벌통들이 줄지어 놓여 있었다. 그래서 벌들이 붕붕거리는 소리가 울려퍼졌고, 집으로 돌아온 벌들이 어두운 벌통 구멍을 잽싸게 통과할 때면, 노란 꽃가루가 소복하게 묻은 다리가 반짝거렸다—"그렇다면 아직 꽃이 피어 있었다는 건가요?"—그런 벌떼 곁을 지나칠 때면 그는 순식간에 달려드는 담당 보초나 경비 경찰 벌에게 습격을 당했고, 주로 광대뼈를 쏘였다.

스텝 지역의 듬성듬성 웃자란 식물들과 함께 작은 녹지가 먼저 눈에 들어왔다. 가까이에서 살펴보니, 수영*이나 민들레 비슷한 것이 자라고 있는 야생 채소밭이었다. 그 풀이 훨씬 굵었지만 오히려 훨씬 연하고 즙이 많았는데, 약간 쌉쌀한 맛은 꽤 비슷하기까지 했다. "나는 지금까

* 북반구 온대지방에 분포하는 식용, 약용 식물.

지 거기서처럼 맛있게 먹어본 적이 없었어요." 그가 설명했다. "양이 적을수록 더 맛있는 법이니까요. 그리고 내 생전 처음으로 아무것도 읽지 않았답니다. 아니, 그게 아니라, 스텝 지역, 그곳이 바로 내 도서관이었어요."

그후 벌통들은 점점 드물어졌고, 그 속으로 기어드는 벌들의 뒷다리에 묻은 노란 꽃가루도 차츰 줄어들었다. 그러다가 마침내 벌들의 다리에 꽃가루가 전혀 묻어 있지 않게 되었다. 그리고 그가 발견한 산딸기 덤불은 아직 절반만 익어 있었고, 푸르스름한 나머지 절반은 더 익을 것 같지 않았다. 그리고 스텝 지역의 한 폐가에는 봄에나 피는 목련 한 그루가, 그해 처음인 듯 꽃을 피우고 있었다.

특히 섬 같은 소나무숲에서 침엽들이 쏴쏴거리는 소리가 끊임없이 들려와, 이른 봄날 같은 인상을 주었다. 그렇게 햇빛이 쏟아지면서도 선선한 어느 날의 느지막한 오후, 그는 민둥산이나 다름없는 작은 점토빛 언덕 기슭에서 바람이 들지 않는 곳을 찾아 쉬고 있었다. 뒤로는 비탈이 이어져 있었다. 그는 두 언덕 사이에 팬 얕은 굴 바닥에 사지를 쭉 뻗고 누웠다. 옆으로 돌아눕자 솔잎으로 뒤덮인 바닥 군데군데 돋아나 있는 어떤 식물이 눈에 들어왔다. 앙상한 줄기 위에 딱 하나 매달린 함석처럼 얇은 잎사귀에서는 금속성이 울려나왔다.

그의 눈길은 손에 닿을 듯 가까운 점토벽으로 거침없이 향했다. 그 벽에는 굴의 길이를 따라 파인 벽감壁龕 같은 것이 있었다. 부드러운 점토와 솔잎 이불을 깔면 밤을 보내기 좋은 장소가 되겠다는 생각이 들었다. 그 밖에 눈에 띄는 건 석양빛에 드러난, 심하게 갈라진 회적황색

바닥뿐이었다.

전부터 그는 지극히 단순하고 평범한 상황을 그저 물끄러미 바라보는 것을 무척 좋아했었다. 예를 들면 비가 장대같이 쏟아지거나 보슬보슬 내리는 모습, 또 눈이 녹거나 물웅덩이가 서서히 말라가는 과정 같은 것. 지금도 그는 저무는 해가 속속들이 어루만지는 작은 점토 동굴을 물끄러미 바라보았다.

실제로 햇빛은, 자동차 전조등이나 영화 촬영용 조명기구가 비추는 인공조명 같았다. 우툴두툴 거칠고 움푹 팬 흙벽의 세세한 부분들이 그 빛 속에서 부조처럼 선명하게 드러났다. 여기저기 튀어나와 있는 나무의 잔뿌리에는 점토덩이와 이끼 부스러기도 약간 매달려 있었다. 하루에 단 한 번뿐인 햇빛이 처음 비쳐들자 이끼 위에 맺혀 있던 아침 이슬이 말라버렸다. (스텝 지역에는 이슬이 많았다. 주로 새의 깃털이나 몇 군데 안 되는 이끼층에 맺혔는데 이끼층에 더 집중되어 있어 물 스펀지로 쓸 수 있을 정도였다.)

그가 그렇게 물끄러미 바라보는 것을 처음으로, 또한 유일하게 방해한 것은 거미줄이 잔뜩 들어차 있는 사냥용 탄피였다—그것은 아주 오랫동안 모래 속에 처박혀 있었던 듯했다. 그는 그것이 거기에 있는 게 당연하다는 듯, 그 자리에 그냥 내버려두었다. 그리고 자기 자신도 그냥 내버려두었다. 그냥 가만히 있었다. 처음으로, 숨도 쉬지 않고 누워 있었다. 한동안 전혀 숨을 쉴 필요가 없었다.

매끄러운 부분은 램프 불빛처럼 한층 더 노랗게 보이고, 갈라져서 솟아오른 부분은 선명한 그림자처럼 한층 까맣게 보이는 벽감은 지친 눈을 쉬게 하는 데 그만이었다. 어떤 녹색보다도 훨씬 좋았다. 이곳은 어쩌면 모든 역사의 저편, 혹은 적어도 역사의 바깥에 존재하는, 어느 아득한 선사시대의 산비탈이었을지도 모른다. 그리고 누군가가 이 태고의 산맥 앞에 사지를 뻗고, 거의 그 산맥만큼 길게 누워 있었을 것이다. 현세의 전쟁들은 이 태고의 산맥 너머 아득한 저멀리에서 일어났다. 모래가 점토에서 솔솔 떨어졌고, 모래사태가 계곡을 급습했다. 이 세상은 나이를 얼마나 먹었을까? 아니, 얼마나 어릴까? 이제야 막 시작되는 것일까, 아니면 아직 시작되기도 전인가? 석양빛이 미치지 않는, 안쪽으로 굽어드는 점토 길은 스스로 빛을 내뿜는 것 같았다. 스스로 찬란히 빛나는 것, 빛의 근원, 갖가지 노란색으로 변화하는 점토, 구현된 빛. 사랑하는 조상들. 사랑하는 아버지. 사랑하는 어머니.

귀뚜라미의 느닷없는 울음소리와 함께 진흙 구멍 속에서 도마뱀이 머리를 내밀었다. 그 순간 위쪽 언덕에서 엽총을 메고 나타난 스텝 지역의 사냥꾼이 누워 있는 그를 겨냥했다. 그 아래 동굴에서 우리의 화자와 똑같이 생긴 사람*이 나오자 사냥꾼은 즉시 총을 발사했다. 메뚜기 한 마리가 공중으로 뛰어올랐다. 비록 꿈속이긴 하지만 그 자신도 몇 번 날아올랐듯이, 뛰어오른 메뚜기는 어느새 회색 갑옷 아래 파란 날개를 펼쳐 날고 있다. 날고 있는 동안 파란빛이 완연하던 날개는 땅 위에 내려서자마자 다시 은회색으로 돌아왔다.

동굴 반대편에서 지프차 한 대가 다가왔다. 이번에도 산타나 지프였다. 허니문 자동차로 꾸며진 지프는 그가 있는 언덕 위에 멈춰 섰다. 운전자는 그의 아들이었고, 신부는 축제의 여왕이었다. 아들은 그를

* 원문은 Doppelgänger.

향해 머리를 숙이고 말했다. "아버지가 절 쫓아내신 게 아니에요. 아버지를 버리고 떠난 건 저예요. 제가 아버지를 버린 거라고요, 영원히. 아버지도 그걸 원하셨잖아요." 그는 아들에게 대답하고 싶은 마음이 아주 간절했다. "내가 다시는 바로잡지 못할 크나큰 과오를 짊어졌구나!" 그러나 한마디도 나오지 않았다. 신혼부부는 그에게 손을 흔들며 천천히 차를 몰고 떠났다. 그때 한 무더기 밤이 후드득 떨어졌다. 돌처럼 딱딱하고 무거운 밤이 길바닥 위로 떨어지면서, 정작 맞았으면 하는 정수리만 빼고 온몸을 강타했다—아들은 어느새 사라지고 없었다. 이제 다시는 만나지 못하리라.

지칠 대로 지친 그는 조금 전 천지창조까지 목격했던 움푹 팬 동굴을 정면으로 바라보며 누워 있었다. 그의 시간은 이제 다 되었다. 이 벽에서는 더 나올 것이 없었다. 속이 빈 듯한 달팽이집 하나가 이상하게도 점토벽 발치에서 덜거덕거리며 움직이더니 잠깐 멈춰 섰다가 또 다시 굴러갔다. 그 움직임은 계속해서 되풀이되었다. 멀리서 보면 점토의 노란색과 거의 구별되지 않는 노란 말벌 한 마리가 죽은 달팽이를 빼내려고 달팽이집 위에 앉아 그렇게 밀었다 당겼다 하고 있다는 것을 곧 알게 되었다. 바로 그때 다른 말벌은 꿀벌 한 마리를 꽉 움켜잡고 먼지 속에서 이리저리 굴리고 있었다. 그는 누운 채로, 조금 전 막 점토 바닥에서 발견한 버섯 한 송이를 캐내려고 했다. 하지만 힘에 부치는 일이었다. 점점 더 힘이 빠져, 두 손으로 버섯을 잡아당기던 그가 오히려 아래로, 버섯 아래의 텅 빈 지하 세계로, 점점 더 짙어가는 어둠 속으로, 마침내 끝없는 심연 속으로 빠져들어가는 듯했다.

그러자 이제 죽음의 땀이 쏟아졌다. 그런 것도 있었나? 그렇다. 다른 땀보다 훨씬 끈적끈적한 죽음의 땀이 모든 땀구멍에서 솟아난다. 그것은 외부 세계와 피부를 차단시켜 피부가 더이상 숨을 쉬지 못하도록 만드는 액체다.

그때 축제 전야처럼 빛나는 점토벽 위로 그림자 하나가 나타났다. 서두르지 않고 조심조심 그의 뒤로 다가와 등뒤에 쪼그리고 앉은 그 그림자는 또렷하진 않았지만 이제까지 접한 그림자 가운데 가장 아름다운 여자 그림자였다—그토록 친근하고 다정한 그림자는 여태껏 한 번도 본 적이 없다!

여자의 그림자가 이제 그에게 다음과 같이 말했다. "여기 죽은 자들 가운데서 산 자를 찾는 걸 그만두세요! 당신은 그 실어상태를 떨쳐버려야 해요. 그러지 않으면, 당신의 무언無言이 오늘이라도 당장 당신을 죽일 거예요. 당신의 침묵은 결코 침묵이 아니에요. 비록 처음 얼마간은 당신의 의식을 확대시켜주었다고 하더라도 그런 식으로 오랫동안 혼자 있을수록 당신의 실어상태는 위험해지고, 급기야 생명까지 위협할 거예요. 실어상태가 계속되면 지금 이 순간 당신에게 그토록 의미 있어 보이는 현재가 실현되지 않을 뿐만 아니라, 이전의 모든 체험까지 거꾸로 거슬러올라가며 파괴될 거예요. 그렇게나 상징적인—어린 시절까지도. 그러면 당신의 기억은 무가치해지고 또 파괴되어버리죠. 기억이 없어지면 당신은 이 세상에서 아무것도 찾을 것이 없어지고, 당신 자취도 안 남아요. 당신은 지금 세계의 한계에 다다른 거예요, 친구여. 게다가 세계의 한계 저편으로 밀려날 위기에 처해 있어요. 그러니 당신은 새롭게 말하려는 시도를 해야 해요. 새로운 단어를 찾아내고, 문장을 새로 만들고, 큰 소리로, 아니 소리라도 내보세요. 당신의 말이 비록 얼토당토않고 터무니없다고 해도, 중요한 것은 당신이 다시 입을 연다는 사실이에요. 오늘 저녁 안에, 저 아래 사라고사*에서 입을 여세요. 나는 당신의 도움이 필요해요. 그래요, 당신은 제대로 알아들었을 거예요. 당신의 도움이 필요해요. 하지만 날 도우려면, 우선 당신이 입을 다시 열어야 해요!"

이번에는 한결 약한 일격이 뒤통수에 가해졌다. 여자의 그림자는 사라졌다. 뒤를 돌아보니 아무도 없었다. 그리고 이제, 스텝 지역을 떠나야 한다.

갑자기 그가 서둘렀다. 다른 사람도 아닌 그가? 그렇다. 생전 하지 않던 행동을 한 것이다. 그는 뛰었다. 내달렸다.

그렇게 줄곧 비탈길을 내려갔다. 간간이 껑충 뛰기도 했다. 물론 한 번도 멈추지 않았다. 오래전에 잃어버렸던 뭔가가 눈에 띄어도, 걸음을 늦춰 주워들고는 곧장 계속해서 달렸다(그렇지만 그가 무엇인지 언급하지 않은 그 물건은 전혀 다른 곳에서 잃어버린 게 아니던가?—또 다시 까마귀가 전해준 것일까?).

속력을 내면서도 그는 한층 날카롭게 사물들을 인지했다. 새끼손가락만한 스텝 지역의 도마뱀들은, 꼬리를 잃어버린 채, 바위 틈새로 쏜살같이 사라졌다. 전 기간을 통틀어 딱 한 번 마주쳤던 흑회색 뱀은 굉장히 긴데다 팔뚝만큼 굵었다. 그 녀석은 스르륵 소리를 내며 마찬가지로 흑회색인 소나무 줄기를 감아올라가 꼼짝 않고 매달려 있었는데,

---

* 스페인 북동부 사라고사주의 주도.

그 모습이 약국의 표지*와 똑같았다. 둘의 눈길, 여기 한 남자와 저기 높은 곳에 매달려 있는 뱀의 눈길은, 서로 똑같이 곁눈질로 쳐다보며 굳어 있었다.

그러고 나서는 밤나방들이 잿빛 스텝 지역에서 쏟아져나왔다. 나방들도 스텝 지역처럼 회색이었다. 그러나 늑장부린 나비들 중 한 마리가 한 번 날개를 펼치니, 투명한 날개 안쪽에 달과 별들과 행성들의 궤도가 그려져 있었다. 그건 중세적이라기보다는, 현대적인 스테인드글라스처럼 보였다. 게다가 대기는 우주의 신호음들로 요란했다. 작게 갈라진 땅바닥의 틈과 구멍 속에서 두꺼비 울음소리와 귀뚜라미 소리가 들려왔다. 박쥐 한 쌍이 지그재그로 날아오르자, 그는 자신이 얼마나 그 녀석들을 그리워했는가를 깨달았다. 이제는 돌아가지 않으리라. "되돌아가느니 차라리 죽을 테다!"

도시에 가까이 왔음을 암시하는 첫 징후들 가운데 하나는 지평선에서 지평선으로, 브레이크를 끼익 잡아가며 언덕 아래로 총알같이 달려 내려가는 몇 대의 스텝 횡단용 자전거였다. "그들 곁을 달려가면서, 나는 마침 손에 들고 있던 지팡이로 그들을 때려죽여버렸답니다." 우리의 화자는 말했다. "그후로 스텝 지역은 다시 조금 조용해졌지요." 도시의 또다른 조짐인, 땅바닥에서 주워든 크고 작은 물건들. 그는 멈추지 않고 계속 전진하면서, 자신에게 활력을 불어넣으려고 매번 그것들을 가능한 한 멀리 내던졌다. 처음에는 대개 돌이나 나무막대기였던

---

* 독일의 약국 표지는 뱀이 지팡이를 감아올라간 모양이다.

것이 차츰 빈병, 빈 통조림 캔, 건전지와 벽돌 조각으로 바뀌었다.

뒤에, 그리고 저 아래 깊숙이 도시를 숨기고 있는 마지막 능선 앞에서 그는 아득히 먼 곳에서 들려오는 수천 가지 목소리의 노래를 들었다. 어느 유서 깊은 수도원에서 들려오는 합창곡 같았다. 나중에 알고 보니 그것은, 앞차 뒤꽁무니에 바짝 붙어 질주하는 퇴근시간 고속도로 위의 차량들 소리였다.

그가 도시에서 맨 처음 마주친 것은, 아래로는 발치에서 환하게 불을 밝힌 공항 활주로였고, 위로는 하늘에 떠 있는 교통정찰용 비행기 한 대였다. 얼핏 보기에 비행기는, 그가 어디선가 주운 감자 한 알을 손에 쥐고 고산지대의 스텝 지역 풀밭에서 비행기와 같은 고도로 마주보며 서 있는 동안 제자리에서 깜빡이고 있는 듯했다. 또 그가 본 것은, 그의 등뒤 인적이 드문 곳 위로 점점 차오르던 아직은 희미한 달과, 그의 앞에서 좌우로 뻗어나간 고속도로, 또 도로를 교차하며 지나는 기찻길이었다. 자투리 세계로의 귀환.

아무튼 그는 이제 빙 돌아가지 않았다. 왜냐하면 이 도시는 그의 출발 지점인 산타페와는 완전히 다른 곳에 자리잡고 있기 때문이다. 스페인 전체가 스텝 지역을 이루고 있기는 해도 낮은 평야지대에서는 약초가 자라는 스텝 지역이 양배추와 사탕무를 재배하는 사바나로 바뀌게 된다. 다행히 이제는 머리가 무겁지 않았다. 아래로 내려가자 먹먹했던 귀가 뚫렸다. 이 도시는 지방의 중심도시일 뿐인데도 산타페, 아니 밤바람 도시가 열 개 정도는 있어야 맞먹을 수 있을 것 같았다. 그런데 이 도시 역시 이름만 사라고사인 게 아닐까? 아니다, 이곳은 틀림없는 사라고사다. 저기 저 평야 뒤로 에브로강*까지 끼고 있지 않은가.

이제 이 거대한 사라고사를, 북쪽에 있는 도시의 출구까지 횡단할 참이었다. 그는 이왕 아주 오래 걸어온 김에, 끝까지 그렇게 걸어가기로 했다. 그것도 똑바로 앞으로.

문제는 먼 거리가 아니라, 여기저기 널린 장애물들이었다. 그렇게 그는 또하나의 모험과 맞닥뜨렸다. 멀리 떨어진 광활한 스텝 지역에서부터 이 자투리 세계로 걸어들어간다는 것 자체가 모험이었다. 걸어서 그 자투리 세계를 빠져나오는 것보다 더 큰 모험일 터였다.

게다가 그는 자신과 내기를 걸었다. 목적지까지 가능한 한 스텝 지역의 땅을 밟으며 가기로. 도시를 가로지르는 길에서도 그러기로 했다. 경험상 스페인에서는 불가능한 일이 아니었지만, 이 스텝 지역은 하필이면 여러 교통 노선으로 둘러싸인 중간 지대에 자리잡고 있었다. 그래서 맞은편 도로변에 도달하려면 고속도로의 차단벽을 기어올라가 수백 대의 차량이 지나가길 기다리다가 어느 순간 껑충껑충 뛰고 또 달려야 했다. 중앙을 가로지르고, 차선들도 넘어가야 했다. 그다음에는 비행장을, 두번째 고속도로를, 교외선 철로를 가로질러야 했다. 늘 억센 풀들이 자라고 있거나 거의 텅 빈 혹은 점점 좁아지고 뾰족해지며 작아지는 자투리땅 위로. 도심 깊숙이 들어갔다가 어느덧 다시 도시를 거의 벗어날 때까지 내내 그랬다.

"이제 세세한 부분들을 여기 늘어놓지는 않을게요." 우리의 화자가 말했다. "하지만 언젠가 당신이 완전한 오늘의 모험기를 쓰려고 한다

---

* 스페인 북동부 칸타브리아산맥에서 발원해 지중해로 흘러드는 강.

면, 바깥의 탁 트인—그런 곳이 아직 남아 있는—자연에서 대도시로 접어드는 행군을 다뤄야 할 겁니다."

가장 진기한 모험에 해당하는 것으로 그는, 자투리땅을 가로지르며 마주친 수많은 짐승을 꼽았다. 교통시설이 늘어나 점점 비좁고 촘촘하게 포위될수록 그 종류가 더욱 다양해지고 숫자도 늘어났다. 특히 스텝 지역에서는 눈에 띄지 않아 아쉬웠던 커다란 짐승들을 이 외진 사바나에서 만날 수 있었다. 사바나는 도시로 갈수록 오그라들고 새장처럼 좁아져서 점점 더 뾰족해지는 삼각형을 이루다가, 결국에는 길쭉한 땅뙈기만 남을 정도로 좁아졌다. 바깥쪽 스텝 지역의 어느 곳도 아닌 바로 거기에, 토끼가 떼로 웅크리고 있었다. 그 곁으로는 여기저기 자기 굴 앞에 여우까지 한 마리씩, 마찬가지로 흰 족제비도 한 마리씩, 경계심을 보이지 않고 서 있는 것이—마치 녀석들은 자기들 키 높이로 제방을 두른 듯한 풀밭의 우리 안에서라면 어떤 시선으로부터도, 이를테면 하늘의 비행기로부터도 벗어날 수 있을 줄 아는 것 같았다.

사라고사의 도심을 그저 잠시 스쳐지나가면서도 그는 거기서 분명히, 이전에 밤바람 도시에 도착했을 때처럼, 축제가 벌어지고 있다는 사실을 알 수 있었다. 문이 활짝 열려 있고 환하게 불을 밝힌 수많은 성당은 여기저기 문을 닫은 상점들과 대조를 이루었다(그 가운데서도 약국이 유난히 눈에 띄었다—그는 특히 약국을 찾고 있었다—이 대도시에서는 지난번 산타페와는 달리 약국들의 철제 셔터가 모두 내려와 있었기 때문이다).

그렇다, 그것은 사라고사의 수호 여신, 누에스트라 세뇨라 델 필라

르, '우리 원주圓柱의 여인'을 기리는 연례 축제였다. 그렇다면 어느새 10월 중순이 다 됐단 말인가? 그가 그토록 오랫동안 집을 떠나 있었던 걸까?

그는 그렇게 하면 시간을 벌 수 있다는 듯이 축제에는 눈길 한 번 주지 않고 발걸음을 재촉했다. 그런데 바로 그때 어느 골목길에서 뜻밖에도 쇠피리 소리가 들려왔다. 그 소리는 스텝 지역보다 여기 도시 집들 사이에서 한결 더 날카롭고 열정적으로, 지붕 위로 드높이 울려퍼졌다. 몇 발짝씩 수레를 끄는 시간 간격을 두고 되풀이되는 짧은 가락은 다소 거칠고 생기발랄하게 들떠 있으면서도 동시에—결국 행상은 축제일이든 아니든 간에 장사를 하는 게 목적이므로—언제든지 손님을 맞이할 수 있는 공손한 태도와, 어느 정도 거리를 유지하는 격식도 함께 담고 있었다. 떠돌이 행상에게 중요한 것은 음악이 아니라 손님을 불러모아 상품을 내보이는 것이었으므로 축제라면 어디든 그 소란 속으로 파고들었다.

그 행상은 그러니까 그와 똑같이 여행을 한 것이다. 한 지방과 다른 지방, 그리고 또다른 지방을 지나, 그들이 각자 나름대로 길을 떠난 지 수주일이 지난 지금, 같은 순간에 이 대도시에 도착한 것이다.

찢어지는 듯한 그 피리 소리는, 나란히 뚫려 있는 어느 골목길로 계속해서 울려퍼졌고 한결같은 보조를 유지하면서 에브로강 쪽으로 옮겨갔다. 그리고 그의 이야기에서 처음으로, 과연 얼마 만인지, 그의 눈에 눈물이 고였다. 그는 당장 행상에게 달려가 뭐라도 사주고 싶었다.

어쨌든 그들은 곧 푸엔테 데 피에드라*에서 만났다. 거기서 그는 행상에게 주머니칼을 갈아달라고 했다.

그러는 사이 어느덧 밤이 되었다. 사라고사 역시 이전의 도시처럼 밤바람 도시라는 게 입증되었다. 그는 약속 장소로 향했다. 나바라** 왕들의 어느 궁전이 아니라, 에브로강 북쪽, 저 건너 변두리 지역의 한 버스터미널로.

피곤을 느끼지 않았는데도 간간이 무릎이 휘청거렸다. 버스터미널은 벽 없이 길게 뻗은 홀이었는데, 한쪽 끝은 주택단지와 맞붙어 있고 다른 쪽 끝은 새로 시작되는 스텝 지역에 인접한 간선도로와 맞닿아 있었다. 둥글고 굵은 시멘트 기둥 여러 개가 홀의 지붕을 받치고 있었다. 우에스카, 레리다, 투델라, 또 더 멀리 피레네산맥 너머의 지방에 이르기까지 다양한 목적지의 출발 장소가 적혀 있는 각각의 기둥은 저마다 주춧돌을 딛고 서 있었다. 조명 시설이 잘 갖춰진데다 유리창을 통해 바깥을 내다볼 수 있는 대합실이 있는데도, 스물네 개가 넘는 주춧돌마다, 어둠침침한 가운데 승객이 한 명씩 쪼그리고 앉아 있었다—도심의 축제와는 또다른 원주 행사라도 되는 것처럼—그러고 보니, 시멘트 기둥에 등을 기대고 서 있는 사람도 적지 않았다.

그는 지나가는 화물트럭이 바람을 일으키는 도로변의 첫번째 주춧돌 위에 앉았다. 터미널 안으로 서서히 굴러들어오는 버스들은 쭉 줄지어 늘어선 우람한 기둥들을 통과하는 동안 소형차처럼 작아 보였다가, 터미널을 벗어나면서 다시 커다란 제 모습을 찾았다. 거리의 주택단지들은 사람이 거의 살지 않는 것처럼 보였다. 그에 따라 이곳에서

---

* 사라고사의 상징물로 에브로강을 가로지르는 돌다리.

** 나바라왕국은 스페인 북서부에 위치했던 봉건국가로, 16세기 스페인에 병합되었다.

는 도시의 특정 구역에서만 집중적으로 축제가 진행되는지, 나머지 구역들은 버려진 듯한 느낌이 한층 더했다. 찢어진 비닐 조각들이 바람에 도시 밖으로 날렸다. 은색의 가시나무 꽃씨 덩어리들이 스텝 지역에서 흔히 볼 수 있는 가시나무 덤불과 함께 도시 안쪽으로 흩어졌다. 가시나무 덤불은 땅바닥을 굴러가다가 가끔씩 불쑥불쑥 튀어오르기도 했다. 더이상 시간이 흐르지 않는 것일까?

그때 어깨에 누군가의 손길이 느껴졌다. 유난히 따뜻하고 부드러운 손길. 마찬가지로 따뜻하고 부드러운 다른 손이 이마를 짚었다. 연이어 또다른 손. 많은 손이 그의 몸 여기저기에 닿았다 사라지자—그는 추위에 떨고 있었다—어깨에 외투가 걸쳐져 있었다. 그리고 여자가, 그를 추적하던 그 여자가 말했다. "그래요, 주무세요."

곧바로 올라탈 수 있도록 문이 열린 채 그의 앞에 서 있는 것은 산타나 지프차도 아니고 지난번 보았던 거의 버스만큼 기다란 산타나 차도 아니었다. 그들 두 사람 외에는 승객이 아무도 없다는 사실만 제외하고는 터미널의 일반 차량들과 조금도 다름없는 진짜 버스였다. 그녀가 핸들을 잡았다. 그는 그녀 옆에, 여행 가이드를 위한 것인 듯 따로 떨어져 있는 의자에 앉았다. 그 회전의자는 그녀의 좌석보다 한층 낮았다.

나중에 그들이 함께 국경을 지나 달리는 내내, 그는 차가 달리는 방향을 등지고 앉아 있었다. 밤에는 나란히 줄지어 있는 빈 좌석들을, 낮에는 그 너머 뒤쪽으로 비켜가는 사물들을 바라보았다. 그것들은 미리부터 훤히 보이는 게 아니라 버스가 그 사물들과 같은 높이에 이르는 시점에야 비로소 새롭게 시야에 들어왔다. 사물들의 세세한 부분은 처음에는 아주 크게 나타났다가 점차 작아지면서 오히려 전체와의 관계 속에서 더 잘 이해되었다. 아니면 그런 자세—차가 달리는 방향을 등지고 앉은—는 늙어간다는 증거인가? "어쨌든," 우리의 화자는 설명했다. "내 생전에 다시 한번 대륙 횡단 여행을 하게 된다면, 어느 방향에서 가게 되든 되도록이면 차가 달리는 반대 방향으로—그래도 창가에 앉아야겠다고 다짐했답니다."

두 사람은 아직 출발하지 않는다. 여자가 사라고사 버스터미널의 기둥 주춧돌 위에 앉은 그의 곁으로 가 앉은 다음 말한다. "자, 어때요?" 그녀를 정면에서 보는 것은 처음인 듯하다. 아름답다. 그리고 이렇게 느끼는 것은, 이 이야기가 진행되는 동안도 그렇지만, 그에게는 매우 드문 일이다. 그녀가 귀기울이니, 그는 스텝 지역의 쓴 버섯 중에서도 제일 쓴 놈을 이로 베어 물어 그 쓴맛이 혓바닥 한가운데서부터 위로는 머리카락 끝까지 아래로는 발가락 끝까지 퍼져나가도록 해서 마침내 억지로 입술을 뗀다. 도대체 얼마 만에 처음으로 그의 목소리가 나오게 하는 건가? 동시에 그에게는 그녀가 그의 입에서 단어들을 끄집어내는 것 같은 느낌이 든다. 땀이 솟는다. 얼마 전 죽음의 땀과는 다른 것이다. 그녀가 웃는다. 그를 비웃는 건가? 가슴에 피가 흐르기 시작한다. 한데, 그런 것도 있나? 물론이다. 마침내 그의 가슴에서 피가 흐르고, 그는 다시 말을 할 수 있게 된다. 처음에는 그저 외마디 비명뿐이다. "내게 원하는 게 뭡니까? 뭘 원하는 거죠? 원하는 게 뭔지 말하라고요!"

다시 말할 수 있게 된 순간, 혹은 바로 그 직전에, 이런 생각과 더불어 그에게 사랑이 솟아났다. "늦었어, 너무 늦었어, 너무너무 늦었다고!" 그리고 대충 다음과 같은 말을 했다. "시시해. 다시 그 남자. 또다시 그 여자. 그렇고말고. 그렇다니까. 시시해. 오래가지도 않아. 언제였더라? 언젠가 내게 잘해준 사람이 있었지. 한 사람만이 아니고. 또 그때 한 번만도 아니었지. 시시해. 그런데 나는? 그 순간에는 잘해주었어. 그러고는 잊었지. 잘해주었고, 그리고 이제 다시 혼자라고. 누구와도 절대로 말 안 해. 시시해. 위하여 산다! 누굴 위하여 산다고? 귀한 사람들을 위해서지. 아, 수많은 고귀한 사람을 위해. 누가 그들을 구해주지? 누가 그들에게 권리를 주나? 그들을 죽음에서 깨어나게 하는 뭔가가 그러겠지! 스텝 지역의 떠돌이 행상에게 기념비를. 시시해. 내 자식을 봤을 땐, 얼마나 기뻤는지 몰라. 자식 복이 있어. 내 아내도 내 아이야. 내 어머니도 내 아이고. 아버지 역시 내 사랑하는 아이! 할아버지는 유달리 작은 꼬마애라고! 시시해. 모든 게 다 잘될 거야. 모든 게 잘된 적은 한 번도 없었지. 요즘은 그래도 옛날보다는 한결 나은 거야. 어째서 승천일 축제가 크리스마스 축제보다 먼저 올까? '이제는 모르겠다.' 그게 내 친할머니가 늘 하시던 말씀이었지. 아니 외할머니였나? '이제는 모르겠다.' 할머니의 그 말씀은, 내가 지금까지 들어본 가장 아름다운 문장들 가운데 하나야. '이제는 모르겠다.' 아들을 하나만 빼고 전부 전쟁통에 잃고, 암으로 조용히 돌아가셨지. 아, 시시해! 그리고 내가 바로 에브로강 위의 돌다리에 서 있었다는 사실, 이것도 벌써 어느새 오래전 일이야. 지금 당장 집으로 가지 않으면, 나는 절대 집으로 돌아가지 못할 거야."

그리고 그 순간 두 사람은 부둥켜안는다. 그녀가 넘어지는 그를 붙잡는다. 그가 무거운 탓에 둔중한 소리가 난다. 하지만 그후에도 그들은 출발하지 않는다. 그들은 우선 버스터미널의 바에서 커피를, 자메이카산 블루마운틴 커피가 아닌 그냥 커피를, 커피잔 대신 유리컵으로 마신다. 승리자인 그녀는 그 레스토랑에서 그의 머리카락에 달라붙어 있던 깃털 하나를 떼어내고—스텝 지역의 독수리 깃털은 아니었다—손톱을 깎아주고—아무도 보지 않는다—그가 바꿔 신고 있는—그러고도 이 남자는 도대체 어떻게 그토록 멀리까지 걸을 수 있었을까?—구두를 제대로 신겨주고 옷을 한 벌 건네준다. 그는 화장실에서 옷을 새로 갈아입는다.

그녀의 죽은 남편의 양복인가? 그녀는 아무 말도 하지 않는다. 도무지 말이 없다. 딱 한 번, 버스 안에서, 출발 직전에 말한다. "당신의 중세 서사시 중에는 교활하게, 사랑하는 여자에게 마법의 묘약을 먹여 부당하게 아내로 취한 뒤에, 평생 밤마다 그녀를 소유하고 있다는 착각에 빠져 지내는 남자가 나오죠. 사랑의 묘약이 결여된 이런 착각은 오늘날에도 생겨나고 유지되며 오래전에 일반적인 것이 되었어요. 나와 함께 살던 남자도 나와 함께 살았다고 착각한 것뿐예요. 그 착각만으로도 얼마나 모욕적인데요! 그래서 나는 그가 죽자마자 당장 그 사람 물건들을 내 집에서 치웠어요. 또 나는 그가 죽기 전에, 그와 나 사이에는 단순한 속임수밖에 없었다는 사실을 그가 깨닫게 해주었지요. 그리고 남편이 죽기 훨씬 전에 결심했어요! 다시 한번 누군가를 열렬히 사랑하게 된다면, 첫눈에 보자마자 마구 패줄 거라고!"

여자 운전기사는 우리의 화자를 집으로 데려가면서 가장 빠른 지름

길을 택하지 않았다. 그녀가 매번 어디서 커브를 꺾었는지 그는 말해주지 않았고, 나도 알고 싶지 않았다.

그들이 함께 체험한 것은 무엇인가? 그는 그들이 함께 보고 들은 것만 내게 설명했다. 그의 이야기에는 함께 냄새를 맡거나 킁킁거린 것 따위는 전혀 고려되지 않았다. "팜플로나* 앞에서 우리는 피레네산맥의 첫눈을 보았습니다. 비아리츠**에서는 등대가 있는 바위 옆에 걸터앉아 바닷소리를 들었고요. 사방에서 부서질 듯 일렁이는 파도가 어찌나 사납던지, 아득하게 먼 대서양 맨 끝에 있는 조그만 산호초 꼭대기에 서 있는 것만 같았지요. 툴루즈*** 근처 가론강과 미디 운하 사이에 있는 어느 마을에 앉아 있을 때는, 한 꼬마가 다가와서 오후 내내 여러 가지 물건을 가져다주기도 했어요. 사과, 돌멩이, 새의 깃털, 끊어진 카세트테이프, 고무줄, 포도 두 알, 작은 붕어 두 마리, 죽은 두더지 한 마리, 마지막으로 우리를 그린 듯한 스케치 한 장. 나르본**** 근처 염전에서는 소금 산의 등마루로 올라갔지요. 그 위에 앉아, 휑하니 돌만 잔뜩 깔려 있는 내륙을 들여다보았어요. 그사이 우리 발밑의 소금 결정들은 점점 더 세게 빠드득거렸답니다. 좀더 북쪽으로 당일치기 여행을 하던 중에는, 낙엽송 숲속 어디선가 크로스컨트리 외발자전거가 브레이크를 잡는 듯 끼익하는 소리가 울려나와 머리 위로 높이 퍼져가는 것을 들었어요. 또 나뭇가지 하나가 이웃 나무의 곁가지 위에 얹혀 있

---

* 스페인 북동쪽 피레네산맥의 서쪽 기슭에 있는 도시.

** 프랑스 남서부의 스페인 국경 부근에 있는 휴양도시.

*** 프랑스 남부 가론강 중류에 있는 도시로 미디 운하가 시작되는 곳.

**** 프랑스의 남부 도시. 20킬로미터 떨어진 해변은 해수욕장으로 유명하며 염전도 있다.

는 모습을 보았는데, 바람 속에서 서로 비벼대며 흔들거리는 두 나뭇가지에서는 삐걱거리고 끙끙대는 신음소리와 간간이 한숨짓는 소리가 들려왔지요. 하루는 몇 시간 동안이나 고양이 두 마리의 사랑놀이를 구경하기도 했어요. 그리고 하천과 산맥, 기후의 한계선과 경계선을 몇 차례나 더 뒤로했지요. 우리는 알프스의 어느 인적 없는 고갯길에 차를 멈추고, 풍경을 한층 더 커 보이게 하는 볼록한 전망창을 통해, 온통 흰 눈으로 뒤덮여 반짝거리는 산악지대의 풍광을 바라보았어요. 눈부시게 파란 하늘의 따뜻하고 고요한 태양 아래로 가파른 절벽 하나 보이지 않는 산이 부드러운 능선을 이루며 뻗어가고 있더군요. 몇 개의 골짜기 굽이굽이까지—깊이 쌓인 눈밭 속으로 작은 시내들이 구불구불 흘러내린 흔적이 있었고—희미하게 햇빛이 찾아들었어요. 그게 바로 일찍이 사람들이 '광채'라고 불렀던 거겠죠. 게다가 그곳 만년설 속으로는 시냇물 두 줄기가 한데 흘러들고 있었어요. 그중 한 시내는 눈으로 뒤덮여서 그 윤곽이 특히 부드럽게 보였고, 새하얀 아치를 이루는 한가운데 넓은 구덩이가 유일하게 그늘이 지는 곳이었지요. 하지만 광채는 그 작은 그늘까지도 스며들어 어느 곳에서보다도 한층 더 따뜻하게, 아니 강렬하게 반짝였답니다. 항상 차를 타고 달리기만 한 것은 아니고, 때때로 차를 세우고 내려서 나무나 바위 할 것 없이 무엇이든 헤치며 걷기도 했지요. 그렇게 나란히 걷는 우리 모습을 보았다면, 진작에 남녀 사이에 대해 꿈꾸기를 그만둔 사람이라 해도, 그저 한순간 먼발치에서 우리를 본 것만으로도 온통 가슴이 설렜을 거예요!"

집으로 가는 동안, 그렇게 차에서 내려 걸어가던 어느 길목에서 그녀는 몇 마디 안 되는 말을 더 했다. "그렇게 당신에게 마음이 끌렸던 것은, 좋건 나쁘건 간에, 어쨌든 언젠가 당신에 대한 이야기를 들었기 때문이에요. 운터스베르크와 페네데스의 계곡 사이에서, 어떤 이야기를 할 수 있는 유일한 남자가 당신이라는 말을 들은 적이 있거든요. 비록 불타는 트로이에서 도주한 아이네이아스*의 이야기보다 훨씬 슬픈 것이라 해도 말이에요." 그리고 또 둘이 함께 걷던 어떤 길에서, 그녀가 그에게 말했다. "스텝 지역 변두리의 판자 건물에서, 나는 다시 순결해질 때까지 아주 한참 동안 누워 있었어요."

하지만 그런 게 가능할까? 과연 순결을 되찾을 수 있을까? 그렇다면 그후에는 어떻게 되는 거지?

어느 가을날 저녁 그들은 잘츠부르크 근교에 도착했다. 여자는 버스를 공항 앞에 세워두었다. 그들은 그의 집이 있는 서쪽을 향해 들길을 따라 함께 걸었다. 그들은 모든 이미지를 칼날처럼 예리하게 바라보았다. 들려오는 소리는 모두 이별의 소리 같았다. 그리고 그는 문득 자신의 삶이, 자기 앞에 계속될 나날이, 무엇보다도 그녀 없이 시작될 내일 하루가 섬뜩하게 느껴졌다. 그가 말했다. "내 곁에 있어줘." 그녀가 대답했다. "안 돼요—다른 사람들은 어떨지 모르지만—우리 둘은 어쨌든 너무 늦었다는 거 알잖아요?" 그러자 그가 대답했다. "하지만 당신이 내게 도움을 청했잖아." 그녀가 말했다. "벌써 도와준걸요." 그녀는 자기 버스로 돌아갔고, 그는 계속해서 집으로 향했다. 그러나 이별하면서 두 사람 모두 활기를 되찾은 것 같았다.

* 그리스신화 속 영웅으로 트로이 함락 후 일족의 생존자를 이끌고 피신해 로마 건국의 기초를 쌓았다.

국경 강둑 근처 그의 동네 거리의 유일한 상점은 진열창 불만 켜둔 채 이미 문을 닫은 상태였다. 어째서 벌써 강림절* 달력이 진열되어 있는 거지? 하긴 사라고사 길모퉁이에서도 복권 판매원들이 10월 중순에 벌써 크리스마스 복권을 사라고 외쳐대지 않았던가.

큼직한 가을 낙엽들이 바람에 날려 가게 안으로 깊숙이 들어갔다. 그리고 그는 국경의 강, 잘라흐를 한 번 바라보려고 가게 뒤 둑 위로 올라갔다. 강은 무엇을 하고 있었나? 강은 유유히 흐르고 있었다. 그리고 그는 집 앞에 도착해서야 깨달았다. 언제부터인지는 모르지만 자신이 집 열쇠를 손에 꽉 쥐고 있었다는 것을.

집은 어두웠다. 비바람이 몰아치고 있었지만 그는 선뜻 안으로 들어서지 않았다. 이웃집 꼬마가 평소에는 인적이 드문 거리를 지나가다가 말했다. "나 아저씨 알아. 여기 살지요. 이곳은 아저씨 집이고, 아저씬 탁스함의 약사야." 이 아이는 그렇듯 배려하는 어투로 말했다. 그리고 그의 자동차는 집 앞에 방금 막 세운 것처럼 탁탁하는 엔진음을 내며 서 있었다.

우선 정원을 통과했다. 과실들은 모두 거둬들인 듯 무화과만 몇 개 남아 있었다. 지나가면서 하나를 따 입에 넣었다. 한데 무화과나무가 맞을까. 게다가 그렇게 북쪽에도 열매가 익는 무화과나무가 있나? 그렇다, 그동안 거의 모든 곳에 거의 모든 것이 있게 된 것이다.

그는 누군가의 손에 이끌리듯, 눈을 감고 움직였다. 눈을 떠라! 히말

---

* 크리스마스 전의 4주간.

라야삼나무 밑에는 어느새 이웃집 정원에서 그의 정원으로 옮겨온 우산버섯들이 어둠 속에서 빛나고 있었다. 셋, 아홉, 열다섯, 스물일곱 개의 우산버섯. 아니다, 스물여덟 개나 되는, 무릎까지 닿는 우산버섯. 녀석들에게서는, 역시 우산버섯답게, 빗방울이 뚝뚝 떨어지고 있었다. "너희는 우리가 당분간 그냥 놔둘게!" (그는 '우리'라고 말했다.)

현관문 앞에서 난데없는 뭔가에 걸려 넘어질 뻔했다. 땅속에서부터 솟아올라온 나무뿌리가 현관 앞을 가로막고 널브러져 있었다. 문을 열자 아내가 쓰는 위층에서 작고 가벼운 물건이 바닥으로 떨어지는 듯한 소리가 들렸다. 그 소리로 미루어 아내는 여느 때와 다름없이 외출중인 모양이었다. 휴가 여행에서 돌아와서도 여전히 그와 떨어진 그녀만의 공간에서 지내고 있음이 분명했다. 언제까지나 지극히 불안정한 그녀의 질서 내에서, 이렇게 문틈으로 흘러들어온 미풍만으로도 어디선가 바닥으로 떨어지며 요란한 소리를 내는, 눈에 띄지 않는 그녀의 물건들.

"버섯이 우리를 갈라놓은 것은 물론 아닙니다." 탁스함의 약사가 내게 고백했다. "언젠가, 나도 언제 어떻게 된 건지는 모르겠지만, 내가 너무 상처를 줘서 아내는 자기 자신과 타협하지 않고는 더이상 나와 함께 살 수 없게 된 거지요. 하지만 아내는 집을 떠날 수도 없었고, 이런 부부가 우리 둘뿐인 건 아닙니다."

그의 공간에는 모든 게 떠날 때 그대로였다. 휴가지에서 보내온 딸의 엽서 몇 장이 유일한 우편물이었다. 그녀는 언젠가는 자기 소유가 될 약국으로 벌써 돌아와 있었다. "사랑하는 아버지." 가슴이 뿌듯해지는 두 단어. 그에 더해 지난여름 이마에서 떼어낸 조그만 종양의 검사 결과. "어땠는데요?" 그는 내게 대답하지 않았다.

그는 어둠 속에서 텅 빈 하얀 벽을 마주보고 앉아 있었다. 그 벽에서 강변의 가로등 불빛을 받은 정원수들의 그림자가 심한 비바람에 야수처럼 앞으로 부딪혔다 뒤로 밀려나면서 몸부림치고 있었다. 달리기 선수의 출발 직전 같은 정적의 순간들—그리고 이제 번개 같은 출발! 눈을 감자, 눈꺼풀 속으로 부드럽게 반짝이는 스텝 지역의 땅이 나타나 끝없이 드넓게 펼쳐졌다. 집안은 서서히 그의 망자亡者들로 가득찼다. 그의 아들도 다시 거기에 끼어 있을까? "아뇨, 이번에는 아닙니다."

도끼날이 목덜미를 내리찍자, 그의 머리가 철커덕 아래로, 가슴께로 떨어졌다. 사형? 아니다, 그는 잠든 것뿐이다. 그런데 그냥 그렇게 가만히 앉아 있는 그의 목뼈가 거의 부러질 정도로 세차게 앞으로 꺾인 것이다. 그는 의식이 혼미해진 듯했다. 잠자리에 들자. 아니다, 아직 잠들어선 안 된다!

집에서 그가 늘 애써 피했던 장소인 지하실로 내려갔다. 그런데 오늘은 이 지하에서 드디어 집에 도착했다는 느낌을 주는 자리를 발견했다. 그곳은 언젠가 그의 꿈속에 나타났던 그 낯선 침입자들도 득실거리지 않는, 그저 한적하고 텅 빈 곳이었다.

책을 읽으러 위로 올라갔다. 스탠드를 켰다. 그러자 누렇게 색이 바랜데다 마구 엉클어져 툭 튀어나와 있는 구두끈이 눈에 띄었다. 스텝 지역의 풀줄기 하나가 꽂혀 있었다. 그는 서사시 『아이바인* 혹은 사자獅子

---

* 영국 작가 월터 스콧의 역사소설 『아이반호』를 빗댄 이름.

의 기사』를 펼쳤다. 지난번에 어디까지 읽었더라? 너무 급작스럽게 중단하는 바람에 책갈피 끼워두는 걸 깜빡했나?

마침내 그 부분을 찾아냈다. 그는 계속 읽어내려갔다. 그러나 읽다 말고 갑자기 몸을 떨기 시작했다. 이제 그는 떨었다. 이제야 비로소 떨었다.

에필로그

나는 그해 겨울, 여기저기 흩어진 주택단지에 둘러싸여 정확하게 마을 한가운데 초원 위에 서 있던 별나게 생긴 납작한 벙커, 탁스함의 그 약국에서 야근중인 약사를 만났다.

몇 번 중단하면서도, 그는 밤이 한창 깊어질 때까지 내게 자신의 여름 이야기를 들려주었다. 한번은 어느 노파가 와서 이른바 그만이 조제할 수 있다는 흉통용 가루약을 가져갔다. 두번째로 종이 울렸을 때는 벌써 자정이 지나 있었다. 젊은 아빠가 아이를 데리고 왔는데, 침대에서 떨어지면서 머리를 부딪힌 아이는 피를 흘리고 있었다. 흰 가운을 입은 약사는 솜으로 피를 닦아내고 반창고를 붙여주었다. 마찬가지로 아주 늦은 시각에 바로 이웃집에서 살려달라는 비명소리가 들려오자 약사는 단숨에 자리를 박차고 일어났다—그것은 그저 어디선가 켜놓은 텔레비전의 심야영화에서 터져나온 소리였다. 그다음에는 갑자기 밖에서 짐승 울음소리 같은 것이 요란하게 울려퍼졌다. 마치 차에 치인 개가 내지르는 듯한 그 소리는 조제실 안에서 더욱 커지며 계속 울렸다. 끔찍한 고통, 아니 어쩌면 오히려 근심과 고뇌에 빠져 있는 것처럼 보이는, 나이를 가늠하기 어려운 한 남자가, 그런 구슬픈 울음소리가 아니고는 달리 그 고통을 전달할 방법이 없다는 듯이, 목구멍에 걸려서 전혀 알아들을 수 없는 몇 마디 음절들을 섞어가며 한동안 절망적으로 두 눈을 부릅뜬 채 약사에게 얼굴을 정면으로 들이대고 덤비다가, 마찬가지로 갑작스럽게 입을 다물고는 어둠 속으로 사라졌다.

어떻게 매사에, 가루약을 조제할 때나 상처를 치료할 때나 최소의 행동반경에서 움직이고, 절대로 손을 멀리 내뻗지도 않으며, 게다가 소리도 거의 내지 않을 수 있는지 정말 놀라웠다. 작업 방식이 바뀐 것인가? 그리고 그는 매번 최소 단위로만 약을 조제해주었다. 가장 작은 상자, 아니면 정말 딱 한 알, 가루약과 물약은 한 숟갈씩만. 물컵 속의 숟가락도 발칸반도의 손님 접대용 숟가락처럼 가지런히 준비되어 있었다—단지 여기서는 꿀이 아니라 약을 먹기 위해서라는 점이 달랐다.

그의 모습을 바라보고 있자니 푸근함이 전해져왔다. 혼자서 일하고 있었지만 분명 누군가를 위해, 다른 사람을 위해 일한다는 것이 느껴졌다. 부재중인 그의 가족을 위해.

그런데 또 한번은 누군가 어둠 속에서 성큼성큼 걸어나오더니 멀리서부터 그를 향해 달려와, 한마디 말도 없이 한 손으로 그의 팔을 잡아 등뒤로 비틀고 다른 손으로는 정식 처방전 같은 것을 흔들어 보이면서 거칠게 밀치는 일도 있었다.

겨울이라 동트기까지는 아직 좀더 기다려야 했던 어느 때쯤 약사는 이야기를 마쳤다. 그러고 나서 예의 그 블루마운틴 커피를 내왔는데, 향을 들이마시는 것만으로도 벌써 나는 기분이 상쾌해졌다.

우리는 밖으로, 장미나무 몇 그루가 자라고 있는 풀밭으로 나왔다. 줄기 맨 꼭대기에 아직 꽃 한 송이가 피어 있었다. 땅바닥에는 덜 익긴 했어도 그런대로 먹을 만한 딸기 몇 알이 보였다. 약사는 가운을 벗고 외투로 갈아입었는데, 그러지 않았더라도, 그가 첫걸음을 내딛는 순간 벌써 그에게 배어 있던 온갖 약품냄새는 모두 공기 중으로 사라져버렸을 것이다.

나는 그를 옆에서 찬찬히 뜯어보았다. 어째서 전부터 사람들을, 그들의 얼굴을, 그들의 신체를 묘사하는 것이, 특히 어떤 특징들을 묘사하는 것이 마음에 거슬렸는지 모르겠다. 나는 또 그런 종류의 묘사들이 아무리 잘되었다 할지라도, 왠지 적합하지 않다는 불쾌감을 지울 수 없었다. 그럼에도 지금 이 순간 약사의 모습은 적어도 대충이나마 그려볼 수 있을 것 같다. 그는 특별히 키가 크지 않았지만 꽤 다부진 체격에 어깨가 넓었다. 그중에서도 가장 두드러지게 넓어 보이는 것, 그러니까 그에게서 유일하게 눈에 띄는 부분은 코였다. 콧방울이 연신 벌름대는 콧구멍 때문이었다. 일부러 햇볕에 태운 게 아닌데도 유달리 검은 그의 피부에 관해서는, 대학 시절 메소포타미아 길가메시왕의 서사시를 자유롭게 각색한 연극에 등장했었다고, 언젠가 그가 내게 설명한 적이 있었다—왕이라고요? 그는 내 질문을 못 들은 체했다.

마침 그때, 젊은 시절 길에서 마주치던 수많은 사람의 얼굴에서 그 시절의 영화 스타들을 떠올리곤 했었다는 사실과, 그후에는 한 번도 그런 적이 없었다는 생각이 떠올랐다—적어도 지금 탁스함의 약사를 뜯어볼 때까지는 그랬다. 그는 내게 게리 쿠퍼, 페드로 아르멘다리스, 그 밖의 다른 주연배우를 생각나게 했으며 동시에 스탠 로럴, 제리 루이스, 특히 버스터 키턴 같은 희극배우, 외견상으로는 전혀 비슷하지 않은 여자 스타, 게다가 에드워드 G. 로빈슨과 어니스트 보그나인 같은 악역 배우까지 연상시켰다. 그들과 얼굴이 닮아서는 아니었다. 오히려 방금 들은 이야기 때문인 듯도 싶었지만, 그보다는 사건을 바라보고 과정들을 추적해가는 그의 방식에서 비롯됐다는 게 더 정확할 것이다. 그의 눈에는 모든 것이 같은 속도를 가진 것처럼 보였고, 빠름과 느림 사이에 전혀 차이가 없었다. 그는 전속력으로 질주하는 자동차도 커피잔에서 모락모락 피어오르는 김을 바라보듯이 평온하게 바라본다. 하지만 내게는 전혀 다른 사실을 말하지 않았던가. 빠른 속도는, 바라보는 것만으로도 벌써 그를 공포에 빠뜨릴 수 있었다고?

나는 그에게 자신이 그 이야기로 인해 달라졌는지 물었다.

그는 대답했다. "그동안 어디선가 나 자신에게 맹세한 적이 있었어요. 언젠가 내가 이곳으로 돌아올 때는 딴사람이 되어 있을 거라고! 하지만 유일하게 달라져 보이는 것은 커진 발이었지요. 그래서 신발을 새로 살 수밖에 없었고요."

나는 또 그에게 왜 약사가 되었느냐고 물었다.

"집안 내력이지요." 그가 대답했다. "약사 집안. 그 당시 타트라고원에서 우린 가문 고유의 문장까지 있었답니다."

한편 그는 일부러 아무런 메모도 하지 않은 것이냐고 물었다. 나는 그렇다고 대답했다.

"잘하셨습니다." 그가 말했다. "중요한 건, 내가 방금 이야기한 것을 당신이 커다란 종이 위에 적어둔다는 거예요. 그렇게 하지 않으면 헛일이에요. 나는 백지 위의 검은 글씨를 원합니다. 나는 내 이야기가 글자로 쓰인 것을 갖고 싶어요. 입으로 이야기할 때는 내게로 돌아오는 게 아무것도 없어요. 글자로 쓰인 것은 다를지도 모르지요. 그리고 결국에는 나 자신도 내 이야기에서 뭔가를 얻고 싶답니다. 말과 글자 사이에는 차이가 있다고들 하잖아요. 그 차이는 아주 중요하지요. 나는 내 이야기가 문자로 기록된 걸 보고 싶습니다. 나는 내 이야기가 쓰인 것을 볼 거예요. 그 이야기도 그렇게 되기를 바라고 있어요."

"하지만 당신과 나를 제외하면 대체 누가 그 이야기를 읽어야 할까요?" 내가 물었다. "상업적으로나 예술적으로나 어느 누구도 원하지 않는—다른 개인을 대상으로 한 게 아니라, 오직 그 이야기에 등장하는 한 사람만을 위해 쓰이는 이야기가 오늘날 대체 무슨 의미가 있을까요?"

그가 대답했다. "어쩌면 그런 게 바로 가장 근원적인 이야기가 아닐까요? 언젠가 처음에는 그렇게 시작되지 않았을까요?"

별 하나 보이지 않았다. 아름다운 조개껍데기처럼 생긴 구름 뒤로 달빛이 숨어들었던 그 짧은 순간, 탁스함의 하늘은 칠흑같이 어두웠다. "타르세네피데!" 내 곁에서 그가 외쳤다.

밤바람이 불기는 여기도 마찬가지였다. 비록 거의 느낄 수 없을 정도였지만 분명히 알 수 있었다. 마치 그 남자와 더불어 또다른 바람이 불어오는 것 같았다. 특별히 바깥에 서 있는 우리를 위해서만 불어오는, 애무 바로 그것이었다. 바람의 애무에 목덜미의 잔털들이 곤두섰다. 뒤에서는 귀뚜라미의 노래가 들려왔다. 한겨울에 귀뚜라미라니? 그렇다. 그런데 그 노랫소리는 아래, 땅 쪽에서 나는 게 아니라 위쪽, 약국 담의 갈라진 틈에서 들려오고 있었다. 멀리 어둠 속에서 술 취한 사람이 비틀거리는 게 보였다.

"아니에요," 약사가 설명했다. "나는 그를 알아요. 저 사람은 술에 취한 게 아니라 아내와 자식들한테 버림받은 거랍니다. 인사라도 건네야겠어요." 그는 그 사람에게 가서 인사했다. 그리고 어둠 속 또다른 쪽에서 아주 어린 소녀가 갓 태어난 듯한 젖먹이를 품에 안고 지나갔다.

약사는 다시 몇 걸음 밤의 내부로 들어갔다. 스텝 지역식 걸음인가? 그건 차라리 어린아이의 걸음마처럼 넘어지지 않으려고 다리를 벌린 채 걷는 걸음이었다. 그리고 그가 지금 나에게 얼굴을 홱 돌리며 가리키는 그곳에서는 그의 이야기가 진행되던 시기의 후반부 무렵부터 목하 전쟁이 벌어지고 있었다. 무의식중에 어둠 속으로 내던진 돌로 그는 순식간에 누군가처럼 폭력을 행사할 수도 있을 터였다. 그렇다면, 그 점에서도 그는 변한 것인가? 어느새 그는 약국으로 들어갔다. 그러고는 어느 틈에 불붙은 신문지 한 장을 들고 다시 바깥으로 나와서 돌멩이 쪽으로 내던졌다.

"나중에야 깨닫게 되었어요." 나중에, 날이 샐 무렵 우리가 그의 조제실 작은 탁자에 앉았을 때 그가 말했다. "내가 저기 공항의 숲가에서 그렇게 일격을 당하리란 것을 전부터 반쯤은 의식적으로 기다리고 있었다는 걸요—차라리 머리가 아니라 배를 맞기를 원했었지만요. 그리고 내가 아들애를 때리는 순간을 쓰겠다면, 그냥 '때리려고 팔을 치켜들었다'라고만 기록해주었으면 좋겠습니다—야만스러운 행동을 얼버무리고 싶어서가 아니에요, 오히려 그 반대지요. 특히 자기 자식 앞에서, 때리지는 않고 팔만 치켜든다는 것은 실제로 때리는 것보다 더 비난받아 마땅한, 어쨌든 훨씬 더 추하고 잔인한 짓이니까요."

그러고 나서 나는 드디어 더 편안하게 질문을 할 수 있었다. 그가 올해와 같은 모험을 또다시 체험하기를 원하는지? "진기한 한 해였어요!" 그는 대답했다. 그러고 나서 말했다. "나는 여기서 나 자신과 내 일에 대해 낙관적이랍니다. 하지만 그걸로는 충분치 못해요. 그래서 외로움이 생기고, 죄책감이 들지요."

"죄책감이라면, 당신의 이야기가 진행되던 동안의 이런저런 실수와 소홀함 때문인가요?"

"그래요, 나는 내 이야기 도중에 몇 가지를 그르쳤어요. 그런데 이번에는 그런 실수를 하더라도 뭔가 늦지 않고 제때 하고 싶답니다! 여기서 어느 곳에 서 있든, 어느 곳을 걷고 있든 나는 다음 모험을 위한 만반의 준비가 되어 있어요—다음번에는 본질적으로 달라지기 위해서죠. 그리고 그것은 어쩌면 동경이라기보다는 탐욕인지도 모르겠습니다. 나의 스승 파라셀수스*가 버섯들에 관한 단상에서, '귀중한 것을 눈앞에서 목격한 자는, 바로 그 순간 벌써 또다른 귀중한 것으로 눈길을 돌린다'고 말했던 대로지요. 다만 나는 그 특별한, 까맣게 작열하는 출

* 스위스의 의학자이며 화학자로 '독성학의 아버지'로도 불린다.

발점을 더이상 발견하지 못하고 있을 뿐이랍니다. 당시, 내 이야기가 시작되던 때, 그땐 발견했었어요. 그 출발점을 되찾기 위해서라면 무엇이든 다 내줄 수 있을 텐데!"

"공항 숲속의 빈터, 히말라야삼나무와 샘터, 그게 아직 남아 있나요?"

"빈터는 개간되고 샘도 메워졌어요. 새로 집을 짓기 위해서지요. 잘된 일이에요."

"여행의 동반자였던 시인과 세계 챔피언은 아직도 가끔 만나시나요?"

"그럼요, 지하 식당에서 만나죠. 내가 그 식당과 두 사람을 피해야 할 이유도 없잖습니까? 우리는 우연히 만났고, 또 오늘날까지 그들은 내가 말하는 것을 들어도 전혀 놀라지 않아요. 당시에는 내가 전혀 말을 못했는데도요. 바로 그런 우연한 만남에서 나는 보통 친구들에게서보다 훨씬 더 질긴 결속감을 느껴요. 위험도 덜하고."

"그럼 밤바람 도시는요?"

"그때 거리를 배회하던 사람들이 권력을 장악하고, 독자적인 국가를 만들기 위해 매진중이지요. 현재 벌어지고 있는 전쟁 중 하나가 거기서 터졌는데, 주무대는 광활한 스텝 지역이에요."

그때부터 나는 거의 "그래서요?"라고 묻기만 했다. ―"그래서요?"―"약사: 언젠가는 내 적수가 아닌 여자가 내 집에 들어서게 될 거예요."―"그래서요?"―"당신도 그런가요? 내겐 도무지 동년배란 게 없는 것 같아요. 모두 나보다 나이들어 보이거나 한참 어려 보여요."―

"그래서요?"—"하지만 그럼에도 불구하고 늙어간다는 걸 절로 느끼지요. 이를테면 활기는 여전하지만, 어쩌면 전보다 더 강할지 몰라도, 그걸 외부로 실현시킬 추진력이 이젠 전혀 따라주지 않는 겁니다. 내가 밀어주길 기대하는 듯한 뭔가가 앞에 놓여 있는데도, 나는 그걸 그냥 여기저기에 내버려두는 거죠."—"그래서요?"—"사람들은 대부분 꿈이 어떻게 중단되었는지만 기억하기 마련이에요. 그 꿈이 어떻게 시작되었는지는 거의 기억 못하죠!"

그다음부터는 그에게 "그래서요?"보다는 한결 자세하게 질문했다. "노래할 줄 아세요?"—또다시 목소리가 거의 나오지 않을 지경이 되어 밤새도록 그저 입술만 달싹이며(바라보는 것만도 고통스러웠다) 힘들게 겨우 말하던 사람이, 이 말을 듣자 자리를 박차고 일어났다. 그는 스텝 지역의 풀 묶음 위로—실제로 볏단처럼 굵은—몸을 구부려, 가능한 한 아주 깊이 숨을 들이마셨다가 내쉬면서 음정을 잡고는 즉석에서 노래를 불렀다. 호소력 짙은 목소리라기보다는 약간 지친 듯한 목소리였다. 이어진 노래는 오랫동안 준비되고 차분히 다듬어진 곡 같았다.

"그들은 이루 말할 수 없는 탈진상태가 되어 서로의 품에 몸을 던져 안겼다.

그들은 이루 말할 수 없는 기쁨을 서로에게서 맛보았다.

그들은 이루 말할 수 없는 나른함 속에 나란히 누웠다.

그들은 이루 말할 수 없는 경탄 속에 깨어났다.

그들은 이루 말할 수 없는 조바심으로 창마다 내다보았다.

그들은 이루 말할 수 없는 인내심으로 계속 달렸다.

그들은 이루 말할 수 없이 서로 사랑했다.
그들은 이루 말할 수 없이 서로에게서 자유로웠다.
그들은 이루 말할 수 없이 서로에게 대담했다.
그들은 이루 말할 수 없이 서로에게 감사했다.
그들은 이루 말할 수 없이 서로를 인정했다.

그들은 이루 말할 수 없이 땀을 흘렸다,
소리를 질렀다,
울었다,
피를 흘렸다,
침묵을 지키고
서로 이야기를 나누었다.

그들은 이루 말할 수 없는 슬픔 속에서 헤어졌다.
그들은 각자 다른 방향으로 갔다,
말할 수 없음에 대하여
말할 수 없이 분노하며."

아침까지 약국에는 도움이 필요한 사람이 아무도 찾아오지 않았다. —"필요하신 게 뭡니까?"라는 말이 매번 약사의 첫마디였다—미명 속에서 우리는 몇 시간 동안 침묵하며 예보된 눈을 기다렸다.

어느덧 모든 소리가 구별 가능할 만큼 잘 들리게 되면서, 어둡고 청명한 12월의 하루가, 활주로와 기찻길과 고속도로 사이에 자리한 탁스함의 삼각지대 한가운데에서 시작되었다. 약사가 문까지 나를 배웅했다. 나는 늘 첫 새가 날기 시작하는 아침에 글을 쓰러 가려고 했던 나의 옛 시절을 회상했다. 그렇게 우리는 잠시 서 있었다.

그리고 나는 말했다. "스텝 지역에 대해 쓴다는 게 내키지 않는군요. 그나저나 도대체 유럽 어디에 아직도 스텝 지역이 있다는 겁니까? 게다가 그 단어부터가 벌써 마음에 안 들어요. '스텝 지역'이라니, 진부하게 들리는걸요."

약사의 대답은 이랬다. "하지만 내 이야기가 진행된 곳은 '초원'도 '대평원'도 아닙니다. '스텝 지역'이었단 말입니다! 내가 갔던 곳은 '스텝 지역'이었어요. 내가 횡단한 곳은 '스텝 지역'이란 말이에요. 다른 말로 대체할 만한 게 없어서 수천 년간 그 표기 형태까지 간직하는 단어들이 있죠—아주 드물긴 하지만, 예를 들어 나이팅게일을 뜻하는 '로시뇰'은 이미 중세 서사시에서도 오늘날과 아주 똑같이 쓰여 있었어요. 기쁨인 '라 주아'나 얇은 여울을 가리키는 '라 게', 권리인 '르 드루아', '잃어버린'이라는 뜻의 '페르뒤'도 마찬가지였죠. 그러니 '스텝 지역'이란 단어도 있고, 그 지역도 있는 겁니다. 스페인의 거의 모든 도시는 이웃 도시에서 수백 마일 떨어진 스텝 지역에 위치해요. 아빌라, 살라망카, 마드리드도. 그라나다 지방의 알람브라궁전은 스텝 지역 위쪽의 암석 봉우리에 자리잡고 있어요. 코르도바의 메스키타에서 과달키비르강까지는 불과 몇 걸음 거리이며, 또 거기서 스텝 지역 안으로 들어서보면, 거기에는 염소들이 퉁퉁 불어오른 젖통을 질질 끌고 다니죠. 심지어 여기 탁스함에도, 스텝 지역 또는 나쁘게 말해 스텝화된 곳이라 부르는 장소가 있습니다. 철둑이나, 어차피 이제는 오지 않을 서커스단을 위해 공터로 남아 있는 자리뿐만이 아니에요. 그리고 내 조제실 안에 있는 것도 바로 스텝 지역의 꽃다발이에요. 꽃이 아니라, 속이 텅 비었고 썩지 않는 수백 가지 형태의 꽃받침과 꽃자루죠. 나는 이 꽃다발을 절대로 내버리지 않을 거예요! 한번은 스텝 지역에 단 한 그루뿐인 나무에 기대앉아 있는데, 말이 계속 달려가자고 발로 차듯이, 뒤에서 뭔가가 나를 밀었어요. 스텝 지역의 나무줄기가 바람에 흔들렸던 거죠. 바로 이런 게 스텝 지역이었고, 지금도 또한 스텝 지역입니다. 그리고 꼭 '스텝 지역'이라고 불러야 하고요. 당신은 내 이야기의 독자들에게 스텝 지역에 대한 흥미를 불러일으켜야 해요—당연히 그래야 해요. 그리고 그에 대한 공포심도 함께 불러일으켜야죠. 냄새를 맡아봐요! 기억에 가장 오래 남는 게 후각인지 아닌지는 모르지만, 그래도 규칙적으로 훈련하기만 하면 분명히 망각을 억제할 거예요. 저기 스텝 지역에서 나는 쓴 버섯 말린 것을 한번 맛보는 건 어떨지. 두통, 감각상실과 착란, 실어증, 비위 상할 때, 홀로 있을 때의 무료함 등에 좋거든요."

'처방전 같은 말씀!' 나는 생각했다—그리고 이제야 아직 완전히 아물지 않은, 약사의 이마 위 상처가 눈에 들어왔다.

잠시 뜸을 들인 후 그가 말했다. "거기 스텝 지역에서 나는 때때로 나 자신에게까지 감격했었습니다. 나이든 한 남자에 대해, 특히 나 자신에 대해 경탄했었지요. 믿지 못하겠다면, 직접 한번 경험해보세요. 잠시라도 자기 자신에게 감격한 적이 없는 사람은 믿을 만한 사람이 못 되죠."

첫 새가 날아오르기 훨씬 전에 한 사람이 달리고 있었다—그러니까 어느덧 탁스함에도 조깅하는 사람이 생긴 건가?—그는 마치 지난 세계대전의 한가운데서 어머니를 외쳐 부르기라도 하듯, 기침을 하고 숨을 헐떡거리며 달려갔다.

그리고 또다시 얼마가 지난 후 약사가 말했다. "그 밖에도 선생은 내 이야기에 '멈추다'*라는 단어를 추가해야 합니다. '그는 멈춘다.' 우선 이것은 아름다운 독일어지요. 그리고 멈추다라는 단어는 힘을 줍니다. 그 단어는 한 사건에, 어떤 맹목적인 사건에, 맹목적인 세계적 사건에, 현상들의 도피에, 잡담에, 또한 고유하고 내면적인 사건, 가슴이 뛰고 귀가 윙윙거리고 위장이 눌리는 듯한 사건, 그 밖에도 다른 많은 사건에 개입합니다."

그리고 한참을 더 '멈춘' 다음에 내린 마지막 처방은 이렇다. "그냥 사랑 이야기만 쓰세요! 다른 어떤 것도 아닌 사랑과 모험 이야기를!—누군가가 나가고, 집안은 적막해졌습니다. 하지만 아직 뭔가가 부족해요. 나는 아직 어느 특정한 문이 잠기는 소리를 듣지 못했습니다."

"눈이나 내려라!" 우리 둘 중 한 사람이 말했다. 그리고 그때 정말로 눈송이 하나가 반짝거렸다. "저기, 눈 온다!" 우리는 동시에 말했다.

그리고 이제 드디어, 이날 아침의 첫번째 새가 나타났다. 통통한 까

---

* Innehalten. 중지하다 외에 완수하다, 유지하다라는 뜻이 있다.

마귀 한 마리가 소리를 내지르며, 억지로 뱀을 삼키듯이 목을 길게 쭉 뽑았다.

“마냥 깍깍거리고 울부짖어라, 까마귀야!” 탁스함의 약사가, 오랫동안 그래왔던 것처럼 거의 나오지 않는 목소리로 말했다. 간신히 새어 나온 목소리는 처음으로 제 갈 길을 찾아낸 게 분명했다. “하지만 나는 알고 있단다, 네가 다른 짓도 할 수 있다는 걸.”

1996년 여름/가을

일상적 존재 방식의 부정과 다른 사람 되기

1. 작품 구성 및 줄거리

페터 한트케의 소설 『어두운 밤 나는 적막한 집을 나섰다』(이하 『어두운 밤』)의 제목은 '십자가의 성 요한'이라고 불린 후안 데 라 크루스*의 시에서 유래한 것이다. 이 신비적이고 시적인 제목은 미묘한 분위기를 끌어내며 작품의 내용을 이미 암시하고 있다.

소설이 출간되었을 때 독일 매체들은 앞다투어 소개하면서 서로 상반된 평가를 내렸다. 저널리스트 볼프강 회벨은 『슈피겔』에서 작가가

* Juan de la Cruz(1542~1591), 스페인의 신비주의자이며 시인. 카르멜 수도회의 개혁을 추진하면서 반대파에 의해 9개월간 다락방에 감금되어 '어두운 밤'을 체험했다. 당시의 체험을 바탕으로 신비적, 영성적, 문학적인 성장을 이루게 된다. 그의 저서들은 영성신학의 고전으로 인정받고 있으며, 그중에서도 『카르멜의 산길』 『영혼의 노래』 『사랑의 산 불꽃』 등이 가장 유명하다. 1993년 에스파냐 언어권 모든 시인의 수호성인으로 선포되었다.

우리 시대를 위한 모험 서사시를 창조하려 했으나 성공하지 못했으며 "목표 없이 잡담으로 가득한 전율적인 동화가 만들어졌다"고 혹평했다. 반면 문예비평가이자 저널리스트인 위르겐 부셰는 『포쿠스』를 통해 이 소설이 "세계를 탐구하는 방법에 대한 글쓰기 시도의 연속으로 이해될 수 있으며, 그는 이 작품으로 한 걸음 더 나아갔다"고 긍정적인 평가를 내렸다. 이러한 엇갈린 평가는 한트케 문학세계를 바라보는 양면성을 여실히 보여주는데, 심한 편차에도 불구하고 바로 그 점이 지금까지 그의 작품들이 지속적으로 독자들의 관심을 끌며 성공을 거두고 있는 요소 가운데 하나라고 할 수 있다.

『어두운 밤』은 네 개의 장과 에필로그로 구성되어 있다. 소설은 주인공인 약사가 익명의 일인칭 화자에게 자신이 겪은 모험과 사랑의 이야기를 들려주며 줄거리를 만들어가는 독특한 구조를 가지고 있다. 이야기는 흐린 어느 여름날에 시작된다.

1장: 소설의 배경은 종전 후 전쟁 난민들이나 실향민들 그리고 강제이주자들이 모여 사는 탁스함이라는 마을이다. 오스트리아의 잘츠부르크시에 인접한 이곳은 온갖 운송 노선의 삼각지대 안에 건설되어 "다른 나라의 조차지"처럼 보이는 소외된 자투리땅이다. 이곳에 사는 '독수리 약국'의 약사는 냄새에 민감하며 희귀한 버섯에 관한 전문가이며 중세 영웅 서사시의 애호가다.

그는 아내와 한집에 살면서도 보이지 않는 금을 그어놓고 서로의 영역을 침범하지 않는 철저히 단절된 독특한 별거생활을 하고 있다. 어느 여름날 부인은 혼자 여행을 떠나고 딸도 남자친구와 함께 휴가를 떠난다. 주인공인 약사는 홀로 중세 기사와 마법사에 관한 서사시를 읽으며 여름을 보내고 있다.

2장: 주인공은 공항 근처의 지하 단골식당으로 가는 숲속에서 갑자기 누군가에게 머리에 심한 타격을 입는다. 정신을 잃었다가 다시 깨어나지만 이후 이야기의 마지막까지 말을 못하는 실어증에 걸린다. 이 실어증은 새로운 시선을 획득하기 위한 의식의 전환을 가져온다.

> 거기에다 또한, 실어증으로 인해 생겨나 그동안 쌓여 있기만 했던 또 다른 욕구마저 눈을 뜨거나, 폭발하거나, 터져나왔다. 이 욕구는 대체로 그의 내부보다는 대기 중에서 더 많이 느낄 수 있었다. (본문 57쪽)

약사는 말을 잃은 후 식당에서 한때 전성기를 누렸지만 이제는 몰락한 스키 선수와 역시 예전에는 유명했지만 지금은 잊힌 시인을 만난다. 세찬 빗줄기 속을 산책하듯 걸어가는 두 사람을 동승시킨 후 그들은 서로 한마디 말도 주고받지 않은 채 자동차를 타고 스페인으로 떠난다. 계획도, 목적지도 없이 떠난 여행 도중에 그들은 스키 선수가 아는 어느 과부의 집에 머물게 된다. 이곳에서 약사는 한밤중에 소위 '승리자'라는 낯선 과부에게 느닷없이 가혹한 구타를 당한다. 이 기묘한 세 사람은 오백 개의 터널을 지나 알프스를 넘어 스페인에 있는 '산타페'라는 이름의 상상의 도시에 도착한다. 그곳에서 약사는 이전에 절도행위 때문에 집에서 쫓아냈던 아들을 집시 음악가로 다시 만나게 된다. 늙은 시인도 사생아인 딸을 발견하는데, 딸은 축제의 여왕이 되어 거리를 행진하고 있다. 이러한 만남은 이제까지 아들을 쫓아냈다는 죄책감으로 괴로워하던 약사에게 화해의 가능성을 부여한다. 성모승천일 축제를 구경한 세 사람은 황량한 스텝 지역을 떠돈다.

3장: 세 사람은 축제가 끝나고 나서도 그곳에 머물며 일상으로 돌아가려는 사람들과 함께 몸을 쓰며 일을 한다. 약사는 도시의 변두리 동네를 돌아다니며 '승리자'라 불리는 여인을 찾기 시작한다. 자신의 실어상태에 더없이 만족하면서. 그리고 마침내 두 사람과 헤어져 잊힌 세계, 사바나 초원지대로 걸어들어간다. "우리의 화자는 그제야 비로소 씩씩하게 세속을 벗어났다. 그는 힘차게 스텝 지역으로 향했다."

4장: 홀로 길을 떠난 약사는 스텝 지역에서 "이야기하기와 스텝 지역이 하나가 되는" 경험을 하고, '사라고사'를 방랑하며 자신을 명료하게 깨닫게 된다. 내면으로 성찰 여행을 떠났던 그는 '다른 시간의 체험'을 통해 새로운 전환을 맞는다. 중세 서사시에 등장하는 기사 아이바인처럼 낯선 공간을 마치 꿈속처럼 돌아다니는 동안 떠돌이 행상인, 수렵꾼들 그리고 미친 노인을 찾아나선 군인과 중년 남자 등 다양한 사람을 만났던 주인공은 마지막에 사라고사를 정찰한 후 버스터미널에서 찾고 있던 '승리자' 여인을 만난다. 결국 그녀의 도움으로 다시 말을 할 수 있게 되고 그 순간 그에게 사랑이 솟아난다.

마침내 그의 가슴에서 피가 흐르고, 그는 다시 말을 할 수 있게 된다. 처음에는 그저 외마디 비명뿐이다. "내게 원하는 게 뭡니까? 뭘 원하는 거죠? 원하는 게 뭔지 말하라고요!"

다시 말할 수 있게 된 순간, 혹은 바로 그 직전에, 이런 생각과 더불어 그에게 사랑이 솟아났다. "늦었어, 너무 늦었어, 너무너무 늦었다고!"

(178~179쪽)

그것은 유토피아적인 사랑의 시작을 암시한다. 그들은 이루 말할 수 없이 서로에게서 자유로웠다. 그들은 이루 말할 수 없이 서로 사랑했다. 어느 가을날 저녁 그들은 함께 고향으로 돌아오지만 다시 가슴 아픈 이별을 한다. 그러나 이별을 하면서도 두 사람은 모두 활기를 되찾는다. 집으로 돌아온 약사는 이전에 읽다 만 서사시 『아이바인』을 펴고 다시 읽기 시작한다.

에필로그: 어느 겨울날, 약사는 그의 이야기의 기록자와 만난다. 이야기 속의 여행은 꿈속의 여행처럼 초현실적이며 내적인 것으로의 여행중에 마주친 사건들도 현실과 비현실이 교차되어 나타난다. 소설은 과거의 시간과 이야기가 벌어진 시간 그리고 다시 이야기가 이야기되는 시간들이 서로 중첩되고 굴절되며, 이야기 체험자와 이야기를 전해 듣는 기록자 간의 대화라는 독특한 전개방식을 보여주며 마무리된다.

2. 지구화 시대의 공간

한트케는 한 인터뷰에서 자신을 '장소의 작가'라 일컬은 바 있다. "나는 장소의 작가이며, 언제나 그랬다. (……) 나의 출발점은 결코 하나의 이야기나 사건, 사고가 아니라 언제나 하나의 장소다. 나는 그 장소를 묘사하는 것이 아니라 이야기하고 싶다."

아닌 게 아니라 그는 『어두운 밤』의 도입부부터 탁스함이라는 지역을 상세히 묘사한다. 이야기가 진행되던 당시, 탁스함은 이웃 도시 잘츠부르크 주민들조차 어디 붙어 있는지 모를 정도로 거의 잊힌 곳이었다.

> 그 이름부터가 벌써 많은 사람에게 낯설었다. 탁스함? 버밍함? 노팅함? (……) 전면 안내판에 탁스함이라고 써붙인, 여느 버스들에 비해 승객이 더 많지도 적지도 않은 버스가 도심을 통과하는 모습이 더러 눈에 띄지만, 직접 타본 그곳 주민은 아무도 없었다. (……) 탁스함에 대해 질문받으면 누구나, 세상사에 훤하고 세계 구석구석까지 꿰뚫고 있는 사람일지라도 "몰라요"라고 대답하거나, 아니면 어깨를 한 번 으쓱할 뿐이었다. (9~10쪽)

현대사회의 도로 항로 체계는 점점 더 확장되고 있으며, 멀리 떨어진 지역들도 교통 기술적 결합의 극대화로 지구의 모든 사람들과 연결될 수 있게 되었다. 그러나 이러한 '지구화Globalisierung' 현상의 이면은 '그물망조직'처럼 짜인 주요 교통 노선들 사이에 끼어 있는 장소들을 고립시키는 결과를 가져오기도 한다.

> 이런 온갖 운송 노선의 삼각지대 안에 건설되어, 번잡한 도로들과 계속되는 커브길을 돌고 돌아 지하 도로들을 통과하고 나서야 다다를 수 있는 탁스함은, 첫눈에만 다른 나라의 조차지처럼 보이는 것이 아니었다. (12쪽)

이렇듯 탁스함은 '지구화'와 '고립화'의 상호보충 관계라는 공간 기능의 양가성을 뚜렷이 보여준다. 전 세계적인 교통통신망의 구축에도 불구하고 외부와 차단되어 고립된 탁스함은 자연과 문명의 경계선인 일종의 '중간 세계Zwischenwelt'이며 오늘날 수많은 새로운 거주지의 '선구Vorläufer'이기도 하다.

『어두운 밤』에는 지구화 과정으로 차단되고 고립된 탁스함에 대한 보완적 장소로 '산타페'가 제시된다. 산타페는 이상적이며 전형적인 여행의 출발점이자 종착점이다. 세 여행자는 수천 개의 원형교차로에서 카레이스를 하듯 급정거와 커브 돌기를 반복하며 줄잡아 오백 개는 되는 길고 짧은 터널을 통과해 산타페에 도착한다.

두 지역의 상반된 특징은 그곳 사람들의 특징에서도 찾아볼 수 있다. 탁스함의 폐쇄적인 상황에서는 인간관계(부부관계, 부자관계, 부녀관계, 이웃관계)가 냉담, 내쫓음, 결별, 무관심으로 나타나는 반면, 산타페는 헤어졌던 사람들이 서로 만나는 장소이며 축제의 장이다. 모든 것이 폐쇄된 상황에서 진행되는 탁스함과 달리 산타페는 열려 있는 상황을 보여준다.

아울러 산타페라는 지명은 역사적, 신학적-종말론적, 매체 미학적 관점에서도 살펴볼 수 있다. 수세기 전 콜럼버스가 신세계 개척을 위해 스페인 국왕과 '산타페 협약'을 체결하고 떠난 대모험의 출발점으로 해석할 수 있으며, '거룩한 믿음'이라는 그 지명 또한 기독교적이며 치유사적인 관념들과 순례 과정에 대한 회상을 함의하고 있다. 그러나 한트케에게 산타페는 모든 문화적 차이가 균형을 이루면서 서로 조정되는 곳으로 지역적 특수성이 존재하지 않는 공간이다.

『어두운 밤』에서 또다른 중요한 공간은 공항이다. 이곳은 길과 항공로들 '그 사이Dazwischen'에서 전 지구적 그물망조직의 변증법적 결과로 생긴 장소이며, 상징적인 의미의 '자유 공간들'을 뜻한다. 이는 지나가면서 서로가 맞물리는 중간 지점으로서 한트케의 '문지방Schwelle'* 이라는 은유를 통해 잘 나타난다.

공항은 국제적인 의사소통 '채널'들의 교점일 뿐 아니라 전 지구적인 '교환'의 장소이기도 하다. 전 세계의 서로 다른 지역을 연결시켜주는 중간 지점으로 '문지방 공간'이자 '사이 공간'이다. 또 모든 관계를 열어주는 공간으로 일종의 '연결과 분리의 건널목'이라는 의미에서 공항은 고유한 지형학적 특성을 가진다. 지상과 영공, 자연과 문명, 신화의 세계와 현실 세계, 과거와 미래의 '중간 세계'인 것이다. 국가들과 문화들 사이의 경계 자체, 즉 거리가 사라져버린 곳으로서의 공항은 다양한 지역의 사람들이 일시적으로 만나는 장소이며 이곳에서는 특별한 문화적 혼종성이 두드러지게 나타난다.

3. 후각과 버섯

마르셀 프루스트의 『잃어버린 시간을 찾아서』에서 일인칭 화자는 홍차에 적신 과자 냄새를 맡으며 어린 시절을 떠올리기 시작해, 살아

---

* 초기 낭만주의문학 이후 현대문학의 토포스로 자주 사용되었던 '전환' 혹은 '문지방' 은유는 하나의 영역과 다른 영역 간의 차이 공간을 뜻한다. 두 영역을 구분짓는 차이의 공간이지만 동시에 두 영역에 걸쳐 있는 상태이기도 하다.

오며 겪었던 수많은 사건과 사람들을 꼼꼼하게 기억해낸다. 후각은 시각이나 청각보다 확실히 심금을 울리는 면이 있다. 결벽증을 가진 사람 가운데 위생 상태에 집착하는 사람들의 경우, 일반인보다 후각을 많이 사용하게 된다.

『어두운 밤』에서 탁스함의 약사는 직업상 이미 후각이 예민할 가능성이 높은 인물이다. 후각이 유난히 발달한 약사는 "늘 코를 벌름거리고" 있어야 한다면서 매 순간 무언가를 '재발견'하기 위해 몰두해야 한다고 말한다. 그는 "꿈의 버섯"을 찾으려는 생각에 사로잡혀 있는 광적인 버섯 수집가로 환각을 불러일으키는 것에 관해서도 전문가라고 할 수 있는 인물이다.

스텝 지역의 식물계에서 그는 '텅 빈' 라벤더의 뼈대에서 '아주 강한' 라벤더향이 나고 '빈' 야생 양귀비 껍질에도 양귀비 냄새가 '아주 진하게' 남아 있다는 사실을 다른 의미의 '에센스'로 이해한다. 또한 그는 집을 떠나기 전의 냄새까지도 느낄 수 있다.

> 그는 양손뿐만 아니라 온몸에서 떠나오기 전 집에서 나던 은은한 냄새를 여전히 맡을 수 있었다. 그 모든 냄새—방, 정원, 공항의 숲, 지하 식당에서 나던 냄새, 그리고 국경의 강에서 수영할 때 묻어온 냄새—를 각각 따로 분류해 이름을 붙이고 설명할 수 있었음에도, 지금 저기 길 끄트머리의 어둠 속에서 불어온 밤바람과 함께, 그가 잠시 행복이라고 여겼던 어떤 냄새가 코끝을 스치고 지나가자 그만 깜짝 놀라고 말았다. (93쪽)

또한 약사는 버섯에서 가족들의 냄새를 맡기도 한다.

"나는 버섯에서 다시 온 가족들의 냄새를 맡았답니다. 아버지, 어머니, 조부모님, 특히 내 아이들의 냄새, 그애들이 아직 어렸을 적의 냄새를요." (162쪽)

한편 후각이 담당하는 역할은 단순히 냄새를 맡는 것이 전부가 아니다. 음식맛은 보통 입에서 느껴지는 미각이 결정한다고 알고 있다. 그러나 미각이 느끼는 맛은 기본적인 맛에만 해당하고 후각이 약 일만 가지의 냄새를 구분해 맛의 70~80퍼센트에 영향을 준다.

후각이 특히 발달한 약사는 건조하고 황량한 회색빛 스텝 지역에서 버섯과 수많은 마른풀들의 향기를 맡는다. 스텝 지역의 풍부한 식물, 광물들 중에서도 버섯을 기막히게 찾아내는 약사는 인류의 마지막 공통적인 대화 주제는 천차만별의 버섯 종류가 될 것이며, 우리에게 마지막으로 가능한 공통의 모험일지도 모른다고 생각한다.

널리 산야에 여러 빛깔과 모양으로 솟아나는 버섯은 갑자기 나타났다가 쉽게 사라지기 때문에 고대 사람들은 땅을 비옥하게 하는 '대지의 음식물' 또는 '요정의 화신'으로 생각했다. 버섯은 일부 생나무의 줄기나 뿌리에 기생하기도 하지만 대부분 땅속에 파묻힌 낙엽, 마른 풀 또는 죽은 고목 등에 기생한다. 이처럼 음습한 곳에서 독특한 향미를 지닌 생명체로 태어나 널리 식용되거나 약용되는 버섯은 죽음에서 새로운 생명을 만들어내는 상징이라고 할 수 있다. 반면 목숨을 앗아가는 독버섯도 있다. 약사가 주위 사람들의 이상한 시선에도 불구하고 아내와의 사이가 멀어지면서까지(약사는 자신이 아내와 별거하게 된 것은 자신이 캐오는 버섯 요리에 아내가 싫증이 났기 때문이라고 생각한다) 희귀한 버섯을 찾아다니는 것은 그가 후에 자기 자신을 찾기 위한 여행을 떠나는 것과 같은 맥락이라고 볼 수 있다.

4. "언어는 존재의 집"

한트케는 『문학은 낭만적이다』에서 참여 작가는 목적의식을 가지고 글을 쓰며 자신의 문학을 수단으로 이상적인 세계상을 제시한다고 지적한다. 그러면서 자신은 참여 작가가 아니며 문학이라는 형식 속에 처음부터 '존재론적ontologisch' 세계상을 실현시키려 했다고 공언한다.

그는 1960년대에 쓴 언어실험적인 초기 작품들에서 전승된 기존 서술기법과 언어형식을 깨고 그 탈피 과정을 보여주면서 자신만의 존재론적 세계상을 문학형식 속에 표현하려고 시도했다. 1970년대에 들어와서도 언어성찰을 계속하던 그는 1980년대에 이르러 마침내 자신만의 언어와 서술기법을 발견한다.

한트케의 작품에 나타난 언어와 서술방식은 마르틴 하이데거의 존재론적 언어성찰과 많은 공통점을 지니고 있다. 하이데거 역시 그의 언어성찰에서 '문지방' 언어에 대해 언급한 적이 있다. 한트케도 '문지방'의 의미를 존재론적인 세계상이 나타나는 장소의 은유로 사용한다. 『고통의 중국인』에서 한트케는 문지방 연구를 하는 고고학자인 일인칭 화자 안드레아스 로저의 역할과 '문지방'이란 표현을 통해 자신의 존재론적 세계상을 구현한다. 로저는 『어두운 밤』에도 등장해 화자인 '나'와 공항 레스토랑에서 대화를 나눈다.

하이데거는 주체란 이제 더이상 언어를 수단으로 자신과 세계를 표현하는 인식 주체가 아니라 언어 자체가 바로 "근원적 존재를 듣는 존재Sein-hörendes Wesen"로서 "언어가 스스로 말하는 것"이라고 한다. 하이데거에 의하면 우리는 언어를 통해 세계를 만나고 언어와 접촉함으로써 진정한 존재 체험을 할 수 있다. 이런 맥락에서 그는 언어를 '존재의 집'이라고 했다. 한트케도 인식 주체인 '관찰자'가 아니라 '존재에 맞게 이야기할 수 있는 자'인 일인칭 화자의 역할은 "문지방에 서 있는 자"로서 주체적인 인식능력을 가진 "세계를 직관하는" 내가 아니라 "세계에 존재하는 것들로부터 관조된" 자라고 했다.

『어두운 밤』의 약사는 어느 날 산타페의 밤바람 속에서 실어상태를 아주 만족스럽게 느낀다. "더는 말을 할 수 없다니, 잘된 일이야. 다시는 입을 열지 않아도 돼. 이건 자유야! 아니 그 이상이지, 아주 이상적인 상태야!"(121쪽) 그러나 이 소설에서 약사의 '상대 인물'*로 등장하는 과부는 다음과 같이 충고한다.

"당신의 침묵은 결코 침묵이 아니에요. 비록 처음 얼마간은 당신의 의식을 확대시켜주었다고 하더라도 그런 식으로 오랫동안 혼자 있을수

* 주인공의 비판적인 상대자로서, 주인공의 행동에 대한 직접적 또는 간접적 비판을 통해 주인공이 자신의 실제 행동을 깨닫게 해준다. 즉 이 상대 인물들과의 대화나 그들의 행동을 통해 주인공은 자기 태도를 회상하거나 성찰할 기회를 갖게 되는 것이다. 『어두운 밤』에서는 한밤중에 방으로 들어와 약사를 심하게 구타하고 나중에 그와 함께 황량한 지역을 돌아다니는 과부를 상대 인물로 들 수 있다.

록 당신의 실어상태는 위험해지고, 급기야 생명까지 위협할 거예요. 실어상태가 계속되면 지금 이 순간 당신에게 그토록 의미 있어 보이는 현재가 실현되지 않을 뿐만 아니라, 이전의 모든 체험까지 거꾸로 거슬러 올라가며 파괴될 거예요." (169쪽)

그녀는 말을 잃은 약사에게 빨리 다시 말을 배울 것을 권한다. 말이 비록 조작되고 왜곡된 현실을 보여주긴 하지만 이러한 사실을 깨닫게 되는 것도 바로 말을 통해서이기 때문이다.

문체적 측면에서 보면 『어두운 밤』에서 한트케의 표현은 절제된 언어, 신중한 서술, 정교하면서도 시적인 묘사, 예리한 풍자와 아이러니로 가득차 있으며 우리는 돈키호테적인 발상과 낭만적 소재, 환상적인 분위기와 곳곳에 숨겨진 의미 있는 중세적 상징들을 알아챌 수 있다.

『어두운 밤』에서 한트케는 앞서 지적한 지구화 시대의 장소들의 특수성과 더불어 평준화된 언어들에 대해서도 풍자와 위트로 지적한다. 문패나 광고물의 문구들은 이질적인 것들 간의 연관을 통해 민족문화의 경계를 뛰어넘어 "하나의 세계 효과"를 획득하는 초국가적인 문화현상을 만들어낸다. 이 점은 다음과 같은 구절에서 쉽게 발견할 수 있다.

뿐만 아니라 어느 가게는 '모차르트'(오락실), 또 어떤 곳은 티롤(여관—아침식사 제공 안 함), 또다른 곳은 '마인츠'(안달루시아와 아랍풍으로 타일 장식한 야간 바)라는 네온사인이 들어와 있었다. 또한 어깨 너비도 못 되게 좁고 가파르며 보통은 칠흑같이 캄캄한, 어쩌면 옛날 사람들이 마을의 종교재판소로 끌려갈 때 지났을 골목에도, '괴서 비어'나 '한

넨 알트'처럼 그곳 언어와 순수 독일어가 함께 쓰인 간판들이 깜빡이고 있었다. (91쪽)

인터넷의 급속한 발달과 함께 인터넷 언어로서 영어는 국제사회의 교류수단이자 세계의 공용어가 되었고 미국의 대중문화는 전 세계를 휩쓸고 있다. 세계 어디를 가든 영어 간판과 표지, 미국 패스트푸드점이 넘쳐나고 팝뮤직이 들려온다. 위의 인용에서 한트케는 이러한 영어식 표현을 독일어에서도 발견한다. 그리고 독일어의 독특한 아이러니를 구사해 배후에 숨겨진 국제적인 관광여행의 비非문화적 특징을 보여줌으로써 정체성이 없는 장소인 산타페를 세속화된 예루살렘과 동일시한다.

5. 자기 찾기로서의 다른 사람 되기

한트케 소설의 일관된 테마는 자아 탐색 또는 정체성 추구라고 할 수 있다. 그가 초기 연극에서 보여준 언어실험은 소설에서는 뒤로 물러났거나 혹은 정체성 추구라는 주제의 일환으로 변형되어 나타나고 있는 것으로 보인다. 그는 다음과 같이 말한다.

"내가 쓰고자 하는 테마는 여럿이 아니다. 나는 단 하나의 테마만을 가지고 있는데 그것은 나 자신에 관해 명료해지는 것, 더욱 명료해지는 것, 나를 알게, 혹은 알지 못하게 되는 것으로, 내가 무엇을 잘못하고, 무엇을 잘못 생각하며, (……) 다른 사람들 역시 무엇을 지각없이 행동하고, 생각하고, 말하는지 배우는 것이다." (『나는 상아탑에 산다』, p. 26)

『어두운 밤』에서의 여행은 주인공에게 자아 변화 또는 성숙을 위한 것으로 일종의 '의식 세계로의 여행'이며 주인공을 다른 사람으로 변모시키는 학습 여행이다. 그런 의미에서 이 작품은 '성장소설' 또는 '발전소설'이라고도 할 수 있다. 그러나 한트케 소설의 주인공이 경험하는 발전은 일반적인 직선의 발전이 아니다. 그들은 새로운 삶의 방식을 위한 '운동과 반운동의 순환' 속에 살고 있다. 그러므로 삶의 방향 설정에서 그들의 마지막 종착점은 흔히 말하는 미래가 아니라, '다른 시간'에 나타나는 태곳적 이미지와 같은 최초의 시작이다. 시공을 초월한 이 시간은 초자연적인 영원한 시간으로 중세에서의 자연과의 신비한 합일과 유사하다. 한트케가 유토피아를 미래가 아니라 복고적인 세계에서 찾는 것, 현실에서 환상의 세계로 들어가는 것은 1970년대 독일어권 문학의 탈정치화 경향과도 관계있지만 한편으로는 현실보다 내면세계 탐색에 더 관심을 갖는 그의 문학세계와 연관된다.

몇 달간의 부재 후 다시 집으로 돌아온 약사는 떠나기 전에 마지막으로 읽던 책 『아이바인 혹은 사자의 기사』를 집어들고 읽다 만 곳을 찾는다. "마침내 그 부분을 찾아냈다. 그는 계속 읽어내려갔다. 그러나 읽다 말고 갑자기 몸을 떨기 시작했다. (……) 이제야 비로소 떨었다."(187쪽) 이 떨림은 그가 체험했던 깨달음에 대한 확인이며 이제껏 환상과 상상 속에서 느꼈던 것들을 현실로 느끼게 해준다.

『긴 이별을 위한 짧은 편지』 이후 일련의 산문은 매우 흡사한 구조를 가지고 있는데, 모두 주인공의 '다른 사람 되기' 과정을 서술한다. 주인공들은 소외로부터 적응으로, 고통으로부터 행복의 순간으로 들어간다. 이러한 주인공들의 변화는 인습적인 스토리텔링과는 거리가 먼, 돌발적이고 파격적인 사건에 의해 전격적으로 이루어지는 경우가 많다. 줄거리를 따라가기 힘든 한트케의 산문에서 이런 장치는 나름대로 줄거리를 이어주고 소설적 긴장을 고조시키는 중요한 단서가 된다. 『어두운 밤』에서 주인공에게 가해지는 느닷없는 폭력 역시 주인공의 내적 변화에 결정적인 역할을 하는데, 이는 주인공의 이른바 '다른 사람 되기' 과정에 다름 아니다. 약사는 갑자기 인생의 비밀을 깨닫고 급회전하면서 자신이 이 세상과 연결되어 있으며 결코 분리되지 않았음을 체험한다. 어느 순간 세상과의 일치를 몸으로 느끼는 이런 식의 이상한 체험은 한트케의 산문 속에 반복하여 등장하는바, 이 신비적 합일의 체험은 신비적이고 중세적이다. 현현이라 불리는 이러한 신비체험은 주체(자아)가 객체(사물)와 일체가 되어 우주적 질서를 몸으로 인식하게 되는 순간이다.

한트케의 이른바 '놀래기 기법'은 등단 때부터 시작된 것으로 '47그룹'에서의 전설적인 등장 역시 그런 맥락에서 이해될 수 있다. 독자를 당황시키고 경우에 따라 불쾌하게 만들기도 하면서 그가 의도하는 것은 고정관념을 뛰어넘어 현실과 직접 대면시키는 일이다. 대상이나 상황을 새로운 시각으로 바라보게 만드는 것, 즉 일상적인 무엇인가를 갑자기 다른 눈으로 봄으로써 처음으로 올바르게 보도록 만들려는 목적에서다. 그러므로 경악과 폭력의 기법은 새로운 눈으로 바라보도록 하기 위함인 것이다.

『어두운 밤』에서 주인공 약사는 갑자기 집을 떠나 낯선 공간을 꿈처럼 헤매다가 어느 날 달라진 사람이 되어 현실로 돌아온다. 한트케 소설의 주인공들은 마치 로드무비에서처럼 낯선 공간을 배회한다. 『어두운 밤』에서는 스페인의 스텝 지역을 횡단한다. 갑작스러운 실어증, 수백 킬로미터 떨어진 스페인의 마을에서 마주친 아들, 한밤중 낯선 여자의 폭행과 그 여자의 돌연한 재등장 등은 사실주의 서술문학에서는 용납되기 힘든 것이다.

한트케의 이러한 독특한 서술방식은 "주체성과 개성을 위협하는 고정화에 대한 반발, 과거에 대한 부정"으로 높이 평가되기도 하지만 문학시장을 염두에 둔 "과장성"으로 불리기도 한다. 긍정적으로 보면 진부한 세상 읽기 방식에 대한 도전이고 부정적으로 보면 상업적 제스처인 셈이다. 긍정적 도전과 부정적 제스처라는 상반된 평가로 한트케는 지금까지 성공하고 있다.

한트케가 최근 자주 사용하고 있는 결속, 합일, 법칙, 은총 같은 단어는 어느 정도 "성직자나 예언자의 부자연스러운 어조"를 띠고 있다. 문단의 이단자, 우울증 환자, 나르시시스트로 불리던 한트케는 우주와의 합일을 이야기하는 신비주의자, 구원을 논하는 "사제"가 되었다. 대상과 자아의 합일이라는 이러한 신비체험은 십 년 동안 대나무를 바라보다가 대나무가 되어서 결국 그림을 그릴 수 있었다는 동양 선불교 구도자의 일화를 연상시키기도 한다.

윤시향

1942년 12월 6일, 오스트리아 케른텐주 그리펜 알텐마르크트에서 출생. 생부는 독일군의 회계원이었지만 어머니 마리아 한트케는 하사관 아돌프 브루노 한트케와 결혼.

1944년 친가가 있는 베를린으로 이주.

1948년 외가가 있는 그리펜으로 돌아와 초등학교 입학.

1953년 하웁트슐레 입학.

1954년 탄첸베르크에 있는 김나지움으로 전학. 이때부터 작가가 되기로 결심.

1959년 김나지움 자퇴 후 다시 클라겐푸르트에 있는 김나지움으로 전학해 그곳에서 졸업함.

1961년 그라츠대학교 법학과 입학.

1963년 그라츠대학교 문학서클 '포름 슈타트파르크'의 잡지 『마누스크립테』에 산문 발표. 그 외에 소설과 언어극을 썼음.

1965년 법학과 수료. 연극배우 리브가르트 슈바르츠와 결혼.

1966년 뒤셀도르프로 이주. 첫 소설 『말벌들*Die Hornissen*』을 출간하고 미국 프린스턴에서 열린 47그룹 회합에 참석. 이후 매스컴의 주인공으로 부상. 『관객 모독과 구변극 모음집 *Publikumsbeschimpfung und andere Sprechstücke*』 『감사監事역의 인사*Begrüßung des Aufsichtsrats*』 『문학은 낭만적이다*Die Literatur ist romantisch*』 출간.

1967년 베를린에서 게르하르트 하웁트만 상 수상. 『행상인*Der Hausierer*』 『카스파*Kaspar*』 출간.

1968년 베를린으로 이주.

1969년 딸 아미나 탄생. 파리로 이주. 방송극 『소음의 소음*Geräusch eines Geräusches*』, 희곡 『미성년은 성년이 되고 싶다*Das Mündel will Vormund sein*』, 시집 『내부 세계의 외부 세계의 내부 세계*Die Innenwelt der Außenwelt der Innenwelt*』 출간.

1970년 『페널티킥 앞에 선 골키퍼의 불안*Die Angst des Tormanns beim Elfmeter*』, 방송극 『바람과 바다*Wind und Meer*』 출간.

1971년 쾰른으로 이주. 부인과 헤어짐. 미국으로 강연 여행. 어머니의 자살. 크론베르크로 이사. TV 영화 〈시사 사건들의 연대기*Chronik der laufenden Ereignisse*〉, 희곡 『보덴 호수 말 타고 건너기*Der Ritt über den Bodensee*』 발표.

1972년 페터 로제거 문학상 수상. 『나는 상아탑에 산다*Ich bin ein Bewohner des Elfenbeinturms*』 『긴 이별을 위한 짧은 편지*Der kurze Brief zum langen Abschied*』 『소망 없는 불행*Wunschloses Unglück*』 출간.

1973년 다시 파리로 이주. 실러상 및 게오르크 뷔히너 상 수상. 희곡 『비이성적인 사람들이 죽어가고 있다*Die Unvernünftigen sterben aus*』 출간.

1974년 앤솔러지 『소망이 아직 이루어졌던 시절*Als das Wünschen noch geholfen hat*』 출간.

1975년 『진정한 느낌의 시간*Die Stunde der wahren Empfindung*』 출간. 『빗나간 동작*Falsche Bewegung*』이 동명의 영화로 만들어짐.

1976년 『왼손잡이 여인*Die linkshändige Frau*』을 소설과 영화로 발표.

1977년 『세계의 무게. 하나의 저널*Das Gewicht der Welt. Ein Jour-*

nal』 출간.

1978년 영화 〈왼손잡이 여인〉으로 밤비 영화상 및 프랑스 조르주 사둘 상 수상. 제1회 프란츠 카프카 상을 수상했으나 자신보다 젊은 게르하르트 마이어와 프란츠 바인체틀에게 넘겨줌.

1979년 『느린 귀향*Langsame Heimkehr*』 출간. 잘츠부르크로 이주해서 1987년까지 거주.

1980년 『생트 빅투아르 산의 교훈*Die Lehre der Sainte-Victoire*』『배회의 끝*Das Ende des Flanierens*』 출간.

1981년 『옛날이야기*Kindergeschichte*』, 희곡 『마을 너머로*Über die Dörfer*』 출간.

1982년 『연필 이야기*Die Geschichte des Bleistifts*』 출간.

1983년 『고통의 중국인*Der Chinese des Schmerzes*』『반복 환상*Phantasien der Wiederholung*』 출간.

1985년 오스트리아 기업가 협회에서 안톤 빌트간즈 상 수상자로 지목했으나 거절. 잘츠부르크 문학상 수상.

1986년 『반복*Die Wiederholung*』『지속에 대한 시*Gedicht an die Dauer*』 출간.

1987년 슬로베니아 작가협회의 빌레니카상 수상. 『어느 작가의 오후*Nachmittag eines Schriftstellers*』, 동화 『부재*Die Abwesenheit*』, 빔 벤더스 감독과 공동 작업한 영화 대본 〈베를린 천사의 시*Der Himmel über Berlin*〉 발표.

1988년 오스트리아 국가상 및 브레멘 문학상 수상. 『권태에 대한 에세이*Versuch über die Müdigkeit*』, 희곡 『질문 게임 혹은 격조 높은 나라로의 여행*Das Spiel vom Fragen oder Die Reise zum sonoren Land*』 출간.

1990년 딸 아미나가 빈대학으로 옮겨간 후 슬로베니아의 카르스트, 스페인의 메세타, 일본 등지를 여행. 『주크박스에 대한 에세이 *Versuch über die Jukebox*』『다시 한번 투키디데스를 위하여 *Noch einmal für Thukydides*』 출간.

1991년 프란츠 그릴파르처 상 수상. 『행복한 날에 대한 에세이 *Versuch über den geglückten Tag*』『몽상가의 아홉번째 나라와의 이별 *Abschied des Träumers vom Neunten Land*』 출간.

1992년 『우리가 서로 알지 못했던 시간 *Die Stunde, da wir nichts voneinander wußten*』, 1980년부터 1992년까지의 글 모음집 『서서히 그림자 속에서 *Langsam im Schatten*』, 아돌프 하스링거가 쓴 『페터 한트케. 어느 작가의 청춘 시절 *Peter Handke. Jugend eines Schriftstellers*』 출간.

1993년 『다시 한번 아홉번째 나라에서 *Noch einmal vom Neunten Land*』 출간.

1994년 『무인도에서의 일 년 *Mein Jahr in der Niemandsbucht. Ein Märchen aus den neuen Zeiten*』 출간.

1995년 영화배우 소피 세맹과 재혼.

1996년 『도나우 강변, 사바, 모라바, 드리나로의 겨울 여행, 혹은 세르비아인들을 위한 정의 *Eine winterliche Reise zu den Flüssen Donau, Save, Morawa und Drina oder Gerechtigkeit für Serbien*』 출간.

1997년 『불멸을 위한 준비 *Zurüstungen für die Unsterblichkeit*』『어두운 밤 나는 적막한 집을 나섰다 *In einer dunklen Nacht ging ich aus meinem stillen Haus*』 출간.

1999년 『통나무배를 타고 혹은 전쟁영화를 위한 극본 *Die Fahrt im Einbaum oder Stück zum Film vom Krieg*』 출간.

2000년 『눈물 흘리며 묻는다 *Unter Tränen fragend*』 출간.

2002년 『이미지 상실, 혹은 시에라 데 그레도스를 지나며 *Der Bild-*

verlust oder Durch die Sierra de Gredos』『말하기와 쓰기. 1992~2002년의 책, 사진, 영화에 대하여*Mündliches und Schriftliches. Zu Büchern, Bildern und Filmen 1992~2002*』 출간. 클라겐푸르트대학에서 명예박사 학위를 받음.

2003년 『대법정 둘레를 돌며*Rund um das große Tribunal*』『막장 블루스*Untertagblues*』 출간. 『콜로노스의 오이디푸스*Ödipus auf Kolonos*』 번역.

2004년 지크프리트 운젤트 상 수상. 『돈 후안*Don Juan*』 출간.

2006년 『길 잃은 자의 자취*Spuren der Verirrten*』 출간.

2007년 『칼리. 어느 초겨울 이야기*Kali. Eine Vorwintergeschichte*』『포에지 없는 삶*Leben ohne Poesie*』 출간.

2008년 『모라비아의 밤*Die morawische Nacht*』 출간.

2009년 프란츠 카프카 상 수상. 『벨리카 호카의 뻐꾸기들*Die Kuckucke von Velica Hoca*』 출간.

2010년 『폭풍이 아직도*Immer noch Sturm*』 출간.

2011년 『큰 사건*Der große Fall*』 출간.

2012년 뮐하임 극작가상 수상. 『아란후에스의 아름다운 날들*Die schönen Tage von Aranjuez. Ein Sommerdialog*』 출간.

2014년 국제 입센 상, 엘제 라스커실러 상 수상.

2015년 『순수함, 나 그리고 시골길 끄트머리의 도시*Die Unschuldigen, ich und die Unbekannte am Rand der Landstraße*』『노트 4호*Notizbuch Nr. 4*』『나날 그리고 작품들*Tage und Werke*』 출간. 베오그라드 명예시민이 됨.

2016년 뷔르트 유럽 문학상 수상. 『한밤중 나무 그림자 벽 앞에서*Vor der Baumschattenwand nachts*』 출간.

2018년 네스트로이 연극상 수상.

2019년 노벨문학상 수상.

2020년 『두번째 검*Das zweite Schwert: Eine Maigeschichte*』 출간.

문학동네 세계문학전집 발간에 부쳐

세계문학은 국민문학 혹은 지역문학을 떠나 존재하는 문학이 아니지만 그것들의 총합도 아니다. 세계문학이라는 용어에는 그 나름의 언어와 전통을 갖고 있는 국민문학이나 지역문학의 존재를 인정하면서 그것을 넘어서는 문학의 보편적 질서에 대한 관념이 새겨져 있다. 그 용어를 처음 고안한 19세기 유럽인들은 유럽문학을 중심으로 그 질서를 구축했지만 풍부한 국민문학의 전통을 가지고 있는 현대의 문학 강국들은 나름의 방식으로 세계문학을 이해하면서 정전(正典)의 목록을 작성하고 또 수정한다.

한국에서도 세계문학 관념은 우리 사회와 문화의 변화 속에서 거듭 수정돼왔다. 어느 시기에는 제국 일본의 교양주의를 반영한 세계문학 관념이, 어느 시기에는 제3세계 민족주의에 동조한 세계문학 관념이 출현했고, 그러한 관념을 실천한 전집물이 출판됐다. 21세기 한국에 새로운 세계문학전집이 필요하다는 것은 명백하다. 우리의 지성과 감성의 기준에 부합하는 세계문학을 다시 구상할 때가 되었다.

문학동네 세계문학전집은 범세계적으로 통용되는 고전에 대한 상식을 존중하면서도 지난 반세기 동안 해외 주요 언어권에서 창작과 연구의 진전에 따라 일어난 정전의 변동을 고려하여 편성되었다. 그래서 불멸의 명작은 물론 동시대 세계의 중요한 정치·문화적 실천에 영감을 준 새로운 작품들을 두루 포함시켰다.

창립 이후 지금까지 한국문학 및 번역문학 출판에서 가장 전문적이고 생산적인 그룹을 대표해온 문학동네가 그간 축적한 문학 출판 경험을 바탕으로 새로운 세계문학전집을 펴낸다. 인류가 무지와 몽매의 어둠 속을 방황하면서도 끝내 길을 잃지 않은 것은 세계문학사의 하늘에 떠 있는 빛나는 별들이 길잡이가 되어주었기 때문이다. 우리가 자부심과 사명감 속에서 그리게 될 이 새로운 별자리가 독자들의 관심과 애정에 힘입어 우리 모두의 뿌듯한 자산이 되기를 소망한다.

문학동네 세계문학전집 편집위원
민은경, 박유하, 변현태, 송병선, 이재룡, 홍길표, 남진우, 황종연

세계문학전집 221
어두운 밤 나는 적막한 집을 나섰다

1판 1쇄 2001년 1월 31일 | 1판 2쇄 2019년 10월 17일
개정판 1쇄 2022년 12월 23일 | 개정판 2쇄 2023년 9월 20일

지은이 페터 한트케 | 옮긴이 윤시향

편집 오동규 황문정 임선영
디자인 최윤미 이원경 | 저작권 박지영 형소진 최은진 서연주 오서영
마케팅 정민호 서지화 한민아 이민경 안남영 왕지경 황승현 김혜원 김하연
브랜딩 함유지 함근아 고보미 박민재 김희숙 정승민 배진성
제작 강신은 김동욱 이순호 | 제작처 영신사

펴낸곳 (주)문학동네 | 펴낸이 김소영
출판등록 1993년 10월 22일 제2003-000045호
주소 10881 경기도 파주시 회동길 210
전자우편 editor@munhak.com | 대표전화 031) 955-8888 | 팩스 031) 955-8855
문의전화 031) 955-1927(마케팅) 031) 955-2659(편집)
문학동네카페 http://cafe.naver.com/mhdn
인스타그램 @munhakdongne | 트위터 @munhakdongne
북클럽문학동네 http://bookclubmunhak.com

ISBN 978-89-546-9043-0 04850
978-89-546-0901-2 (세트)

잘못된 책은 구입하신 서점에서 교환해드립니다.
기타 교환 문의 031) 955-2661, 3580

www.munhak.com

1, 2, 3 안나 카레니나 레프 톨스토이 | 박형규 옮김
4 판탈레온과 특별봉사대 마리오 바르가스 요사 | 송병선 옮김
5 황금 물고기 르 클레지오 | 최수철 옮김
6 템페스트 윌리엄 셰익스피어 | 이경식 옮김
7 위대한 개츠비 F. 스콧 피츠제럴드 | 김영하 옮김
8 아름다운 애너벨 리 싸늘하게 죽다 오에 겐자부로 | 박유하 옮김
9, 10 파우스트 요한 볼프강 폰 괴테 | 이인웅 옮김
11 가면의 고백 미시마 유키오 | 양윤옥 옮김
12 킴 러디어드 키플링 | 하창수 옮김
13 나귀 가죽 오노레 드 발자크 | 이철의 옮김
14 피아노 치는 여자 엘프리데 옐리네크 | 이병애 옮김
15 1984 조지 오웰 | 김기혁 옮김
16 벤야멘타 하인학교 - 야콥 폰 군텐 이야기 로베르트 발저 | 홍길표 옮김
17, 18 적과 흑 스탕달 | 이규식 옮김
19, 20 휴먼 스테인 필립 로스 | 박범수 옮김
21 체스 이야기·낯선 여인의 편지 슈테판 츠바이크 | 김연수 옮김
22 왼손잡이 니콜라이 레스코프 | 이상훈 옮김
23 소송 프란츠 카프카 | 권혁준 옮김
24 마크롤 가비에로의 모험 알바로 무티스 | 송병선 옮김
25 파계 시마자키 도손 | 노영희 옮김
26 내 생명 앗아가주오 앙헬레스 마스트레타 | 강성식 옮김
27 여명 시도니가브리엘 콜레트 | 송기정 옮김
28 한때 흑인이었던 남자의 자서전 제임스 웰든 존슨 | 천승걸 옮김
29 슬픈 짐승 모니카 마론 | 김미선 옮김
30 피로 물든 방 앤절라 카터 | 이귀우 옮김
31 숨그네 헤르타 뮐러 | 박경희 옮김
32 우리 시대의 영웅 미하일 레르몬토프 | 김연경 옮김
33, 34 실낙원 존 밀턴 | 조신권 옮김
35 복낙원 존 밀턴 | 조신권 옮김
36 포로기 오오카 쇼헤이 | 허호 옮김
37 동물농장·파리와 런던의 따라지 인생 조지 오웰 | 김기혁 옮김
38 루이 랑베르 오노레 드 발자크 | 송기정 옮김
39 코틀로반 안드레이 플라토노프 | 김철균 옮김
40 어두운 상점들의 거리 파트릭 모디아노 | 김화영 옮김
41 순교자 김은국 | 도정일 옮김
42 젊은 베르테르의 슬픔 요한 볼프강 폰 괴테 | 안장혁 옮김
43 더블린 사람들 제임스 조이스 | 진선주 옮김
44 설득 제인 오스틴 | 원영선, 전신화 옮김
45 인공호흡 리카르도 피글리아 | 엄지영 옮김
46 정글북 러디어드 키플링 | 손향숙 옮김
47 외로운 남자 외젠 이오네스코 | 이재룡 옮김
48 에피 브리스트 테오도어 폰타네 | 한미희 옮김

49 둔황 이노우에 야스시 | 임용택 옮김
50 미크로메가스 · 캉디드 혹은 낙관주의 볼테르 | 이병애 옮김
51, 52 염소의 축제 마리오 바르가스 요사 | 송병선 옮김
53 고야산 스님 · 초롱불 노래 이즈미 교카 | 임태균 옮김
54 다니엘서 E. L. 닥터로 | 정상준 옮김
55 이날을 위한 우산 빌헬름 게나치노 | 박교진 옮김
56 톰 소여의 모험 마크 트웨인 | 강미경 옮김
57 카사노바의 귀향 · 꿈의 노벨레 아르투어 슈니츨러 | 모명숙 옮김
58 바보들을 위한 학교 사샤 소콜로프 | 권정임 옮김
59 어느 어릿광대의 견해 하인리히 뵐 | 신동도 옮김
60 웃는 늑대 쓰시마 유코 | 김훈아 옮김
61 팔코너 존 치버 | 박영원 옮김
62 한눈팔기 나쓰메 소세키 | 조영석 옮김
63, 64 톰 아저씨의 오두막 해리엇 비처 스토 | 이종인 옮김
65 아버지와 아들 이반 투르게네프 | 이항재 옮김
66 베니스의 상인 윌리엄 셰익스피어 | 이경식 옮김
67 해부학자 페데리코 안다아시 | 조구호 옮김
68 긴 이별을 위한 짧은 편지 페터 한트케 | 안장혁 옮김
69 호텔 뒤락 애니타 브루크너 | 김정 옮김
70 잔해 쥘리앵 그린 | 김종우 옮김
71 절망 블라디미르 나보코프 | 최종술 옮김
72 더버빌가의 테스 토머스 하디 | 유명숙 옮김
73 감상소설 미하일 조셴코 | 백용식 옮김
74 빙하와 어둠의 공포 크리스토프 란스마이어 | 진일상 옮김
75 쓰가루 · 석별 · 옛날이야기 다자이 오사무 | 서재곤 옮김
76 이인 알베르 카뮈 | 이기언 옮김
77 달려라, 토끼 존 업다이크 | 정영목 옮김
78 몰락하는 자 토마스 베른하르트 | 박인원 옮김
79, 80 한밤의 아이들 살만 루슈디 | 김진준 옮김
81 죽은 군대의 장군 이스마일 카다레 | 이창실 옮김
82 페레이라가 주장하다 안토니오 타부키 | 이승수 옮김
83, 84 목로주점 에밀 졸라 | 박명숙 옮김
85 아베 일족 모리 오가이 | 권태민 옮김
86 폭풍의 언덕 에밀리 브론테 | 김정아 옮김
87, 88 늦여름 아달베르트 슈티프터 | 박종대 옮김
89 클레브 공작부인 라파예트 부인 | 류재화 옮김
90 P세대 빅토르 펠레빈 | 박혜경 옮김
91 노인과 바다 어니스트 헤밍웨이 | 이인규 옮김
92 물방울 메도루마 슌 | 유은경 옮김
93 도깨비불 피에르 드리외라로셸 | 이재룡 옮김
94 프랑켄슈타인 메리 셸리 | 김선형 옮김
95 래그타임 E. L. 닥터로 | 최용준 옮김

96 캔터빌의 유령 오스카 와일드 | 김미나 옮김
97 만(卍) · 시게모토 소장의 어머니 다니자키 준이치로 | 김춘미, 이호철 옮김
98 맨해튼 트랜스퍼 존 더스패서스 | 박경희 옮김
99 단순한 열정 아니 에르노 | 최정수 옮김
100 열세 걸음 모옌 | 임홍빈 옮김
101 데미안 헤르만 헤세 | 안인희 옮김
102 수레바퀴 아래서 헤르만 헤세 | 한미희 옮김
103 소리와 분노 윌리엄 포크너 | 공진호 옮김
104 곰 윌리엄 포크너 | 민은영 옮김
105 롤리타 블라디미르 나보코프 | 김진준 옮김
106, 107 부활 레프 톨스토이 | 박형규 옮김
108, 109 모래그릇 마쓰모토 세이초 | 이병진 옮김
110 은둔자 막심 고리키 | 이강은 옮김
111 불타버린 지도 아베 고보 | 이영미 옮김
112 말라볼리아가의 사람들 조반니 베르가 | 김운찬 옮김
113 디어 라이프 앨리스 먼로 | 정연희 옮김
114 돈 카를로스 프리드리히 실러 | 안인희 옮김
115 인간 짐승 에밀 졸라 | 이철의 옮김
116 빌러비드 토니 모리슨 | 최인자 옮김
117, 118 미국의 목가 필립 로스 | 정영목 옮김
119 대성당 레이먼드 카버 | 김연수 옮김
120 나나 에밀 졸라 | 김치수 옮김
121, 122 제르미날 에밀 졸라 | 박명숙 옮김
123 현기증. 감정들 W. G. 제발트 | 배수아 옮김
124 강 동쪽의 기담 나가이 가후 | 정병호 옮김
125 붉은 밤의 도시들 윌리엄 버로스 | 박인찬 옮김
126 수고양이 무어의 인생관 E. T. A. 호프만 | 박은경 옮김
127 맘브루 R. H. 모레노 두란 | 송병선 옮김
128 익사 오에 겐자부로 | 박유하 옮김
129 땅의 혜택 크누트 함순 | 안미란 옮김
130 불안의 책 페르난두 페소아 | 오진영 옮김
131, 132 사랑과 어둠의 이야기 아모스 오즈 | 최창모 옮김
133 페스트 알베르 카뮈 | 유호식 옮김
134 다마세누 몬테이루의 잃어버린 머리 안토니오 타부키 | 이현경 옮김
135 작은 것들의 신 아룬다티 로이 | 박찬원 옮김
136 시스터 캐리 시어도어 드라이저 | 송은주 옮김
137 고독한 산책자의 몽상 장자크 루소 | 문경자 옮김
138 용의자의 야간열차 다와다 요코 | 이영미 옮김
139 세기아의 고백 알프레드 드 뮈세 | 김미성 옮김
140 햄릿 윌리엄 셰익스피어 | 이경식 옮김
141 카산드라 크리스타 볼프 | 한미희 옮김
142 이 글을 읽는 사람에게 영원한 저주를 마누엘 푸익 | 송병선 옮김

143 마음 나쓰메 소세키 | 유은경 옮김
144 바다 존 밴빌 | 정영목 옮김
145, 146, 147, 148 전쟁과 평화 레프 톨스토이 | 박형규 옮김
149 세 가지 이야기 귀스타브 플로베르 | 고봉만 옮김
150 제5도살장 커트 보니것 | 정영목 옮김
151 알렉시·은총의 일격 마르그리트 유르스나르 | 윤진 옮김
152 말라 온다 알베르토 푸겟 | 엄지영 옮김
153 아르세니예프의 인생 이반 부닌 | 이항재 옮김
154 오만과 편견 제인 오스틴 | 류경희 옮김
155 돈 에밀 졸라 | 유기환 옮김
156 젊은 예술가의 초상 제임스 조이스 | 진선주 옮김
157, 158, 159 카라마조프가의 형제들 표도르 도스토옙스키 | 김희숙 옮김
160 진 브로디 선생의 전성기 뮤리얼 스파크 | 서정은 옮김
161 13인당 이야기 오노레 드 발자크 | 송기정 옮김
162 하지 무라트 레프 톨스토이 | 박형규 옮김
163 희망 앙드레 말로 | 김웅권 옮김
164 임멘 호수·백마의 기사·프시케 테오도어 슈토름 | 배정희 옮김
165 밤은 부드러워라 F. 스콧 피츠제럴드 | 정영목 옮김
166 야간비행 앙투안 드 생텍쥐페리 | 용경식 옮김
167 나이트우드 주나 반스 | 이예원 옮김
168 소년들 앙리 드 몽테를랑 | 유정애 옮김
169, 170 독립기념일 리처드 포드 | 박영원 옮김
171, 172 닥터 지바고 보리스 파스테르나크 | 박형규 옮김
173 싯다르타 헤르만 헤세 | 권혁준 옮김
174 야만인을 기다리며 J. M. 쿳시 | 왕은철 옮김
175 철학편지 볼테르 | 이봉지 옮김
176 거지 소녀 앨리스 먼로 | 민은영 옮김
177 창백한 불꽃 블라디미르 나보코프 | 김윤아 옮김
178 슈틸러 막스 프리슈 | 김인순 옮김
179 시핑 뉴스 애니 프루 | 민승남 옮김
180 이 세상의 왕국 알레호 카르펜티에르 | 조구호 옮김
181 철의 시대 J. M. 쿳시 | 왕은철 옮김
182 카시지 조이스 캐럴 오츠 | 공경희 옮김
183, 184 모비 딕 허먼 멜빌 | 황유원 옮김
185 솔로몬의 노래 토니 모리슨 | 김선형 옮김
186 무기여 잘 있거라 어니스트 헤밍웨이 | 권진아 옮김
187 컬러 퍼플 앨리스 워커 | 고정아 옮김
188, 189 죄와 벌 표도르 도스토옙스키 | 이문영 옮김
190 사랑 광기 그리고 죽음의 이야기 오라시오 키로가 | 엄지영 옮김
191 빅 슬립 레이먼드 챈들러 | 김진준 옮김
192 시간은 밤 류드밀라 페트루솁스카야 | 김혜란 옮김
193 타타르인의 사막 디노 부차티 | 한리나 옮김

194 고양이와 쥐 귄터 그라스 | 박경희 옮김
195 펠리시아의 여정 윌리엄 트레버 | 박찬원 옮김
196 마이클 K의 삶과 시대 J. M. 쿳시 | 왕은철 옮김
197, 198 오스카와 루신다 피터 케리 | 김시현 옮김
199 패싱 넬라 라슨 | 박경희 옮김
200 마담 보바리 귀스타브 플로베르 | 김남주 옮김
201 패주 에밀 졸라 | 유기환 옮김
202 도시와 개들 마리오 바르가스 요사 | 송병선 옮김
203 루시 저메이카 킨케이드 | 정소영 옮김
204 대지 에밀 졸라 | 조성애 옮김
205, 206 백치 표도르 도스토옙스키 | 김희숙 옮김
207 백야 표도르 도스토옙스키 | 박은정 옮김
208 순수의 시대 이디스 워턴 | 손영미 옮김
209 단순한 이야기 엘리자베스 인치볼드 | 이혜수 옮김
210 바닷가에서 압둘라자크 구르나 | 황유원 옮김
211 낙원 압둘라자크 구르나 | 왕은철 옮김
212 피라미드 이스마일 카다레 | 이창실 옮김
213 애니 존 저메이카 킨케이드 | 정소영 옮김
214 지고 말 것을 가와바타 야스나리 | 박혜성 옮김
215 부서진 사월 이스마일 카다레 | 유정희 옮김
216 사람은 무엇으로 사는가 레프 톨스토이 | 이항재 옮김
217, 218 악마의 시 살만 루슈디 | 김진준 옮김
219 오늘을 잡아라 솔 벨로 | 김진준 옮김
220 배반 압둘라자크 구르나 | 황가한 옮김
221 어두운 밤 나는 적막한 집을 나섰다 페터 한트케 | 윤시향 옮김
222 무어의 마지막 한숨 살만 루슈디 | 김진준 옮김
223 속죄 이언 매큐언 | 한정아 옮김
224 암스테르담 이언 매큐언 | 박경희 옮김
225, 226, 227 특성 없는 남자 로베르트 무질 | 박종대 옮김
228 앨프리드와 에밀리 도리스 레싱 | 민은영 옮김
229 북과 남 엘리자베스 개스켈 | 민승남 옮김
230 마지막 이야기들 윌리엄 트레버 | 민승남 옮김
231 벤저민 프랭클린 자서전 벤저민 프랭클린 | 이종인 옮김
232 만년양식집 오에 겐자부로 | 박유하 옮김
233 이상한 나라의 앨리스 루이스 캐럴 | 존 테니얼 그림 | 김희진 옮김

● 문학동네 세계문학전집은 계속 출간됩니다